Reichsparteitag

Kriminalroman

Martin Weiß-Paschke

Reichsparteitag

Kriminalroman

mabase
verlag
Ein Verlag, der verbindet

Titel: Elke Löffler, www.loeffler-design.de
Bildmaterial des Titels: Martin Weiß-Paschke
Layout und Satz: Martin Backhouse
Druck: buch bücher dd ag, Birkach

1. Auflage, mabase-verlag, Nürnberg 2006
www.mabase-verlag.de, Fax: 49-911-6880-406

ISBN-13: 978-3-939171-05-8

Der faustische Mensch dringt nicht nur
ins Unendliche und ins Tiefste,
sondern er ist wirklich einsam ...

Präludium

Sankt Sebald grüßte immer noch mit seinen beiden Türmen, Sankt Lorenz begleitete die Schwesterkirche auch schon seit Jahrhunderten vor der Kulisse von unzähligen Türmen der Stadtummauerung aus dem 15. Jahrhundert. Über allen thronte die Kaiserburg einzig und unwidersprechlich. Die Stadt hatte alles gesehen, war Mittelpunkt einer geistigen Welt mit Melanchthon und Dürer gewesen, hatte sich erhoben aus der Niederung einfacher Städte in Abhängigkeit der Fürsten, war selbstständig und hochmütig geworden. Bis zum Absturz von Napoleons Gnaden und damit unter bayerische Herrschaft geraten. Dies nagte an den Bürgern der Stadt, war diese doch stolz und groß gewesen, schön war sie immer noch.

Nur natürlich schien es deshalb, daß dieses Nürnberg sich gerne einfügte in die Versprechungen einer neuen Zeit, die sprach von Größe und Macht. Und dies im Zentrum des Reiches, im Schatzkästlein des Deutschen Reiches. So korrumpierte sich auch das alte Nürnberg, war den Fahnen und Fanfaren erlegen. Marionettenhaft spielte es mit als Kulisse für die Inszenierung des Anderen, der Gegenwelt. Aus der Stadt der Heiltumsbezeugung wurde die „Stadt der Reichsparteitage“.

Äußerlich sichtbar war dies nur wenig, war die Stadt doch wieder bunter und lebendiger als noch vor zehn Jahren. Aber nicht vielfältiger. Kaum einer hatte es bemerkt, wenige befürchtet. Jeder hatte seinen Tribut zu zahlen, keiner entkam seiner ganz persönlichen Erfahrung und Deformierung.

Das Leben hatte sich verändert. Das Denken auch.

Donnerstag, 1. September 1938, Vormittag

„Nun fanget an!“ – eigentlich ein schöner Satz, haftet doch so viel Kultur und Musik an ihm. Meistersingerwettbewerb und Wagner, Opernhaus. Dies alles ging ihm durch den Kopf, als er aus dem Schlaf gerissen schon um sechs Uhr an seinem Schreibtisch in der Ludwigsstraße saß. Was denn anfangen – und vor allem: wie?

Der Tag hatte recht unsanft begonnen. Um fünf Uhr früh hatte sein Assistent Züge unten an der Türe zu dem Mietshaus geklingelt, in dem er eine kleine Zweizimmerwohnung bewohnte, in der Sielstraße. Der hatte Nachtbereitschaft gehabt und war gegen drei in die Gaststätte Merkur an der Harsdörffer Straße gerufen worden von wegen einer toten Frau im Hinterhof bei den Abfalltonnen; ein eilig aus der Nachbarschaft herbeigerufener Arzt hatte den Tod bestätigt, so viel wußte er schon.

Die Ermordete liegt da also immer noch, überlegte er, wenn Züge seinen Anweisungen gefolgt war, den er wieder zum Tatort geschickt hatte. Er spürte, daß es heute nicht so heiß werden würde. Ein milder Spätsommertag kündigte sich an, kleine Tropfen perlten außen an den Fensterscheiben zu seinem Büro, die Nacht war kalt gewesen. Aus dem Volksempfänger (diensteigen) konnte er die Morgennachrichten vom Deutschlandsender hören. Bis auf das Wetter (spätsommerlich warm, bis 22 Grad am Mittag) ließen sie ihn teilnahmslos. War ja alles bekannt. Montag bis Montag drauf: Heilsbezeugung. Bis dahin sollte die Sache in der Harsdörffer geklärt sein. Dann – eigentlich schon ab Samstag - wird die Stadt unübersichtlich. Dann hat sie achthunderttausend Bewohner, oder mehr, alles wird durcheinander rennen oder auch geordnet in Kolonnen – zumindest tagsüber. Er würde keine Zeit mehr haben für irgendwas. Von wegen der Sicherheit, Absperrungen und „vorsorglicher Maßnahmen". Am Montag kommt Deutschlands Zukunft in die Stadt – das bitte aber sollte man ganz mit fester Stimme sagen, sonst saß man da, wo er jetzt sitzt. Nur auf der anderen Seite des Schreibtisches, oder auch wie er, aber mit Beförderungssperre. 43 Jahre - und immer noch Kommissar. Dabei hätte es mindestens schon ein „Ober" sein müssen – wären da nicht seine (gut mit fünf Halben unterlegten – haben sie ihm aber gutgeschrieben) etwas unbedachten Worte aus dem Jahr 35 gewesen: Ob die, die da solche Gesetze schnell mal auf Speisekarten (Ganz Nürnberg ißt heute sein Eintopfgericht?) entwürfen, auch immer wüßten, ob ihr Blut rein... – Rosenberg oder Rosenzweig, wo denn da ein Unterschied zu finden wäre? Und überhaupt: Wie könnten Uneheliche wissen, welch Blutes sie denn... und Behinderte? Naja, das war nun in seiner Personalakte, untilgbar.

Nun fang an. Das Gebäude war um die Zeit noch ruhig, normaler Dienstbeginn war erst um sieben, er brauchte aber ein Fahrzeug, um hinaus an die Harsdörffer zu kommen – die der Bereitschaft waren alle unterwegs im Sinne und der Vorfreude auf Montag. Ein Fahrrad würde reichen. Er griff zum schwarzen Telefon aus Bakelit, dessen Hörer schon reichlich speckig war. Zu oft mit Leberwurstbrot in der Hand gesprochen, dachte er – warum keine Göttinger mit Knoblauch? Wäre der Duft undeutsch? Ist Leberwurstgestank deutscher? Es knackte in der Leitung: „Fuhrpark? Scheuerlein hier." „Ja." („Spreche kurz und deutlich – fasse Dich kurz!" Anweisungen für den Dienstgebrauch.) „Gibt's ein Fahrzeug für heute tagsüber, ein Fahrrad reicht, kolossal wäre ein Motorrad?" „Haben wir, steht in der Halle vier, eine Ardie, Nummer II N 621, Schlüssel steckt!" „Danke Parteigenosse!" „Nichts zu danken, Fahrtenbuch ausfüllen nicht vergessen, Herr Kommissar Scheuerlein! Heil Hitler!" „Heil Hitler!" Im Fränkischen hört sich der Deutsche Gruß fast etwas obszön an, dachte er, obszön eigentlich immer, doch hier besonders. Wenn bei den „l" in Heil oder Hitler die Zunge so nach vorne oben zwischen die Zähne geschoben wird (fast als strecke man sie heraus...), alles so weich wird – da mußte man schon sehr aufpassen, daß man sich nicht darauf biß. War das noch niemandem aufgefallen?

Nun fang endlich an. Ein Fahrzeug hatte er nun, die Uhr zeigte fünf nach sechs. War doch eigentlich ein guter Tag, heraus aus dem muffigen Büro, weg von den Regalen mit den Leitzordnern, die Unglück sammelten und auf ewig für sich behielten, auch Unrecht. Oder zumindest ein neues Recht, was der Führer schaffte. Recht muß nicht immer Recht bleiben. Zumindest nicht in Deutschland. Ohne ein Frühstück – die Kantine hatte noch zu – trat er leise durch die Gänge, zum Treppenhaus. Der Paternoster war geschlossen, „Revisionsarbeiten“ stand dran. Seit Juni. Die rote Backsteinfassade verstärkte das morgenrote Licht, so daß in den einfallenden Kegeln Staubschwaden sichtbar wurden, die tanzten. Er trat nach zwei Treppen auf den Hof, orientierte sich. Halle vier hatte der Zuständige für den Fuhrpark gesagt, nicht weit, das Rolltor stand offen. Eine schwarze Ardie, weder groß noch schnell, war sein für den Tag. Wenigstens etwas, murmelte er, schwang sich in den Gummisattel und trat sie an.

Beim Vorbeifahren am Posten an der Hofausfahrt grüßte dieser militärisch. Links glänzte das Dach der Jakobskirche, auch St. Elisabeth mit ihrer Kupferkuppel reflektierte das Licht dieses hellen Morgens. Die „Kollegen“ von der GeStaPo waren wohl noch nicht im Dienst in der Deutschhaus – Kaserne, deren schwarze Dienstwagen füllten fast den ganzen Hof. Für die waren Mittel da, die fuhren nicht einmal Motorrad. Er gab Gas, drehte vorsichtig am Regler und begann seine Fahrt in den Süden der Stadt. St. Lorenz, Hauptbahnhof, Marientunnel. Schon ab Lorenz war für die kommenden Ereignisse alles geschmückt. Keine anständigen Hosen zu kaufen, kein Wunder, aber Fahnen. Am Hauptbahnhof sogar Schmucksäulen, noch vom Besuch des ungarischen „Reichsverwesers“ (was für ein Titel! – den deutschen Reichs - verweser traf er dann in Berlin ...), diese waren an sich völlig zweckfrei, neuklassizistische Säulen mit Hoheitsabzeichen obendrauf. Da sollte Nürnberg doch schöner werden, des „Reiches Schatzkästlein“, der „Hort der deutschen Geschichte“, und dann diese Säulen, was sich der Zweckverband alles einfallen ließ. Auch am Marientortunnel - dafür war Geld da, aber Personal für normale Polizeiaufgaben fehlte. Bei diesen Gedanken bog er ab Richtung St. Peter über die Regensburger Straße. Das Meer in Rot hing über ihm schlaff, kein Morgenwind wehte, als die Merkur in Sichtweite kam, im Schatten von Sankt Peter. Vor der Tür der an sich gutbürgerlichen Gaststätte mit Biergarten erkannte er einen Posten der Schutzpolizei, hier steuerte er die Ardie hin, schaltete die Zündung aus, was diese mit blauen

Rauchwölkchen quittierte. „HeilHitlerundgutenMorgen" brummelte er, der Posten gab zackig heraus. Grüßte ihn mit Namen und Titel und wies ihn kurz ein, daß die Ermordete im Hof läge.

Eine Straßenbahn quietschte aus dem Depot schräg gegenüber, geschmückt mit Fähnchen.

Der Weg zum Tatort führte durch die Gaststätte, Nürnberger Behaglichkeit, noch nicht ganz aufgeräumt von den Zeugnissen des letzen Abends, als erste Sternfahrer hier ihre Ankunft feierten. Daher auch die Flecken am Gehsteig, dachte er, was gab's da bloß zu essen. Schmiedeeiserne Gitter zwischen den Sitzgruppen, gepolsterte Bänke, Stühle aus Eiche. Wie man es heute gerne hat. Für tausend Jahre und mehr.

An der Theke, hinter der sich der übernächtigte Wirt in SA – Uniform befand (nicht gebügelt, Parteigenosse, dafür gut zu riechen ...), drückte er sich mit einem genickten Gruß vorbei zur Tür zur Gassenschänke und zum Biergarten, die sich rechts auch auf den Innenhof zu öffnen ließ und den Blick freigab auf die grauen Blechtonnen in Reihe aufgestellt. Nur das blau – rote Etwas dazwischen störte das ordentliche Bild der paradierenden Ascheimer.

Die Frau lag seitlich, den Kopf zwischen den Tonnen, den konnte man von hier aus nur erahnen. „Ich habe sie nicht angerührt, das wollte ich Ihnen überlassen, auch der Arzt hat eigentlich nichts verändert; die Leiche ist, war," verbesserte er sich, „Bedienung hier im Lokal," bemerkte Züge grußlos. „Der Hof ist nach allen Seiten abgeriegelt, der Wirt ist hier, auch die Putzfrau, die sie heute morgen gefunden hat. Die ist in ihrem Dienstmädchenzimmer im vierten Stock, soll ich sie runterkommen lassen?" „Später, sonst jemand, der davon schon weiß?" „Nein, nur die zwei. Der Wirt hat uns heute früh angerufen, als er von der Putzfrau geweckt worden war. Der hat seine Wohnung im ersten Stock links. Was die Anwohner des Hofes gesehen haben, weiß ich nicht, wahrscheinlich nicht viel, die stehen ja jetzt erst auf." „Das wird Ihre Aufgabe sein, die alle zu befragen, Züge", knurrte Scheuerlein, und wurde sich wieder seines fehlenden Frühstückes bewußt. Eine Leiche zum Frühstück also. Ob der Wirt wenigstens etwas Kaffe machen könnte? Ersatzkaffee? Bohnenkaffee war ja schon recht teuer geworden, nach den Ereignissen im März kurzfristig wieder billiger, aber jetzt? Er wandte sich nach hinten zur Türe, wollte nach dem Wirt rufen, als sich gegenüber ein Fenster öffnete.

„Guten Morgen" rief er über den Hof, sprach damit die mittelalte Frau mit Haarnetz und darunterliegenden grauschwarz melierten Haaren an, „können Sie uns sagen, was hier heute Nacht passiert ist? Haben Sie etwas gehört oder gesehen?" „Naa", kam es in tiefem Fränkisch zurück, „ich hob nachts immer Ohrstöpfel drin von wegn meim Moo, der schnarcht asuu. Aber gfeiert homs in der Merkur scho bis um zweia, und zwor suu laud, daß meina Stöpfel fast nix gnuzt hom! Wenn des kaana Parteigenossen wärn – aber ich glaab eh, daß dei aus Sachsn senn – dann hätt mer Euch scho früher gholt zwengs dem Lärm! Und überhaupts, wos isn bassiert?" „Ein Mord, gute Frau, die Leiche liegt noch hier. Hat ihr Mann vielleicht etwas bemerkt? In welcher Wohnung wohnen Sie denn, wir befragen Sie später noch genauer?" „Wenn der schläft, hört der nix! Und mir wohna im ersten Stock rechts in der Herbart Straße 11". „Aber ich dachte, es sei hier so viel Lärm gewesen?" „Naa, wir hom nix gsehn und etz muß i Frühstück machen, gudn Tach!" Damit lehnte sie sich aus dem Fenster, sah angestrengt in den Hof und schloß das Fenster dann rasch.

Kurz angebunden, sehr freundlich, dachte Scheuerlein, dabei fiel ihm wieder sein ausstehendes Frühstück ein, wandte sich nach rückwärts, um in die Wirtschaft zu gehen. Die Tür quietschte laut beim Aufdrücken nach innen, es war eine recht schwere Schwingtüre aus Holz, eine solche wohl, um den Bedienungen des Biergartens die Arbeit zu erleichtern. Oder Leuten, die schwere Sachen zu tragen hatten. Muffig riechen solche Bierkneipen am Morgen, nach Rauch, Urin und abgestandenem Bier. Hierher kann man keine Frau einladen, jedenfalls nicht, wenn sie weder Nazi noch Alkoholikerin ist. Auch so ein Gedanke, den er laut nicht äußern durfte, wollte er verhindern, daß seine Akte dicker wurde. Die paar Schritte bis zum Tresen, wieder durch den schmalen Gang, links die „Aborte" – daher der Geruch, daneben die Küche. Hinter der Theke stand immer noch der verschwitzte Wirt – in Uniform; er hatte den Rang eines Truppführers aus dem SA Sturm 14/14. Vorsicht, Scheuerlein, dachte er, das ist Parteiurgestein, dazu noch im Gau Franken. Wo die SA ist, ist – trotz der Geschichte mit Röhm – Streicher nicht weit. „Guten Morgen und Heil Hitler jetzt", begann er, haben Sie etwas vorzubringen bezüglich der Dinge heute nacht, Ihr Name bitte?"

Der Wirt räusperte sich, legte seine Trommler – Zigarette für 6 Pfennig in den Aschenbecher und schaute glasig, etwas heiser begann er. „Paul Schubert, SA – Truppführer, Sturm 14/14. Nein, eigentlich keine besonderen Vorkommnisse. Es waren nur Kameraden von der Sternfahrt aus Sachsen gestern abend zu Gast, um zwölf Uhr habe ich zugesperrt und dann waren wir für uns. Die Sperrstunde war gewahrt, aufgehoben wird sie ja erst mit Montag. Gegen zwei Uhr hob ich die Tafel dann auf, man hat ja als Volksgenosse auch Verantwortung für die Nachbarn, nicht wahr?" „Und ihre

Bedienung, die da jetzt hinten im Hof liegt, wo war die am Ende der ‚Sitzung'? Wie heißt sie überhaupt??" „Gunda Mack heißt die. Was die gemacht hat, während ich die PGs verabschiedet habe, habe ich nicht beobachtet, ich unterhielt mich noch mit den Parteigenossen, begleitete sie zur Türe – die schlafen übrigens im Scharrerschulhaus – und dachte, sie räumt auf. Aber nicht, daß Sie denken, wir oder die Gäste hätten damit etwas zu tun, auf den Hof kommt man auch über den Biergarten, der liegt ja schließlich an der Hainstraße ums Eck. Da muß jemand sich mit ihr getroffen haben, als sie die Aschenbecher ausleerte oder den Kehrricht rausbrachte; für einen Parteigenossen lege ich meine Hände ins Feuer. Parteigenossen morden nicht!" Schwierig, darauf eine Antwort zu geben, distanziert konnte Scheuerlein nur sagen „Selbstverständlich, alles Ehrenmänner." Die NSDAP die Partei, die Mord ablehnt. Schön das zu hören. Glauben wir das – „dann kann man also ausschließen, daß die Parteigenossen irgend etwas damit zu tun haben?" formulierte er eher rhetorisch und lakonisch.

Das wird schwierig, dachte er, und es ist schon Donnerstag.

„Ja – was denn sonst", gab der Wirt knurrig heraus. Jetzt die Frage nach dem Frühstück, Scheuerlein, sonst kannst du dich nicht konzentrieren. „Hätten Sie vielleicht bitte ein Frühstück für mich?", fragte er den Wirt bescheiden, auch um eine etwas ruhigere Gesprächsbasis, nicht ohne Eigennutz allerdings, zu bekommen. Der aber schüttelte den Kopf, murmelte was von „Küche zu“ und „keine Bedienung da, Sie wissen ja, wo die ist“. Das war's. Sehr förderlich. Nichts im Magen, kein Kaffee. Ob er den Posten in die Bäckerei zwei Häuser weiter in die Harsdörffer Straße schicken konnte? Zur Sicherung war doch genug Personal da. „Moment bitte“, sagte er zum Wirt, „ich muß schnell mal vor die Tür zum Posten“. Dieser war nicht unwillig, wohl auch um sich selbst etwas besorgen zu können, und entfernte sich.

Züge wartete immer noch untätig neben der Ermordeten, die er sich nun genauer ansehen wollte. Ihr Körper lag rechtwinklig zu den Mülltonnen auf den grauen Betonpflastersteinen, den Kopf hatte der Täter zwischen zwei Tonnen gesteckt, der ruhte auch am Boden. „Machen Sie Photos, Züge, bevor wir sie vorziehen! Später lassen Sie Fingerabdrücke von den nächsten Tonnen nehmen, sonst gibt es hier ja nichts. In der Wirtschaft wird das sinnlos sein, da ist geputzt!“, wies er seinen Assistenten an. Züge zog seine Klappkamera aus der Tasche und nahm die Situation auf, er photographierte aus allen Perspektiven, zum Schluß steckte er selbst seinen Kopf zwischen die beiden Tonnen, zwischen denen das Opfer lag und nahm sie von oben auf. Scheuerlein beobachtete ihn währenddessen, freute sich, als der Posten vorsichtig in den Hof aus der Gaststätte blickte, mit einer Tüte winkte, „Bamberger, drei Stück“ rief und „ich legs nei, der Wirt hod noch an Kamillentee gmacht“ sagte. Wenigstens etwas Positives, fiel Scheuerlein ein, bückte sich dann aber und zog die Leiche der Bedienung leicht auf sich zu, um den Kopf auch begutachten zu können. Die Aschetonnen wollte er nicht bewegen, um möglichst keine Spuren zu verwischen. Kein Blut war zu sehen, „geschlagen ist sie also nicht worden“, merkte er halblaut an. Vorsichtig nahm er ihren Kopf in beide Hände und drehte ihn, daß sie mit den stumpfen erloschenen Augen in den strahlend blauen Himmel sehen hätte können. Er richtete sich auf. Ihre Kleidung war nicht zerrissen, das rotblaue Kleid ohne Flecken oder Risse. Auch war es nicht nach oben geschoben, die Knie blieben bedeckt. Scheuerlein ließ seine Augen über das recht hübsche Opfer wandern: „Circa einmetersechzig groß, dunkle Haare, fein gegliederter Körperbau, ungefähr dreißig Jahre alt“ diktierte er Züge in dessen Notizbuch. „Kopfform leicht oval, kleine Nase, Augenfarbe braun.“ Er bückte sich wieder über Gunda Mack. „Am Hals beidseitig jeweils zwei dunkel unterlaufene Stellen, in Nähe des Kehlkopfes. Diese Stellen weiter auseinander, wohl Fingerabdrücke, die Würgemale hinterlassen haben. Müssen große Hände gewesen sein, so weit wie die auseinander sind. Ist wohl erwürgt worden, das Mädel". Züge schwieg.

Scheuerlein öffnete die Mundhöhle des Opfers, ein Handgriff, den er haßte, drang er damit doch in die letzte Intimsphäre eines Menschen ein, der das zu Lebzeiten sicher nicht zugelassen hätte. „Zähne komplett, Zunge leicht geschwollen und bläulich – deutet auch auf Ersticken hin. Sehen wir uns noch die beiden Tonnen genauer an!"

An diesen war nichts zu sehen, kein Blut, keine Haare, die an den Ascheimern hätten kleben können, auch kein Erbrochenes. „Züge, lassen Sie den Hof und den Biergarten noch genau absuchen, soweit war es dann hier alles. Organisieren Sie den Abtransport ins Klinikum zur Untersuchung und photographieren Sie das ganze Umfeld noch. Wenn Sie das haben, kommen Sie in die Gaststube, danke!" Schweigend machte sich Züge an die Arbeit, rief über den Biergarten noch zwei Schutzpolizisten her und wies sie an. Scheuerlein drückte die Schwingtür nach innen auf. Wieder dieser Geruch, kann denn hier keiner lüften, fragte er sich, als er den Wirt erblickte, der schwitzend immer noch (oder wieder?) hinter seinem Tresen stand. Über ihm eine beleuchtbare Bierwerbung aus Glas (nicht billig, so etwas – wohl ganz neu?): „Humbser Biere kühl genießen!"

Scheuerlein wandte sich dem Wirt zu, in der dämmerigen Atmosphäre verwandelte sich dessen hellbraune Uniform in eine undefinierbare, dunkle fast schwarze Masse. Der wiegt doch mindestens hundert Kilo. Unwillkürlich blickte er auf die Hände des Wirtes – schmal und klein wie bei feistgewordenen Menschen oft. Typus Metzger, rosig mit Schweinsäuglein. Biergerötete Wangen. Von den Händen her war's der nicht. Schade, wäre ja auch zu einfach gewesen, ärgerte er sich. „Sie schenken Humbser aus? Wie das, das kommt doch aus Fürth – trinkt denn das hier einer? Sie trauen sich etwas!" fügte er in einem neuen Versuch scherzhafter Jovialität hinzu.

Träge drehte der Wirt seinen Kopf, fast arrogant blickte er ihn an. Wieder nichts mit einer besseren Gesprächsebene fuhr es Scheuerlein durch den Kopf.

„Ich bin aus Fürth. Haben Sie etwas dagegen?"

Daneben. So wird das hier nie was. Letzter Versuch: „Nein, nein, da fährt ja schon seit 1835 unsere Eisenbahn hin... und kulturell ist Fürth ja auch –."

„Euere? Und außerdem: In Fürth ist mir zuviel Judenbrut. Darum bin ich hier. Das mit dem Bier sind alte Geschäftsverbindungen. Aber darüber wollen wir sicher nicht reden, oder?" Wer führt denn hier die Befragung, überlegte sich Scheuerlein, dieser Parteigenosse hat ein Selbstbewußtsein, das kann man wohl nur in der Ludwigstraße etwas dämpfen. „Gut, gut, haben Sie jetzt den Tee für mich?“ Er setzte sich an den Tisch, an dem die Tüte mit den Bambergern lag. Alle Tische waren mit rot – weiß karierten, nicht mehr sauberen gröberen Tischdecken bedeckt.

Wortlos brachte der Wirt die Tasse mit dem Tee, der war inzwischen lau geworden. Scheuerlein griff zur Tüte und las die Bedruckung: „Frische zum Reichsparteitag Großdeutschland 1938“. Darunter eine Zeichnung der Zeppelintribüne mit Hakenkreuz. Sogar die kleinen Bäcker backen jetzt großnationale Brötchen, auch hier in der Südstadt. Ob man so eine Tüte eigentlich zusammenknüllen und wegwerfen darf? Oder ist das schon wieder eine Schmähung der Partei; muß man die Tüten bügeln und abheften? – wäre eigentlich deutsch, diese Vorgehensweise. Was ist aber dann mit Tüten vom Metzger? Aufschriften fielen ihm ein: „Schnitzeln für Deutschland“ Oder „Würstchen für die nationale Erhebung.“ Kein Humor allerdings, der öffentlich werden dürfte. Wieder einmal. War doch die Zukunft Deutschlands auch noch Vegetarier. Für Gemüse braucht man aber auch Tüten, spann er den Gedanken fort: „Gurken zum Reichsparteitag“ und „Rüben für die Deutsche Jugend“, das wär’s.

Die Hörnchen waren gut. Der Tee naja, „aber besser wie nix“, dachte er jetzt halblaut vor sich hin. Der Wirt hatte wieder seinen Platz hinter der Theke eingenommen, fast wie zum Trotz schaltete er die neue Reklamebeleuchtung ein und schwieg.

Scheuerlein aß bedächtig, kaute auf den Hörnchen und tunkte zuweilen ein, denn den Bambergern fehlte etwas die Butter. „Eßt deutsche Margarine“, fiel ihm ein. „Spart Fett“. Das kann man an dem Wirt ja sehen, fuhr es ihm durch die Gedanken, der spart sicher nicht. Schon seit Monaten lief die Kampagne der Reichsregierung, bei Nahrungsmitteln Verzicht zu üben. Vielfruchtmarmelade statt Erdbeerkonfitüre. Die Politik wird blumiger, der Tisch öder. Daran konnte er sich aber gewöhnen, beim Essen war er seit je eher sparsam. Selten Fleisch, war ja auch teuer. So gut verdiente er auch wieder nicht.

Von draußen hörte er das Rumpeln, als die Blechtonnen zur Seite geschoben wurden. Die waren also noch nicht fertig, dachte er, widme ich mich wieder dem Wirt. „Wie kommen Sie eigentlich zu der Bedienung, zur Gunda Mack? Arbeitete die schon lange hier bei Ihnen – und seit wann betreiben Sie diese Wirtschaft?“ „Das sind viele Fragen“, gab der Wirt langsam und bedächtig heraus, „die Gaststätte habe ich seit 1934, war frei, als der alte Wirt gestorben war. Da bewarb ich mich beim Vermieter. Den Zuschlag bekam ich gleich, ist ja ein Parteigenosse. Und die Gunda, die hab‘ ich seit

1937, da hat sie bei mir angefangen. Ich glaube, das war im Mai. Hat immer tadellos gearbeitet, sechs Tage die Woche, zehn bis zwölf Stunden halt. Normal für unser Geschäft. Ihren Freien hat sie am Dienstag gehabt, da ist Ruhetag. Nächste Woche übrigens nicht. Da ist durchgehend geöffnet."

Züge betrat das Lokal mit einem saloppen „Wir wären dann soweit. Ich müßte noch telephonieren, wir brauchen einen Leichenwagen ins Klinikum. Wo steht das Telephon?" fragte er an den Wirt gewandt. Der wies mit einem Kopfnicken in sein kleines anschließendes Büro und Züge verschwand dorthin.

Scheuerlein richtete seine Aufmerksamkeit wieder an den Wirt. „Wo wohnte die Ermordete denn? In welchen Umständen? War sie ledig?" „Die Gunda war unverheiratet", gab der Truppführer und Wirt unwillig zur Antwort, „gewohnt hat sie nicht weit von hier, in der Humboldt Straße 105, nicht weit von den Sälen. Dort hatte sie eine kleine Einzimmerwohnung. Angehörige gab es, soweit ich weiß, nicht". „Gut soweit, dann holen Sie mir bitte die Reinemachefrau, auch deren Namen könnten Sie mir noch sagen!" „Martha Bauer, auch ledig, um ihrer Frage zuvorzukommen!" Der hat immer noch einen Ton am Leib, fuhr es

Scheuerlein durch den Kopf. Mit welchen Leuten man sich in meinem Beruf immer wieder rumschlagen muß.

Der Wirt entfernte sich, nach dem Quietschen und Schlagen der Türe aus dem Gastraum zum Treppenhaus hörte Scheuerlein die Stufen nach oben knarren. Kurze Zeit später erschien er wieder in Begleitung einer kleinen verweinten rothaarigen Person, die offenkundig die Nacht nicht geschlafen hatte. „Scheuerlein, Kriminalkommissar", stellte er sich vor, „Ihr Name bitte?" begann Scheuerlein vorsichtig, er wußte, wenn er jetzt einen Fehler im Gespräch machte, würde er heute von dem Mädchen nichts mehr erfahren. „Martha Bauer, ich wohne hier im Haus, bin hier gemeldet" kam es zögernd. „Dann erzählen Sie, was heute Nacht geschah". Stockend begann das Mädchen, sie konnte keine zwanzig sein, zu berichten, was sich in der Nacht ereignet hatte. Wie sie nach dem Abzug der Sternfahrer begonnen hatte aufzuräumen, wie sie zusammenfegte und naß wischte, die Aschenbecher, die sie auf dem Tresen gesammelt hatte, in den Ascheimer unter der Theke leerte und den Eimer dann rausbrachte. Stockduster sei es gewesen im Hof, „die kleine Funzel über der Tür hat ja nicht bis zu den Tonnen gereicht". Dort sei sie dann über etwas gestolpert, ihre Augen gewöhnten sich langsam und dann habe sie die Gunda da liegen gesehen. Zuerst habe sie gedacht, die Gunda sei nur betrunken und läge deswegen so da herum, doch dann habe sie einen Arm angefaßt und der wäre ganz schwer gewesen und kraftlos. „Da bin ich hineingelaufen, hab den Wirt geholt und wir haben nochmal versucht, ob die Gunda nicht wieder aufsteht, aber einen Puls hat sie nicht mehr gehabt. Das haben wir nämlich beim BDM gelernt in einer dieser Luftschutzstunden, wie man prüft, ob jemand noch lebt, wissen Sie!“ Auch den Kopf hätte sie gehoben, diesen dann aber wieder zwischen die Mülltonnen zurücksinken lassen, so wie es vorher auch gewesen war.

„Gut. Dann riefen Sie uns an, oder?“ „Nein das war der Chef, der hat Sie in der Ludwigsstraße angerufen“, verbesserte sie. „Darüber müssen wir noch ein Protokoll machen, das geht aber nicht hier. So müßte ich Sie beide bitten, morgen Nachmittag um zwei in meine Dienststelle zu kommen“.

Schneller als Scheuerlein gedacht hatte, diese Reaktion hätte er dem trägen Wirt und Truppführer nicht zugetraut, protestierte dieser. Von wegen unbescholtener Bürger, seit 1931 Mitglied der NSDAP, nie etwas zuschulden kommen lassen und daß er das dem Ortsgruppenleiter melden werde, er, Scheuerlein, sei wohl noch ein Beamter aus der Systemzeit und nicht mit den Gepflogenheiten der NSDAP – Staatsführung vertraut. Er kenne schließlich auch Beamte von der GeStaPo, die würden hier bei ihm im Lokal verkehren, das seien korrekte Beamte, die darauf achten würden, daß der Staat seine Ordnung behalte.

Scheuerlein reagierte nicht auf diese Tirade, aber es fiel ihm ein, daß er vor ein paar Jahren schon einmal von der Gaststätte Merkur gehört hatte, da erzählte einer Witze hier in der Gaststätte und wurde prompt von zivilen Beamten wegen Verunglimpfung des Führers verhaftet. Diesen Vorgang hatte man sich in der Dienststelle erzählt. War ja an sich nichts Außergewöhnliches, daß alte Sozis dergestalt auffielen, das Neue daran war aber, daß der Mann nach Dachau kam und von dort erst wieder freigelassen wurde, als er unterschrieb, daß er sein Häuschen in der Gartenstadt zugunsten notleidender Parteigenossen überschreibe. Der Mann war dann in sein Häuschen zurückgekehrt und vergiftete sich mit Leuchtgas. Seiler hieß der. Sachen merkt man sich. Mulmig wurde es Scheuerlein aber doch, als ihm dies durch den Kopf ging. Der Boden hier war ja noch heißer, als er dachte.

Während seiner Gedanken war Züge wieder im Lokal aufgetaucht, meldete, daß der Wagen zum Abtransport bestellt sei und schwieg weiters.

„Dann gehen wir, Züge. Ein Mann bleibt als Bedeckung zurück, bis das Opfer auf dem Weg ins Klinikum ist." Züge nickte und antwortete mit einem kurzen „Jawohl!"

Die Tischkante war Scheuerlein etwas im Weg, als er aufstand, er fluchte leise. Er grüßte noch kurz mit einem flachen Nicken den Wirt, rief ein „Auf Wiedersehen Frau Bauer, bis morgen, Sie beide um zwei!" und ging zur Ausgangstüre.

Draußen gleißte inzwischen die Sonne, die Fahnen über der Kreuzung spendeten zwar etwas Schatten, gleichzeitig tauchten sie diese aber in ein unwirkliches Licht. Irgendwie blutrot. Fröhlich in eine neue Zeit sieht anders aus, dachte er kurz, bevor er sich an Züge wandte, der einige Momente nach ihm auf die Straße getreten war. Drei Straßenbahntriebwagen der Linien 2 und 11 warteten an der Haltestelle Peterskirche, daß die Kreuzung von einem Schupo freigegeben würde. Sanft läuteten sie bei der Abfahrt.

Nachdem die Triebwagen vorbei waren, sah man auch den Grund für den kleinen Stau: Eine Marschkolonne fröhlicher HJ bewegte sich in die Kirchenstraße, begann zu singen, begleitet von kleineren Trommlerbuben.

„Züge, wir müssen rüber ins Schulhaus Scharrer Straße, die Sternfahrer müssen alle befragt werden. Ich schieb die Ardie, dann können wir laufen. Die guten Parteigenossen aus Sachsen verhören wir aber heute Nachmittag in der Ludwigsstraße, dort können wir auch gleich die Protokolle machen."

„Wie Sie meinen", gab Züge zurück.

Sie liefen die kurze Strecke, Scheuerlein wurde warm, die Ardie hatte ihr Gewicht. Rechts lag das Hallerschloß mit seinem Grün, auch dies geschmückt mit Fahnen und Flaggen wie wohl einst vor Jahrhunderten, wenn es ein Turnier geben sollte. Ritter gab es heute keine mehr – auch Ritterlichkeit stirbt aus. Züge schwieg den ganzen Weg.

Weit war es nicht, das angesteuerte Ziel, es lag gerade mal eine Straßenbahnhaltestelle von St. Peter, gleich an der Ecke gut sichtbar in seiner Sandsteinverkleidung. Aus der Zeit vor dem Krieg waren noch Inschriften über den zwei Eingängen erhalten „Knabenschule“ und „Mädchenschule“. Sie gingen zum Eingang für Knaben, der jedoch abgeschlossen war. „So kann man sich täuschen, Züge, schlafen die Herren doch in der Mädchenschule.“ Die große Eingangstüre knarrte, als sie die Schule betraten. Unten im Flur war kein Mensch, von oben hörte man allerdings lautes Sprechen. Sie gingen die Stufen hinauf, fanden das Klassenzimmer auch gleich (immer dem Dialekt nach!), in dem die Gruppe SA – Männer aus Sachsen nächtigte. Ohne zu Klopfen traten sie ein, Scheuerlein hinter Züge. „Guten Morgen, die Herren!“, Scheuerlein verkniff sich absichtlich die Anrede der SAler als solche. Deren Anblick war aber auch nicht dazu angetan, in Ehrfurcht zu erstarren. Weniger noch der Geruch, der in dem Klassenraum lag. Seltsam kontrastiert mit netten Bildern an den Wänden, die selbstgemalt den Alltag der Kinder der 3. Klasse darstellten. Meist BDM oder HJ – Motive, Lagerfeuer und Ernteeinsatz. Glückliche Jugend. An der Kopfseite des Zimmers hing das obligatorische Führerbild, ein Schatten des sicher abgenommenen Kruzifixes war nicht sichtbar. Wahrscheinlich ist der Schatten unter dem Führer zu finden. So darfst du das aber nicht sagen, schoß es Scheuerlein wieder durch den Kopf. Der Führer blickte auf diesem Bild entschlossen drein, wie immer.

„Heil Hitler“, schallte es ihnen entgegen.

Die Situation war einigermaßen unübersichtlich. Auf Strohsäcken lagen die einen Parteigenossen, zum Teil in Uniformhose und Stiefeln, aber zum anderen mit weiß gerippten Unterhemden bekleidet. Einige hatten ihren Parteiputz schon beendet, während die letzten gerade noch am Waschbecken im Klassenzimmer die Zähne putzten und sich gegenseitig behinderten. Deutlich lag Alkohol in der Luft.

Scheuerlein blickte just in diese Richtung und bemerkte spitz: „ Beklecken Sie nicht Ihre Uniformen, meine Herren! Fleckig können Sie nicht zum Führer.“ Scheinbar fiel keinem der Anwesenden eine Replik ein, so fuhr Scheuerlein fort. „Wir sind von der Nürnberger Kriminalpolizei, Kommissar Scheuerlein mein Name,“ er zeigte seine Dienstmarke, „und mein Begleiter hier ist Kriminalinspektor Züge, der Ihnen jetzt gleich ein paar Fragen stellen wird.“

Der Angesprochene stutzte, ließ sich aber nichts anmerken. Er begann vorsichtig, das Geschehene darzustellen, blickte dabei die Anwesenden fest an, musterte immer einen Einzelnen, besonders die Hände, wie Scheuerlein anerkennend dachte. Auch er tat dies, fand aber, daß keiner der Anwesenden besonders große oder kräftige Hände hatte. Obwohl dies aus der Ferne täuschen konnte, man muß sich da ja immer den kleinen, schmalen Hals dazu denken, verbesserte sich Scheuerlein. Wie man jetzt weiter verfahre, das hatten Sie nicht abgesprochen, so wartete er darauf, was Züge tun wollte. Nachdem der mit seiner Rekapitulation fertig war, blickte er kurz zu Scheuerlein, der nickte ihn aufmunternd an.

Die Parteigenossen schwiegen. Der Ranghöchste im Raum, soweit man das erkennen konnte, da ja noch nicht alle angezogen waren, ein Sturmführer, fragte herausfordernd, ob man sie denn verdächtige; dieser Frage wich Züge aus, indem er bemerkte, daß es hier schwierig sei, ihre Aussagen mitzuschreiben und man sie alle deshalb bitten müsse, aufs Präsidium zu kommen, um dort die Protokolle aufzunehmen.

Feindseliges Schweigen machte sich breit.

„Wie soll denn das gehen?“ tönte es von hinten, „wir laufen doch da jetzt nicht in die Innenstadt! Und außerdem haben wir eh keine Zeit, wir haben Dienst am Reichsparteitagsgelände, wir müssen beim Aufbau und Fahnenschmuck helfen. Der SA – Sturm 4/108 aus Dresden, das sind wir, ist dieses Jahr zuständig für die Luitpoldarena, da geht jetzt nichts!“ Ein sehr unanständiges Geräusch sollte wohl für Nachdruck sorgen.

Scheuerlein griff in die beginnende Auseinandersetzung ein. „Wir sorgen für den Abtransport und auch für die Rückfahrt, keine Sorge. Der Kriminalinspektor Züge wird jetzt telephonieren, dann wird ein Lastkraftwagen Sie alle mit in die Ludwigsstraße nehmen! Ich schätze, gegen zwei Uhr nachmittags sind sie auch wieder hier“.

Der Sturmführer, scheinbar doch der Ranghöchste in diesem Raum – keiner hatte übrigens die Fenster geöffnet – protestierte nochmals, ungefähr mit den gleichen Worten, wie der Wirt vorhin. Helfen würde es nichts, Scheuerlein versuchte, die Menge an der Ehre zu packen, wenn es da eine gab. „Parteigenossen, sind Sie sich eigentlich bewußt, daß es hier um Mord an einer deutschen Frau geht, die gestern Abend noch Ihr Bier auf den Tisch gebracht hat? Sind Sie sich bewußt, daß mit diesem Mord - und die Zeitungen werden darüber berichten, die Ehre auch des Reichsparteitags Großdeutschland beschmutzt wird? Was wird der Führer darüber denken, wenn er am Montag hier erscheint?" Wahrscheinlich wird er sich gar nichts denken, höchstens vielleicht „eine Frrau. Aahja". Ob der Führer mit diesen Wesen überhaupt etwas anfangen konnte, war Scheuerleins Meinung nach ja immer noch ungeklärt. Ließ sich Deutschlands Zukunft schon manchmal mit Eva Braun ablichten, meistens aber in Gesellschaft von Männern – und warum mußte Röhm sterben, der war doch ein guter Freund? Einen Putsch hatte der nicht geplant, das hätten sie hier im Polizeipräsidium gerade in Nürnberg wohl mitbekommen. Aber da war absolute Ruhe am 30. Juni 1934. Gerade auch diese Gedanken waren keinesfalls für die Öffentlichkeit bestimmt, noch nicht einmal für Züge. Man konnte nie wissen. Das Leben war nicht verachtenswert, jedenfalls nicht für Bemerkungen dieser Art.

Der SA – Führer lenkte ein. „Wie Sie meinen, da haben Sie wahrscheinlich Recht. Wie läuft die Organisation? Wir stehen zu Ihrer Verfügung, Herr Kommissar!"

Diese plötzliche Wende irritierte Scheuerlein, aber er verfügte, daß Züge den Hausmeister suchen sollte und nach einem LKW telephonieren müsse. Scheuerlein verblieb solange hier.

Es dauerte nicht lange, dann erschien Züge wieder und erklärte, daß alles geregelt sei. Er bekam als Lohn für seinen Dienst den Auftrag, in der Schlafstätte zu verbleiben, die „gute Luft zu genießen“ fügte er grinsend hinzu und zu warten, bis der Wagen hier sei. Ferner wies Scheuerlein an, daß Züge nach dem Abtransport der Parteigenossen von der SA wieder in die Gaststätte Merkur käme, er, Scheuerlein, wolle bis dahin schon mit der Befragung der Hausbewohner beginnen. Auf dem Weg dorthin muß er noch im Präsidium anrufen und anordnen, daß die Sternfahrer untereinander isoliert werden oder zumindest unter Aufsicht bleiben, dachte er.

„In diesem Sinne, HeilHitlerParteigenossen“, sagte er schnell und bewegte sich zur Türe heraus, froh dem Raum und seinen In- sassen oder -liegenden entkommen zu können. Treppab und rechts zur Türe, raus. Da stand die Ardie, kleines Vergnügen an diesem späten Vormittag mit dieser jetzt die fünfhundert Meter bis zur Gaststätte Merkur zurückzufahren. Rechts, kurz vor der Einmündung der Schloßstraße, lag eine Tankstelle, von dort aus wollte er in der Dienststelle anrufen.

Straßenbahngeleise führten links neben seinem Weg Richtung Tankstelle und Merkur, die Triebwagen waren sehr gut besetzt bis überfüllt, meist Männer in Uniform, die zum

Reichsparteitagsgelände hinaus in den Luitpoldhain fuhren. Sonst war eher wenig Verkehr, die paar Privatwagen konnte man an einer Hand abzählen. Die Leuna – Tankstelle war nicht weit. Leuna, auch so eine Sache. Benzin aus Kohle, dafür in den Gestehungskosten drei Mal so teuer wie Importbenzin. Wohin das lief, konnte sich jeder denken, der rechnen konnte. Wer bezahlte das eigentlich alles, nachdem der Liter Leuna auch nicht teurer war als bei Shell, wenn auch ohne „Dynamin"? Er fuhr langsam in die Tankstelle ein, ließ die Ardie am Tankstellenhäuschen, wie fast jeder Neubau in Nürnberg in letzter Zeit im Stil der Bauten am Zeppelinfeld errichtet, unter einem Schild von Continental stehen. „Fahrt Continental Reifen" – ein deutsches Produkt. Dann braucht das Reich keine Devisen. Es reimte sich schon zusammen. Nur sagen durfte man nichts. Wie immer. Der Druckschlauch auf der Einfahrt hatte ein Klingeln bewirkt, so daß der Tankwart schon auf ihn aufmerksam geworden war. „Was darf's denn sein?" rief dieser. „Nicht viel, Polizei, dürfte ich kurz telephonieren, ist ein Ortsgespräch!"

Der Tankwart hatte nichts dagegen, und Scheuerlein ging in das Kassenhaus. Dort war alles peinlich genau aufgeräumt, die sonst üblichen Ölspuren fehlten. Er griff zum Telephon und regelte sein Anliegen. Im Präsidium herrschte wenig Begeisterung ob seiner Idee, dennoch wollte man sich Mühe geben. Schüchtern kam auch die Gegenfrage, ob das denn nicht unnötig viel Staub aufwirbeln werde. Er hielt dagegen, daß die Sache so durchgeführt werden müsse, allein wegen der Ereignisse der kommenden Tage. Er schloß mit den Worten „kein Schatten darf auf die großen kommenden Tage fallen, das sind wir der Stadt der Reichsparteitage schuldig!" Damit legte er grußlos auf.

Keinen Pfennig wolle er für das Gespräch, es sei ja schließlich zum Wohle des Staates geführt worden, meinte der Tankwart in seiner blauen Uniform und grüßte zum Abschied mit einem markigen „Heil Hitler!" Scheuerlein schwang sich auf die Ardie und fuhr die paar hundert Meter bis zum Tatort von heute nacht.

Die Wirtschaft war aufgeräumt, als er sie betrat, der muffige Geruch allerdings geblieben, dieser mischte sich nur leicht mit Essensdampf, wohl irgendein Eintopf- oder Erbsengericht. Daher das schwere Atmen bei den Parteigenossen in der Scharrerstraße. Leerer Kopf und voller Darm, aber auch da nur heiße Luft. Keiner war zu sehen, er wollte sich setzen, und auf Züge warten, vielleicht etwas essen. Doch das war ihm vergangen, zu schwer roch es hier. Möglicherweise konnte man in der Metzgerei in der Kirchenstraße etwas bekommen, aber erst mit Züge. Die paar Minuten der Ruhe jetzt hier in der leeren Wirtschaft hatte er sich schließlich auch verdient.

Züge betrat zehn Minuten später das Lokal, Scheuerlein dachte sich noch, daß es schon merkwürdig wäre, daß kein Personal auftauche, obwohl Menschen in der Gaststätte waren. Gleichzeitig kam der Koch aus der Küche und meinte trocken und ablehnend „ich dachte mir, daß Sie eh nichts wollen, da blieb ich gleich bei meiner Arbeit."

Woher wußte er das, überlegte Scheuerlein, da muß doch eine Sichtmöglichkeit vorhanden sein. Was man da alles beobachten könnte? Der Wirt weiß mehr, als er zugibt, versteckt sich hinter der Parteimaske und Kameraderie. Wie kann man dem die herunterreißen?

Er sagte nichts, winkte Züge zu und dem Koch ab; beide traten wieder auf die Straße und liefen langsam im Einvernehmen Richtung Kirchenstraße zur Metzgerei Neukam, die für ihre frischen Bratwürste bekannt war. Essengehen war nicht, dies ließ beider Gehalt kaum einmal die Woche zu.

„Wir müssen uns an die Befragung der Bewohner der umliegenden Straßen machen, Züge, die Frau aus der Herbart 11 übernehme ich, Sie haben dann den Rest des Tages Zeit, die übrigen Wohnungen und umliegenden Häuser abzuarbeiten. Fangen Sie in der 9 an!"

Damit betraten Sie den kleinen Laden und bestellten, bekamen auch gleich.

Züge kaute lustlos auf seiner Semmel mit den Bratwürsten. Die Arbeitsverteilung hatte ihm offenbar auf den Appetit geschlagen. „Nun schauen Sie nicht so, Züge, Sie haben den besseren Teil. Ich muß in die Ludwigsstraße und mit den Parteigenossen aus Sachsen reden. Das wird ein Spaß!“, fügte er ironisch hinzu.

Donnerstag, 1. September, nachmittags

Die Treppe knarrte, als Scheuerlein in den ersten Stock der Herbart Straße 11 hinaufstieg. Gut gebohnert war es da, die Hausordnung ist auf Zack, fiel ihm auf (die deutschen Mieter polieren ihr Treppenhaus wie Kasernenflure, vor dem deutschen Geist macht nichts Halt. Paradeschritt mit Besen und Wischlappen. Achtung! Pure, kalte Fassade. Meine Hausordnung muß ich die Woche auch noch machen. Wie er das haßte, Straße kehren, Treppenhaus wischen und bohnern als Alleinstehender. Wie die anderen Mieter feixten, einen Kommissar beim Putzen beobachten zu können. War wahrscheinlich in diesem Männlichkeitswahn dieser Zeiten undeutsch, wie so vieles. Eine Zugehfrau hatte er mal gehabt, doch mit der erreichten Vollbeschäftigung waren Arbeitskräfte teuer und selten. Jedenfalls zu teuer für ihn.).

Er drehte an der Wohnungsklingel im ersten Stock rechts. „Mader“ stand auf dem Schild, das mit seinem polierten Messing mehr hermachen sollte, als die Gegend der Stadt hergab (typisch kleinbürgerliches Verhalten, dachte er, Oberflächlichkeiten, das Gesicht wahren und immer „Radfahren“). Und über den Nachbarn herziehen, der verschiedene „Bekanntschaften“ mit nach Hause brachte. Da droht man schon mal mit der Sitte. Blechern schepperte die kleine Türklingel (Bitte drehen!). Er hörte es zur Türe schlurfen. „Grüß Gott. Polizei, Scheuerlein, Kommissar“, versuchte er, als die Frau von heute morgen die weiße Türe mit dem Milchglasdurchbruch einen Spalt öffnete, „Mader Ihr Name? Ich bin der Polizeibeamte von früh, wir haben uns kurz unterhalten, dann hatten Sie keine Zeit mehr. Dürften wir das Gespräch jetzt fortsetzen? Es dauert auch nicht lange.“

„Kummas rei“, erwiderte die mittelalte eigentlich im Alter undefinierbare Frau, „im Flur ist des ned so guud, wegn der Nachbarn, Sie wissen scho! Aber ich hob eichenslich ned mehr zu sagn, als des wos i heit freih scho hob. Und mei Moo is aa ned dou!“ schob Sie gleich noch im Flur hinterher. „Nun, ich möchte auch nur sehen, ob Sie vielleicht nicht doch noch ein Detail wissen, dessen Sie sich gar nicht bewußt sind. Was ist das eigentlich für eine Wirtschaft, die Merkur? Wer verkehrt denn da so?“ „Naja, frühers wor des a ganz normale Wirtschaft, so am Tiergarten hald dran, wo klaana Leud mit ihre Kinder nachm Zoo a weng wos gessen ham. Dann is der jetzige Wirt kumma, und der hod die Bardei mitbracht. Und so isses etza nu. Mir normale Leud genna da etz nimmer suu hi. Da hammer aa kaum noch mehr a Zeid dazou, waal meim Moo homs die Erberdszeit nauf, der hodd etza 52 Stundn die Woche draußn im Kabelwerg an der Klingenhofstraß. Drum hommer uns ja a beworbn um die neua Wohnunga in der Ödenberger, ober die hamm nur alde Parteigenossen gricht. Mir ned. Nocherd simmer hald do bliem. Zur Merkur waß iich sonst fei nix, mir möchertn aa mit der Bolizei suu nix zu dun hom. Aans wass i ober doch: Horgns, die Berson, die wos dou glegn wor, des wor doch die Bedienung, odder? Die hod frühers mol im Deutschen Hof gerberd, Sie wissen scho, da wo... und voor aan odder zwaa Johr is die do herkumma. Wie des gehen soll, waß ich fei ned. Dou draußen wors doch viel vornehmer, nur allerersde Bardei und so. Des waß i, waal ich mid dera mol beim Bäcker gred hob. Die hob i nu ned gsehgn ghobt und suu hobbis gfrogt, wer sie denn is. Dou hods mer des erzähld. Aber schlau draus worn bin i ned. Wenn i's obber suu am Dooch gsegn hob, hob i mer immer denkd, a Bedienung und suu scheena Kleider. Wie des woll geht? Und einen Auftritt hat die gehabt", fügte sie mit einem Anflug von scheinbarem Hochdeutsch hinzu, so wie nur Franken dann klingen können, wenn sie dies versuchen. Klingt immer so, als wollten sie sich selbst ironisieren.

Scheuerlein schwieg kurz ob dieser Redeflut, die er auch nach den Erfahrungen des bisherigen Tages so nicht erwartet hatte. Dann schob er nach: „ Und das wissen Sie sicher, das mit dem Deutschen Hof? Wissen Sie, ob die Frau Mack außer ihrer Tätigkeit in der Gaststätte sonst noch Arbeiten nachging, ich meine, von Bediengeldern allein kann man ja keine große Garderobe machen..." „Naa – da waß i nix. Obber gred werd ja viel." Und etwas verstohlen oder verschlagen blickend, so wie es nur Leute tun können, die immer Neid auf die Lebenssituation anderer haben und aus deren Problemen im (für sie) Glücksfall Vorteile schlagen, fügte sie halblaut hinzu „maaners, der 180er wird noch verfolgd? Meer soch i obber ned!" Und schwieg herausfordernd. Na bitte. Das Übliche – Unzufriedenheit im eigenen Bett und Neid.

Jetzt nicht nachbohren - sie hatte dieses Mitverschwörergesicht - wenn er dies doch täte, würde sie eisern schweigen. Vielleicht wollte er nochmal herkommen und ausführlicher mit dieser Frau Mader reden. Er wußte auch so für's erste Bescheid. Das übliche Gerede aus der Mischung von Mißgunst und Langeweile erwachsen. Da sah eine mal besser aus als so eine eingetrocknete Zitrone und gleich unterstellte man der Gutaussehenden Kuppelei und andere ganz schlimme Verhältnisse. Das war die Gruppe von Volksgenossen in den Vorstädten, die sich Spiegel an die Küchenfenster montierten, um auf der Straße oder im Hof nichts zu versäumen. Um im Treppenhaus immer informiert zu sein. In der Wohnungstüre einen Spion. Aber nie zu Hause, oder wenigstens so tun als nicht. Das Kapital der GeStaPo eben. Der hat das gesagt, die das. Und schon war ein Protokoll in der zuständigen Abteilung in der Deutschhaus - Kaserne fertig. Widerlich. Und wenn's nicht klappte mit der Aussage, die stilleren Verhörräume lagen schließlich im Keller. So hatte man die KPD 1934 geknackt, die Genossen von der SPD waren ein Vierteljahr später dran gewesen – die übrigen traten als Vorsichtsmaßnahme oder eben aus Opportunismus in die Staatspartei ein. Das konnte den Genossen von der KPD nicht passieren, die waren so aufrecht, daß sie in dieser Haltung dann in Dachau oder Flossenbürg verreckten. Er bekam das schon mit, wenn wieder Erzählungen aus Abteilungen der GeStaPo zu ihm drangen, wenn die „Kollegen" wieder einen „Rückschein" aus den Lagern erhielten. Bemerkungen wie „Beim Schützenfest im Weg gestanden" oder so waren noch die harmlosen.

Und in den miefigen Treppenhäusern fing es an.

Scheuerlein erinnerte sich an ganz junge Kerle und Mädchen aus der KPD. Im September 34 hatten sie die ausgehoben. Andreas Paul, Fanny Wiesinger und Andreas Döhlmann hießen einige davon, die anderen Namen fielen ihm nicht mehr ein. Die hatten Flugblätter gedruckt, dafür wurden sie zu zwei bis drei Jahren Zuchthaus verurteilt. Im Namen des Volkes, für das er arbeitete, als Beamter. Ob die dann aus dem Zuchthaus entlassen wurden, bezweifelte er, Dachau war eigentlich immer überfüllt, trotz der vielen „Abgänge“.

Aber möglicherweise war doch etwas an dem Gerede der Mader dran. Fama fert – und wenn... Irgend einen Grund müssen die teueren Kleider tatsächlich gehabt haben und erst der Wechsel der Arbeitsstelle. Etwas stimmte da nicht.

„Danke, Frau Mader, wenn sonst noch etwas..., rufen Sie mich bitte an, die Durchwahlnummer ist 8407, sonst herzlichen Dank. Auch wenn ihr Mann noch Informationen zu haben glaubt, die wir brauchen könnten, soll er sich nicht genieren! Vielen Dank bis hier soweit!“ Er fügte noch einen starken Deutschen Gruß hinzu, bei der Problemlage und der Unterhaltungsfreudigkeit der Dame konnte man nie wissen, trotz seiner Gedanken von eben.

Als er durch die Wohnungstüre trat, glaubte er einen Stock höher Schritte auf dem Treppenabsatz zu hören. Geheimnisse gab es hier nicht. Und die Kleinigkeiten, die man hier zu hören glaubte wurden in den Klatschereien auf den Treppen immer größer, bis man ein gemeinsam definiertes Opfer gefunden hatte (Fast so wie im großen, im Staat, das gab es da auch, Scheuerlein!).

Erster Stock links wollte er noch Züge abnehmen, der hatte auch so genug zu tun, also klingelte er. Wenig Schlurfen zur

Türe. Schritte waren das nicht. Ein sehr alter Mann öffnete und Scheuerlein wußte gleich, daß da nichts zu gewinnen war: Der Volksgenosse war gut Mitte siebzig und reagierte kaum auf gestellte Fragen, war wohl schwerhörig oder stellte sich so. Die Geschwindigkeit, mit der der Mann allerdings am Riegel gewesen war, ließ eher darauf schließen, daß dieser ein guter und ausdauernder Beobachter sein konnte. Auch ein Teilnehmer der Treppengemeinschaft, aus der im großen die Volksgemeinschaft erwuchs.

Der wußte nichts oder wollte nichts sagen. Scheuerlein brach ab und stieg die Treppen lauter herab als nötig. Sollten die schon alle mitbekommen, daß er da war. Etwas umrühren, dachte er, dann kommt vielleicht Bewegung in deren Aussagefreudigkeit. Züge wird weitermachen. Den traf er auf der Straße bei der Ardie, leicht an ihren schwarzen Gummisattel gelehnt, fertig mit der 9.

„Ich dachte mir, daß Sie gleich kämen. Die anderen Wohnungen aus der 11 habe dann ich. Das kann Tage dauern, ich fang‘ gleich an, wo waren Sie denn bis jetzt?"

„Nur im ersten Stock rechts und links. Viel Neues gibt es nicht, ich erzähle es Ihnen dann um fünf in der Ludwigsstraße. Sie machen jetzt weiter und ich schaue, daß ich in die Dienststelle komme, die Parteigenossen aus Sachsen warten sicher schon – und ich weiß nicht, wie die Kollegen dort mit denen umgehen. Allgemeine Verbrüderung unter Parteigenossen oder so."

Züge schaute verzweifelt, doch darauf ging Scheuerlein nicht ein. Konnte er auch gar nicht, wollte er Züge helfen, verlöre er zu viel Zeit. Gutes Personal war auch nicht mehr zu bekommen, die Kollegen, die da noch hätten helfen können, waren alle mit Sicherheitsmaßnahmen für die kommende Woche beschäftigt. Viel würde bei Züges Recherchen sowieso nicht herauskommen, machen mußte man's jedoch, schon um der Vollständigkeit halber. Und wenn man etwas übersähe. Scheuerleins Stand in der Abteilung Gewaltkriminalität war mit seiner Personalakte eh denkbar schlecht. Bei Züge, überlegte er, muß auch etwas Derartiges sein. Und wenn wir schon so eng jetzt zusammenarbeiten, könnte man sich ja mal herantasten. Es gäbe zumindest ein Gefühl der Sicherheit, wenn man nicht immer aufpassen müßte, was man laut denkt. Und Lebensqualität brächte es auch zurück – man wäre nicht ganz so allein.

Mit solchen Gedanken hatte er seine Windjacke zugeknöpft, Züge zugenickt und war auf die Ardie gestiegen, diese angetreten und losgefahren, um die Ecke in die Harsdörffer und gerade noch vor einer Straßenbahn, die auf die Haltestelle Peterskirche zufuhr über die Kreuzung in die Regensburger eingebogen. Der folgte er jetzt bis zum Marientortunnel.

Das machte ihm besonders viel Spaß, wenn er schon einmal ein Dienstmotorrad hatte, im Tunnel mehr Gas zu geben als nötig. Dann spürte man die Kraft der Maschine gedoppelt durch ihren Lärm, eigentlich Musik. Etwas Freiheit an einem derartigen Tag. Er bog links ab in die Bahnhofsstraße und war auch gleich an der neuen Reichspost am Bahnhofsplatz, die martialisch mit ihrer Steinverkleidung und den rot – weißen Markisen begann, die Architektur des Platzes zu beherrschen, fast als wollte sie den Wilhelminismus des großen Hauptbahnhofes zum Schweigen bringen. Eine zwingerhafte Trutzburg mit dunkelroter Schrift, in die man seine Post trug, eigentlich weiß jeder, was mit der Post passiert, wenn er nur das Gebäude ansieht. Wir haben das gelesen und notiert. Schreib' bloß nix Falsches, sonst... Das galt auch für dienstliche Berichte. Immer schön an der Wahrheit entlang schreiben, man mußte schon ein Talent haben dafür. Die Schere war nicht nur auf dem Schreibtisch, sondern auch im Kopf, dachte er. Wie entwickelten sich Menschen auf diese Weise? Nie das Richtige sagen, nie frei im Gespräch, nie das Gesicht zeigen. Da wächst eine Kultur der Halbwahrheit und der Lüge heran – was wird da mit den Kindern? Er verbesserte sich gleich, Kinder wüßten es nicht besser, die erfuhren die Wahrheiten schon von ihren HJ – Führern, da brauchte es keine Eltern mehr. Glücklicherweise habe ich keine Kinder...

Er nahm die Königstraße, um ins Präsidium zu kommen, diesen kleinen Umweg gönnte er sich. Früher hatte er sich immer gefreut, Sankt Lorenz mit seiner mächtigen Fassade unter den hohen Türmen zu sehen, in diesen Wochen blickte er nicht so gerne hin. War doch auch diese Kirche von begeisterten Deutschen Christen mit Hakenkreuzfahnen geschmückt, lang hingen sie vom Südturm herab und wiesen scheinbar den Weg des Heils. Leicht bewegten sie sich im Wind. Hier war die Straße schon voller, allerdings vordringlich mit touristischem Verkehr zum Reichsparteitag. Ein Bus kam ihm entgegen, einer dieser neuartigen, die eigens für die Festtage gebaut worden waren, mit einem Dach, das vor allem aus Glas bestand. Naja, sollen sie schwitzen, die Begeisterten. Eine Abteilung von Henleins Sudetendeutschen formierte sich in der Karolinenstraße, die Straßenbahn klingelte ärgerlich hinter dem Trupp, der sie behinderte. Sudetendeutsche, dachte er, ja, Reichsparteitag Großdeutschland. Das wird diesmal auch international. Und Ärger geben. Er gab Gas. Vom Weißen Turm wehten auch Fahnen, um die Dachtraufe herum war er mit Wimpeln geschmückt.

Die Ardie stellte Scheuerlein im Garagenhof ab, das Fahrtenbuch nahm er mit, um es oben im Büro auszufüllen.

Sie hatten einen größeren Raum im Eingangsbereich des Präsidiums, den Zuführraum, in dem auch Gruppen von

Verdächtigen auf ihre Vernehmung warten konnten, dabei waren dann immer mindestens zwei Beamte. Das Rumoren hörte er schon, als er noch am Eingangsportal bei geöffneter Türe stand und einmal tief Luft holte, bevor er das Gebäude betrat. Irgendwie erfüllte es ihn mit Befriedigung, daß da nun ein SA – Sturm fast vollständig in dem Raum saß, in dem sonst immer Genossen der SPD oder der KPD warten mußten, bevor sie von der Kriminalpolizei oder – schlimmer – von der GeStaPo verhört wurden. Die wußten, daß sie so schnell nicht wieder heraus kamen, eventuell auch niemals. Da war es meist still, wie bei einer Beerdigung, was durchaus zutreffen konnte, zumindest in den Kellerräumen für die verschärften Verhöre. Besonders hervorgetan hatte sich da ein Kriminalhauptwachtmeister Beetz, der öfter lässig kundtat, daß er alle schlüge, bis sie nicht mehr kriechen konnten, wenn man ihn nur ließe. Der war natürlich nicht zu sehen, wahrscheinlich kochte der vor Wut ob der heutigen Parteiversammlung im Präsidium.

Scheuerlein ließ den Raum links liegen und stieg die Stufen hinauf in den ersten Stock zu seinem Arbeitsraum. Auf dem Flur schon wurde er von seinem Vorgesetzten Kriminalrat Schley angehalten. Von oben herab kanzelte er ihn ab: „Was er sich eigentlich denkt? Einen ganzen SA – Sturm zur Vernehmung bringt er hier an! Wenn sich das rumspricht, noch dazu so kurz vor dem Reichsparteitag – wenn das der Führer erfährt! Ist er noch zu retten?" Dieses „er" statt „Sie", dachte Scheuerlein, alte Militärschule. Eine Sprache wie beim Barras – möglichste Distanz zu den Untergebenen oder besser Untertanen. Er rechtfertigte sich mühsam mit einer knappen Darstellung des Vorgefallenen. Von wegen daß die Parteigenossen die letzten Gäste in der „Merkur" gewesen seien, daß man nicht ausschließen könne... und daß es sehr vorteilhaft sei, daß die PGs nunmehr nüchtern seien. Schley fuhr ihn darauf nur kurz an: „Eine Stunde gebe ich Ihnen, dann entlassen Sie den Sturm. Die haben Wichtigeres zu tun, als hier herumzusitzen, verstanden?" Er machte auf dem Absatz grußlos kehrt und verschwand am Ende des Flures nach oben. Wahrscheinlich Rapport erstatten beim Dr. Benno Martin, dachte Scheuerlein. Die Sache wird eng.

Knapp vor zwei – viel Zeit bleibt mir nicht, eine Stunde, dann habe ich meine Chance gehabt. Von den Kollegen hatte sich keiner blicken lassen, die Sache blieb also allein bei ihm. Das war klar, sobald die Partei im Spiel war, drohte Gefahr, wenn schon nicht für Leib und Leben, dann wenigstens für die Karriere. Er war ja schließlich auch nur Kommissar, so etwas wie verbranntes Fleisch. Wer wollte da schon beispringen? Er setzte sich an seinen Schreibtisch und griff zum Telephon, rief im Beobachterraum neben dem

Zuführraum an, man solle ihm den Ranghöchsten schicken, der dort sitzen würde.

Es erschien der Sturmführer von heute Morgen aus der Scharrerstraße in Begleitung eines Wachtmeisters, der dem Vorgeführten höflich die Türe aufhielt und dann salutierte, man wußte nicht wem. „Kriminalkommissar Scheuerlein, Sturmführer Holz vom SA – Sturm 4/108!“, meldete er, „die Personalien der Parteigenossen haben wir unten alle aufgenommen.“ „Sie können gehen, Wachtmeister“ - so ein junges Gesicht, dachte Scheuerlein, lange haben wir den noch nicht.

„Nehmen Sie bitte Platz“, eröffnete Scheuerlein das Gespräch – Verhör würde das sicher keines werden, „Sie sind ja bereits über mein Ermittlungsproblem informiert“ – „Das durchaus Ihr persönliches wird, Kommissar“, platzte Holz dazwischen. „Wir sind nun schon einige Stunden hier, ohne daß etwas geschieht! Wie stellen Sie sich das vor?“

Die Sonne schickte zwei Streifen helles Licht über seinen Schreibtisch, spielte mit dem Staub in der Luft. Zwischen ihnen stand Scheuerleins schwarze Schreibtischlampe, er hätte gerne verdunkelt und den Kameraden so verhört, wie es die Kollegen von den politischen Abteilungen mit Festgenommenen taten. Mit viel Licht im Gesicht. So war ihm die

Atmosphäre zu lieblich, immerhin ging es um Mord an einer jungen Frau.

„Finden Sie Ihren Ton angemessen“, bemühte er sich vorsichtig, die Oberhand zu bekommen, ohne gleich auf Konfrontation zu gehen, „ich möchte Ihnen nur wenige Fragen stellen, dann sind wir auch schon fertig? Sie waren also als kompletter Sturm gestern abend in der Merkur. Fiel Ihnen etwas auf, was uns weiterhelfen könnte? Wie saßen Sie denn den Abend über?“

Langsam begann Holz zu sprechen, er bemühte sich offensichtlich, seinen Ärger für sich zu behalten. „Wir saßen eigentlich in der ganzen Gaststätte verteilt, außer uns war niemand da, die Gunda Mack, die Bedienung, hatte gut zu tun, uns Bier zu bringen. Wir waren vorangemeldet, telephonisch, da wir jedes Jahr zum Reichsparteitag kommen. Der Wirt kennt uns schon. Er ist ein kolossaler Kamerad! Er setzt sich auch immer zu uns, ist ja lange in der Partei. Die letzte Runde ging auf ihn, und wir sind fast dreißig! Naja, gut gegessen haben wir auch. Wir sangen Lieder, die alten aus der Kampfzeit; gegen zwei Uhr gingen wir dann, übrigens zu Fuß, die letzte Straßenbahn war ja schon lange weg und es ist eigentlich nicht weit.“

„Gut, gut, aber irgend etwas, was die Ausgelassenheit des Abends gestört hätte?“ fügte Scheuerlein bei. „Ich meine bezüglich des Tathergangs, es wäre auch relevant zu wissen, wann Sie die Gunda Mack zuletzt gesehen hätten?"

„Nein, da war nichts anders, als es sich gehört hätte. Nur die letzte Runde servierte der Wirt, die Gunda hatte wohl in der Küche aufzuräumen zusammen mit der Putzhilfe, der Martha."

„War bis dahin sicher sehr schön, wenn die Bedienung in so privater Atmosphäre im blau – roten Kleid bedient, da fühlt man sich doch wie zu Hause", versuchte Scheuerlein es jetzt mal hintenherum; er hatte sich schon am Morgen gefragt, warum das Opfer so anders als eine Bedienung gekleidet gewesen war. Wenn sie am Heimweg gewesen wäre, hätte sie doch ihre Handtasche dabeigehabt. Und vielleicht war ja an dem Gerede der Frau Mader doch etwas dran?

„Nein, die Gunda war vorschriftsmäßig gekleidet, wie es sich für eine deutsche Bedienung gehört! Schwarzes Kleid und weiße Schürze. Wie kommen sie auf etwas anderes?"

Scheuerlein ließ die Gegenfrage unbeantwortet und war zufrieden, dem Holz doch etwas entlockt zu haben. Der Wirt hatte zum Thema mit dem Kleid nichts gesagt. Da war also mehr.

„Danke, das wär's dann schon" verabschiedete er den Sturmführer, der sich jetzt sichtlich wohler fühlte. Da konnte man schon sehen, daß die Helden einzeln auch ruhiger werden. Die sind nur in der Gruppe stark, dann trauen sie sich. Wie damals 33, als Horden von SAlern Wohnungen von Juden in der Nordstadt überfallen hatten. Er ging zur Türe und rief nach dem Wachtmeister, bedeutete Holz, daß er zurück in den Zuführraum gehen könne. Der aber nahm Haltung an vor ihm und grüßte zackig mit „Heil Hitler, Kommissar“, dabei riß er die Hacken zusammen und den rechten Arm zum Deutschen Gruß hoch, „grüßt man hier nicht deutsch?“ Scheuerlein, einigermaßen überrascht, war Holz doch jetzt recht ruhig gewesen, riß sich etwas erschrocken zusammen und hob den rechten Arm auch lahm. „Heil“ entgegnete er nur, erwischt, dachte er, aber „Heil“ kann man doch jedem wünschen, wenn er es derart dringend braucht wie diese Herren. Holz entfernte sich nach unten in Begleitung des Wachtmeisters.

Einen wollte er sich noch holen, soviel Zeit habe ich noch, es ist erst halb drei, dachte er und rief wieder unten an. „Ich hätte gerne den SA – Mann aus dem Raum, der am lautesten (und damit am unsichersten) ist!“ wies er den Posten an.

Wieder mit dem Wachtmeister von vorhin erschien ein Gesicht, das er am Vormittag nicht wahrgenommen hatte. Aber der Parteigenosse hielt nicht hinter dem Berg und fuhr ihn gleich an, warum er geholt worden sei und daß sie alle... im Prinzip genau die Dinge, die sein „Kollege“ vorhin zu Beginn des Gespräches gesagt hatte. Ein Oberscharführer, den Rangzeichen nach, die Uniform wenig gebügelt. Scheuerlein musterte ihn und sagte dann trocken: „Wie laufen Sie denn herum, Oberscharführer, wissen Sie eigentlich, mit wem Sie es hier zu tun haben? Nehmen Sie Haltung an, Mann!“ Die letzten Worte waren recht laut gewesen. Augenblicklich schwieg der Parteigenosse. Na bitte, wir sind hier schließlich in Deutschland, dachte Scheuerlein, das funktioniert im Land der krummen Rücken doch immer. „Ich habe nur ein paar Fragen an Sie, setzen Sie sich und Ruhe jetzt!“ Der Oberscharführer folgte. „Name? Wohnort?“ „Meier, Anton. Dresden. Heinestraße 21“. Das war schön. Wohnte doch so ein Kamerad in einer Straße, die nach einem deutschen Freiheitsdichter und Juden benannt war. Ob der davon Gewissensbisse bekam – (unwahrscheinlich, bei dem Bildungsgrad in der SA)? Die Augen seines Gegenübers blickten etwas stumpf, aber nicht aggressiv oder ängstlich. Arroganz hatte er vorhin bei Holz beobachtet, hier sahen ihn zwei Augen an, die jedenfalls keine Verschlagenheit andeuteten.

„Haben Sie etwas beobachtet, was uns bei der Suche nach dem Täter weiterhelfen könnte?“ „Ich weiß ja nicht, was Ihnen helfen kann“, gab der SA – Mann zurück, „es war wie immer in der Merkur. Nur daß wir schon um zwei gegangen sind, früher blieben wir länger.“ „Und warum dies?“ „Keine

Ahnung. Um halb zwei hat der Wirt noch eine Runde geschmissen und dann hat er uns verabschiedet. Das Personal hätte jetzt Feierabend, sagte er. Dabei war in der Küche noch was los, das habe ich gehört vom Klo aus, nach dem fünften Bier muß ich nämlich nach jedem...". „Schon gut, so genau wollte ich das gar nicht wissen. Aber was da war, wissen Sie nicht so genau, oder?" „Naja, da haben sich Leute unterhalten. Wie viele oder wer habe ich nicht mitbekommen, wissen Sie, wir haben doch gefeiert und nüchtern war ich eher nicht." „Glauben Sie, das hat sonst noch jemand außer Ihnen bemerkt, daß da noch Leute waren?" „Nein, denn da klar war, daß wir gehen, ist keiner mehr auf den Abort." „Wie habe ich das zu verstehen?" „Wir machen da immer so ein Spiel am Nachhauseweg, heißt Sprengwagen..."

Scheuerlein lehnte sich pikiert zurück. Das waren doch ganz gewöhnliche Säue aus irgendwelchen Vorstädten, die da in Uniform als SA zum Reichsparteitag Großdeutschland kamen und dann hier im Rudel die Straßen verpißten. Aber auch davon hatte man schon gehört, daß die Quartiere, wo die einfachen SA – Leute übernachteten, Schulhäuser und Turnhallen oder so, nach dem Abmarsch der Teilnehmer aussahen, als hätten Tiere drin gehaust. Die Schule an der Bismarckstraße konnte einmal, 1936, glaubte er, erst eine Woche später beginnen, bis diese wieder menschenwürdig hergerichtet war. Die Partei hatte dann zwar einen Ausschuß gegründet, der solche Exzesse abstellen sollte, doch das war dann auch wieder im Sande verlaufen. Also weitere Sprengwägen auf den Straßen.

Er stellte noch kurz die Frage nach der Aufmachung der Bedienung, aber auch dieser Parteigenosse bestätigte die Aussagen des Sturmführers Holz. Er war am Ende mit der Befragung des Sturms, innerhalb der gegebenen Zeit.

„Gut", sagte er knapp, „Sie können dann gehen, guten Tag!" Scheuerlein bedeutete ihm, daß er einfach den Raum verlassen könnte, rief und ordnete unten an, daß der Sturm das Präsidium verlassen dürfe.

Wenig genug hatte er erreicht. Aber daß von denen jemand die Tat begangen haben könnte, glaubte er nicht. Dazu war die soziale Kontrolle groß genug und die Kameraderie wiederum nicht. Für Trinkgelage und ideologisierte „große" Taten reichte sie zwar schon, aber „ziviler" Mord an arischen Volksgenossen? Dann wäre einer von denen sichtlich nervöser gewesen oder auch mehrere. Auch der von eben war nur laut gewesen, weil er sich hervortun wollte. Sonst nichts. Aber wenn da noch etwas aufkommt, kann man die Truppe ja noch einmal – das ist der Vorzug an den Reichsparteitagen, sie dauern sieben Tage und haben noch nicht einmal angefangen. So gesehen ist da noch viel Zeit.

Einen Kaffee wollte er jetzt, dazu mußte er in die Kantine. Ausgeschlossen, daß ihm jemand einen bringen sollte. Der Gang mit seinem Steinbelag glänzte, die Sonne schien schon im Sinken begriffen direkt durch die beiden Fenster am Ende des Flures. Auf einer kleinen gipsverkleideten Holzsäule unter den beiden Fenstern stand dunkelbraun der Führer in Bronze oder Imitat, seine klar gescheitelten Haare wurden extra von Strahlen erleuchtet. Schön, dachte er sich, die Vorsehung leuchtet. Wie eine Kopie katholischer Inszenierungen wirkte das. Fehlte bloß noch die Rosette, die das Licht zum Heiland führt. Beidseits der Inszenierung hingen an kleinen Ständern Reichsfahnen, die das ganze umrahmten. Kein Mensch war im Gang, alles schien auswärts zu sein, um Absperrungen oder Postenketten einzuplanen.

Federnd kam ein Mensch in Uniform die Treppe herauf. Er pfiff, das Lied kannte Scheuerlein nicht. Er war in der Uniform der SS gekleidet, wohl ein Kollege von der GeStaPo. Er kannte ihn nicht, sie hatten noch nie etwas miteinander zu tun gehabt. Dieser grüßte mit dem Deutschen Gruß, Scheuerlein antwortete, nun auch zackig, mit denen war nicht zu spaßen, dachte er. „Na, Scheuerlein, Fortschritte gemacht?“ fragte der mit durchaus freundlichem Ausdruck, was bei Scheuerlein sofortiges Unbehagen hervorrief. Woher wußte der schon – war die Aktion mit dem Dresdner Sturm so aufsehenerregend gewesen, daß die GeStaPo gleich? Ein „wenig, aber Belangloses“ brachte er noch heraus, dann schritt der Sturmbannführer nach einem „na dann... Heil Hitler“ mit erneutem Pfeifen auf den Lippen gleich weiter. Er steuerte das Büro von Schley an, bemerkte Scheuerlein im Weiterlaufen und es war kein gutes Gefühl dabei.

Der Kaffee in der Kantine war dünn und geschmacklos. Zucker gab es auch nicht, Proteste sinnlos, wie die Küchenhilfe andeutete: „Do braugns gor nix sogn, seias froh, wenns etza um halbeviere überhabts noch wos kriegn! Lieferunga gibds widder ab Mondach“.

Zurück in seinem Büro wartete eigentlich nur noch Bürokram auf ihn, das Aufnehmen der beiden „Gespräche“ mit den SAlern aus Dresden und der Bericht über den Vormittag. Das haßte er, war er doch auch nicht als Sekretärin geboren worden, dachte er. Eine solche bekam er selbstverständlich nicht, die gab es ab Hauptkommissar. So spannte er einen Bogen Papier in seine Maschine ein, eine Triumph 12, heimisches Produkt, die einen Höllenlärm veranstalten konnte. Drüben bei der GeStaPo gab es bessere Maschinen, „Silenta“ von Continental (mit Sondertasten für die Zugehörigkeit zum Verein), auch aus Sachsen – so grobschlächtig die Parteigenossen von dort, so fein die Mechanik. Diese bekamen aber nur übergeordnete Behörden, sie nicht. Er machte sich an die Arbeit.

Kurz vor halbfünf betrat Züge nach einem müden Klopfen den Raum, er wirkte abgekämpft, lehnte sich an die hellackierten Rollschränke ihm gegenüber. „Und?“, fragte Scheuerlein. „Nichts außer blöden Kommentaren. Wen wir denn suchten, was denn überhaupt passiert sei und daß das schon stören würde, so kurz vor den Tagen des Herren. Darauf freuten sich alle wie toll. Und daß es diesmal besonders schön werden würde, hätten sie alle doch Wohnungen, vor allem die aus der Harsdörffer, von denen man alle Vorbeimärsche genau beobachten könne. Aber zu unserem Fall nix.“ Das klang verzweifelt, dachte sich Scheuerlein, aber bei ihm war es ja nicht besser gelaufen. Bei ein paar Worten von Züge war er aber hellhörig geworden, „den Tagen des Herren“. Für den Abend wollte er Züge ein Angebot machen, das war schon lange fällig, man mußte mit Kollegen auch einmal abseits des Alltags etwas unternehmen. „Danke, Sie können in Ihr Büro, Züge, machen Sie Ihre Notizen für heute. Morgen fahren wir dann früh in die Wohnung des Opfers, nachmittags sehen wir dann schon, wir haben den Wirt, den Schubert und seine Putzhilfe, die Bauer um zwei da, vergessen? Eins noch, hätten Sie heute abend Lust, ein Bier mit mir trinken zu gehen? Abseits des Rummels der Innenstadt? Der Tag war doch recht lang... ich lade Sie ein."

Ein kurzes, kleines Leuchten ging durch das Gesicht des Angesprochenen. „Warum nicht, wo und wann?" „Wie wär's im Wundersgärtla, Martin Richter Straße 16, kennen's das?" Er kannte es nicht, sie verabredeten sich gegen sieben Uhr dort und jeder arbeitete für sich noch die kurze Zeit bis zum Dienstschluß.

Scheuerlein schloß ab. Er wollte gleich nach Hause, brauchte zumindest ein frisches Hemd. Der Tag war dann doch recht warm geworden, in vielerlei Hinsicht. Er wollte zum Plärrer laufen, sich dort an der großen Haltestelle einen Kaffee gönnen und dann mit der Linie 1 bis zur Sielstraße fahren.

Das Büro und seinen Schreibtisch schloß er ab, wohl im Bewußtsein, daß jeder, der es wollte, dennoch an seine Unterlagen kommen könnte. Akten zur Bearbeitung mit nach Hause nehmen durfte man nach einer internen Anweisung schon jahrelang nicht mehr. Viel ließ er ohnehin nicht zurück.

Der Weg zum Spittlertor blieb immer abwechslungsreich und bunt. Schön war es anzusehen, wie die Straßenbahnen auf ihrer Strecke zum Plärrer durch die mittelalterliche Kulisse fuhren, dabei fast den Eindruck machten, als wollten sie an den Hausfassaden entlangstreifen. Überall wieder der Fahnenschmuck, zwischen den Häusern vor allem über die Straßen gespannt. Dies war der offizielle Stadtschmuck. Die Häuser dann mußten die Hauseigentümer selbst mit Fahnen verzieren, das war schon teuer, wie er wußte, hatte doch seine kleine Flagge für die Fensterbank auch schon drei Mark gekostet. Aber ohne wäre er nur noch mehr aufgefallen in seiner Hausgemeinschaft. Also hatte er sich eine gekauft, da war schließlich in der Breiten Gasse ein Laden speziell dafür. Für das Befestigungsrohr kostete der Schlosser extra. Überall sah man außerhalb der „Fahnensaison" (und viele Tage ohne Beflaggung gab es nicht im Jahr – Weihnachten im Zeichen des Kreuzes mit Haken war nur ein weiteres – Tag der Deutschen Frau – Tag der HJ ----) die Rohre an die Fassaden geschraubt. Da mußten sich die Investitionen in den Schmuck ja auch lohnen das ganze Jahr über. Was tat man nicht alles für die Volksgemeinschaft? Und die im Gegenzug? Sie schützte und sprach über einen. Bei diesen Gedanken fiel ihm wieder die Frau Mader ein. Hatte sie ihm doch einen wichtigen Hinweis gegeben.

Straßenbahnwagen um Straßenbahnwagen überholte ihn. Zu den Reichsparteitagen mußte alles auf Strecke, was Räder hatte bei der Straßenbahn Nürnberg – Fürth. Darunter waren alte Wagen, aber auch die neuen, die reichseinheitlich in der Farbgebung waren. Elfenbeinfarben der Wagenkasten mit olivgrünen Zierstreifen. (Da war schon ein Stück Tarnbemalung dran, werksseitig - bitte, die Partei baut vor und sorgt für die Bürger Parteigenossen, schön war anders.)

Am Plärrer versuchte er möglichst schnell zwischen den unzähligen Straßenbahnen zur Wartehalle durchzukommen, von der man ihm erzählt hatte, dort gäbe es noch richtigen Kaffee. An dem modernen Bau, über den in des Reiches Schatzkästlein auch schon kritische Worte verloren worden waren, hing aber ein Schild: „Kaffee ist aus". Na schön. Reichsparteitag der Frustrationen – wahrscheinlich sparen die für die nächste Woche auf, da gibt's dann wieder jeden Wunsch erfüllt, alles wird schön sein. Fast so schön wie Streichers Versprecher vom letzten Jahr, als er erklärte, das Deutschland von 1937 sei auf dem Wege zum Untergang. Das war mal realistisch gesehen. Vorerst an der Kaffeefront. Scheuerlein ging zum Bahnsteig, an dem Wagen der Linie 1 oder 11 nach Fürth hielten.

Im Wagen, er bevorzugte immer die Anhänger, dann drückende Enge und kaum Platz zum Atmen. Viele Parteigenossen in Uniform hatten sich nahezu gleichzeitig mit ihm am Plärrer hineingequetscht. Sie schwitzten in ihrem braunen Drillich, den Kinnriemen aber trotzdem brav untergeschnallt. Ganze Gruppen wie die von heute Vormittag waren das, man merkte es an der Unterhaltung quer durch den Wagen – was es alles zu tun gab. Der stille Mensch in der Straßenbahn starb anscheinend aus, wer allerdings auf Menschenstudien aus war, der hatte die 20 Pfennig gut angelegt. Die „Bewegung“ war schon immer auf Lautstärke aus und angewiesen; Stille war wohl eher die Form der Systemzeit. Er wollte aussteigen, dachte er, drei Stationen sind zu ertragen.

Froh, den Wagen und die Volksgenossen verlassen zu haben stieg er die paar Treppen zu seiner Wohnung hinauf. Die Nummer fünf der Sielstraße lag dicht bei der Haltestelle, rechts herum, links noch die Bäckerei und da. Nach Schoppershof nehme ich das Rad, schwor er sich, als er sich in dem kleinen Bad, das zu seiner Wohnung gehörte, den Staub des Tages abwusch. Wenig Zeit genug blieb, wollte er im Wundersgärtla pünktlich sein.

Umziehen und ein schnelles Brot essen war eins und höchste Zeit, war der Rest Graubrot doch schon klitschig geworden. Er muß sich mal wieder um den Haushalt kümmern, der Junggesellenhaushalt braucht auch Pflege, wie der Hausherr, doch diese war nicht in Sicht, brütete er. Ein pausbäckiges blondes Kind auf der Dose für Zwiebacke von Brandt grinste ihn an. Es ist gut, keine Kinder in diesen Zeiten zu haben. Man war frei in der Unfreiheit. Wie viele hatten ihre Überzeugung für das Wohl ihrer Kinder verraten – man war erpreßbar geworden durch die schiere Tatsache, sie zu haben. Oder der Ludwigsstraße näher, als man glaubte – die Berichte in der Dienststelle waren nicht selten, in denen ein guter HJ – Junge oder ein gutes BDM – Mädel bezeugte, daß ihr Vater oder Mutter dies gesagt hätten oder das. Wie sollten die sich jemals wieder in die Augen sehen – wenn sie es überlebten? Lieber keine Kinder. Und keine Frau.

Das Fahrrad war im Keller; er trug es hinauf zum Eingang. Früher konnte man es auch mal im Hausflur abstellen, aber mit den neuen Feuerschutzpolizeigesetzen war das nicht mehr erlaubt. Das hatte ihm der Hauswart auseinandergesetzt. Polizei hin oder her. Und damit war er gemeint.

Der Wind war frisch, der ihm um die Nase wehte, als er nach Norden, nach Schoppershof radelte. Es tat gut, die kühlere Luft zu spüren, das Hirn durchzupusten. Keine Parteigenossen im Wagen, weniger auf der Straße. Die Menge war beim Essen – heilige Zeit in Franken, da kann sogar der Führer kommen.

Merkwürdiger Name, „Wundersgärtla", dachte er, als er die familiär gehaltene Wirtschaft betrat. Den Namen wohl daher, daß mancher beim Nachhausekommen sein Wunder erlebte oder auch schon auf dem Weg. Kein Parteischmuck, das unvermeidliche Führerbild im Eck etwas versteckt bei der Wanduhr. Wenig andere Gäste, keiner in Uniform – aber man konnte nie wissen, es kann schon mal sein, daß der nette in Zivil gekleidete Herr vom Nachbartisch plötzlich aufsteht, seinen Ausweis zückt und – aus. Die Stühle sahen anders aus als in der Merkur, alt, abgenutzt aber ehrlich. Nicht für tausend Jahre, gerade für ein paar Stunden abseits des Zeitstromes. Züge fehlte noch, er fragte sich, ob der von zu Hause freibekommen hatte. Viel wußte er nicht über ihn, nur, daß er verheiratet war und den Stadtteil, wo er wohnte. Gibitzenhof. Aber die Zeiten, in denen man am Stadtviertel erkennen konnte, wo der andere politisch stand, waren lange vorbei. Schon seit 34. Leise quietschte die Türe und Züge grinste im Rahmen; das hatte der noch nie getan. Immer ein Gesicht wie beim Schafkopf – bloß keine Miene verziehen dienstlich. Gelassen steuerte Züge seinen Platz an, setzte sich und winkte der mittelalten Bedienung. Scheuerlein bemerkte, wie flüssig und gewandt sich Züge auf einmal bewegte, nicht so hölzern wie dienstlich, eher gelassen und locker. So hatte er sich das vorgestellt – ein Anfang war gemacht, Züge wollte auf das Angebot eingehen.

Sie bestellten zwei Helle von Lederer, bekamen auch gleich im Glaskrug, allerdings nicht ohne ein kurzes Schwätzchen mit der Bedienung, die über die Schulter bemerkte „na, wer sind denn Sie“, an Züge gerichtet, „Sie hab ich ja noch nie hier gseng!“ Die soziale Kontrolle funktionierte. Scheuerlein blockte dies ab und meinte kurz, der Herr gehöre zu ihm. Züge wollte er nicht verstören lassen, auch wenn es gut gemeint war.

Ihre Unterhaltung kam nicht richtig in Fahrt, jedenfalls nicht so, wie er sich das vorgestellt hatte. Nur Dienstliches – wie sie weiter verführen, was sie morgen täten... bis Scheuerlein Privates fragte. Züge blieb da zurückhaltend. Er war verheiratet, noch nicht lange, sie hatten keine Kinder. Klar, daß Züge kein Risiko eingehen wollte, er kannte ihn ja nicht gut – doch er mußte es wissen, wollte er nicht weiter nur für sich sein. Er ging auf's Ganze, fragte „freuen Sie sich auch schon derart auf die Erschaffung der Welt von Montag nächster Woche an?"

Das war deutlich. Züge stutzte und gab zurück, eher sachlich, daß er ja schließlich evangelisch sei und die Genesis schon kenne. Schon im Konfirmandenunterricht fand er sie langweilig erzählt. Und die heutigen Heiligen seien eher bemitleidenswerte, wie der Doktor zum Beispiel mit seiner Beeinträchtigung am Fuß ... die letzten Worte flüsterte er: „Und die Behinderten seien doch lebensunwert, wie man immer wieder hört."

Sie bestellten noch zwei Bier, gaben sich aber Zeichen, dieses Thema jetzt zu beenden, wollten sie nicht unnötig auffallen, da, und das wußten sie recht gut, gerade Scheuerlein, man mit dem Hellen gerne etwas lauter aber auch ehrlicher wurde.

Den Moment zum Aufbruch gab eine Gruppe uniformierter SA vor, die das Wundersgärtla betrat. Dem Dialekt nach Saarländer, die, ohnehin noch nicht lange wieder Deutsche, gerade dies besonders deutlich machten – alle mit lautem Gruß und alkoholbedingt raumgreifend. Die neue Zeit forderte ihren Tribut.

Freitag, 2. September, Vormittag

„Nun fanget an" – wieder saß Scheuerlein in seinem Büro an seinem Schreibtisch und wieder ging ihm dieser Satz nicht aus dem Kopf. Der schwarze Lack der Triumph spiegelte die Morgensonne. Dienstbeginn. Der Deutschlandsender versprach wieder einen schönen Tag, auch für die folgende Woche (meint der das nur für's Wetter?). Lau wird's werden. Seine Gedanken schweiften ab zu dem Tag, als am Hans-Sachs-Platz dieser Satz fiel. Im Vorfeld hatte man schon in der Fränkischen Tageszeitung Auszüge aus dem Vortrag von Oberbürgermeister Liebel bei einer Ratssitzung lesen können, daß die schlimmste Bausünde aus vergangenen Jahrzehnten ohne Zweifel die gegenüber der Insel Schütt gelegene Synagoge sei. So. Diese ein undeutsches frechaufdringliches, orientalisches Bauwerk. Gleichsam ein Wahrzeichen der einstigen Judenherrschaft in Nürnberg, was nun abgebrochen werden müsse.

Und dann sprachen bei Beginn der Abbrucharbeiten am 10. August Liebel und Streicher – quasi im Duett als deutsche Kulturhüter Altstadtbewahrer und Streicher schloß mit diesem Satz aus Wagner. Mit diesen Worten wurde der große Stern, der an der Kuppel der Synagoge angebracht war, abgenommen. Die Menge war groß, fast unüberschaubar gewesen und begeistert – eine „geschichtliche Stunde“, wie anderntags in der Zeitung stand. Symbolisch der Abbruch – doch wofür? Für das Ende einer Kultur und Symbiose? Sah man doch schon lange keine Rosenzweigs mehr im Kaffeehaus oder Süßmanns. Dafür Rosenberg – haben Sie schon gelesen?

Seither fuhren täglich die Schwerlastwagen mit den Trümmern des Gotteshauses durch die Stadt, wohin, wußte Scheuerlein nicht. Wohl wußte er aber, daß in der Nacht vor dem Beginn der „Arbeiten“ deutsche Volksgenossen ihren Gruß entbietend versucht hatten, die Synagoge zu plündern. Was man so hörte, war der Fortschritt des Abbruches allerdings nicht so, daß das Gotteshaus schon entfernt gewesen wäre, jetzt Anfang September. Schien ziemlich stabil gebaut, das Haus – nicht gerade auf Sand. Wie man hörte, überlegte die Parteiführung sogar, Pioniere heranzuziehen, um den Rest zu sprengen. Die Stabilität des Bauwerks entsprach so gar nicht den Vorurteilen über die unsteten Juden, wie es der Stürmer immer wieder schrieb. Sehr robust und durchaus erdverbunden schienen sie da.

Nun fang an. Endlich, Scheuerlein. Der Satz ließ sich nicht abschütteln. Er griff zur Post, die der Hausbote vor seinem Erscheinen auf seinen Schreibtisch gelegt hatte. Ein Schriftstück stach hervor. Offener Umschlag, bedruckt „Polizeipräsidium Nürnberg - Fürth". Er öffnete ihn, sein Blick fiel auf die Unterschrift: Schley, Kriminalrat. Wenn der jetzt nur noch schriftlich mit ihm kommunizierte .... doch der Inhalt - eindeutig. „Auf Anweisung und nach Rücksprache mit dem Präsidenten der Nürnberg - Fürther Polizei, SS – Brigadeführer Dr. Benno Martin ... richten Sie Ihre Untersuchungen nach den Gegebenheiten im Staat. Die einschlägig vorbestrafte Klientel zu derartigen Tatumständen ist vordringlich einzuvernehmen. Rapporterstattung hat täglich zu erfolgen. Gez. Schley."

Scheuerlein, da hast du wohl gestern zu hoch gegriffen, dachte er. Die Partei ist schneller als du.

Er fühlte sich wie eine Fliege im Netz. Das gute Gefühl vom vorigen Abend wich leichter Panik – Züge mußte er in Kenntnis setzen.

Ihn anrufen und kommen lassen war eins.

Züge bemerkte die leise Angst in Scheuerleins Stimme und blieb betont knapp, eilfertig.

Minuten später betrat er Scheuerleins Büro.

„Ich habe Post".

„Was jetzt?"

Züge hatte die Situation durchschaut, man brauchte nicht reden. Scheuerlein deutete auf das Telephon und schüttelte den Kopf (Scheuerlein, ein Leichtes im Präsidium, die Leitungen transparent zu machen...).

„Nix – wir machen wie gestern besprochen weiter, wie es kommt. Jetzt fahren wir erst einmal raus in die Wohnung der Mack und schauen uns da um. Die Lebensumstände und so. Und sonst...“: Scheuerlein nahm den Zeigefinger vor den Mund und schloß diesen. Es gab nichts mehr zu sagen (Denk auch an deinen Papierkorb, Scheuerlein – ist da was drin?).

Züge nickte.

Es blieb ihnen die Straßenbahn, um in die Humboldtstraße zu kommen, auf Motorräder oder gar Dienstwägen mit deren Fahrtenbücher mußten sie nun verzichten. Schade, fanden beide nach dem Verlassen des Dienstgebäudes.

Die Verbindungen in die Südstadt mit der Straßenbahn waren allerdings nicht schlecht. Scheuerlein stellte sich auf die hintere Plattform, den Ort liebte er besonders, hier konnte er die Gegend wie in einem Film vorüberziehen lassen. Die Zeitungsständer am Opernhaus, das – unnötig es zu bemerken – besonders schön herausgeputzt war, leuchteten vom Rot der Verlagswerbungen, besonders des Eher-Verlages Berlin und München. Dieser hat die Rechte an allen Führerbildern, ob „privat“ oder als Staatsmann. Hatte der Führer ein Privatleben? War er liiert mit einer Frau, dieser Eva, oder blieb er der einsame Wolf, als der er sich gerne verkaufte, dachte Scheuerlein. An der Front des Opernhauses blickte er nach oben, sah die Figuren in Bronze und schweifte zurück zum Platz für die Führerstandarte, die hier wieder aufgezogen werden würde, wenn die „Meistersinger" gegeben werden am Montagabend, den Abend des Eröffnungstages. Furtwängler wird dirigieren, wie man hört. Die Pauken der Ouvertüre drangen direkt in sein Hirn, elektrisierten ihn, seit er im Rundfunk die Oper einmal gehört hatte. Deutschlands Zukunft sei ja ein großer Wagnerfreund, jedes Jahr auch in Bayreuth. Fast hatte man da in der Wochenschau den Eindruck, der Führer liebte Winnifred, zumindest die Musik ihres Vorfahren. Nur die Themen der Wagneropern störten ihn ein wenig: Immer Tod und Endgültigkeit; die Geschwister der Vorsehung waren das hoffentlich nicht, befürchtete Scheuerlein. Obwohl – die Meldungen in den Zeitungen deuteten schon dunklere Wolken über Europa an, denn der Westen war mit dem Druck, den Deutschlands Zukunft und ihre Paladine auf die Tschechei ausübten, nicht glücklich. Gab es einen Zusammenhang zwischen Musik und Politik?

Bei diesen Gedanken ruckte die Linie 8E an und rollte mit ihnen Richtung Südstadt. Der Wagenkasten quietschte und neigte sich in den Kurven, gerade dieses Spiel mit der Kraft und der Physik war es, was er mochte. Man kann nur begrenzt seinen Willen umsetzen, jetzt, in der Bahn, regierten andere Kräfte. Wie im Präsidium, wie es schien. Wagner verschwand. Die Backsteinfassaden an der Christuskirche etwas rußig von den vielen Wintern gaben ein wärmeres Rot als das vorherrschende im Stadtbild, eine gute Gegend ab hier, Arbeiterviertel nahe beim Zählerwerk, rüber bis Gibitzenhof.

Die Hauswartsfrau machte keine Umstände, als sie sich vorgestellt hatten, gab ihnen die Wohnungsschlüssel und - blieb bei ihnen. Etwas anderes hätte Scheuerlein auch gewundert, hier ging es schließlich um notwendige Neuigkeiten für das Haus. Im dritten Stock war die Wohnung, Mitte. Ein günstiges Namensschild aus Bakelit war an die Türe geschraubt: Gunda Mack.

Schon der Flur war hell, nur weiß mit einer Schuhablage. Schöne Schuhe, Leder, drei Paar. Eine Strickjacke hing am Haken. Zwei Zimmer, Küche und Bad mit Toilette. Nicht schlecht, das Klosett in der Wohnung. Alles sehr ordentlich, gut aufgeräumt. Sie gingen ins Wohnzimmer, suchten in den Schubladen des Schrankes, der da in Birke vor ihnen stand nach Papieren, nach Persönlichem. Eine Mappe mit Ausweis und Zeugnissen. Sonst nichts.

In der Mitte des Zimmers ein Tisch, ein neues schwarz–weißes Kunststoffmosaik zierte ihn, eingerahmt von zwei

Sesseln, die etwas zu wuchtig für den Raum waren, diese tiefrot im Bezug. Auf dem Wohnzimmertisch ein „Illustrierter Beobachter“, eine Woche alt.

In der Küche das gleiche Bild, die Anrichte nahezu leer, wenig Geschirr. Die wird ja in der Wirtschaft ihr Essen gehabt haben, dachte sich Scheuerlein, aber keine Post – nichts, kein Papier?

Ordentlich den Bettbezug über das Doppelbett im Schlafzimmer gezogen, das letzte Mal, daß sie das in ihrem Leben gemacht hatte. So banal. Ein Schrank.

Wäsche, schöne Sommerkleider. Wie im Schaufenster eines Möbelgeschäftes; er wollte irgend etwas sehen, was die Gunda als Mensch vor ihm erstehen ließe, dachte er. Hier war nichts.

Auch Züge schüttelte den Kopf. „Gehen wir?“ fragte er. Scheuerlein nickte nur, bewegte sich zur Türe und sah nach, ob die Hauswartsfrau noch draußen stand, wie sie es ihr bedeutet hatten. Sie war weg. Er drehte sich um und winkte Züge ins Wohnzimmer und bat ihn sich hinzusetzen.

„Was meinen Sie?“ fragte er.

„Hier ist schön aufgeräumt, anders als bei uns zu Hause. Fast zu gut.“

„Wie im Schaufenster eines Möbelhauses, ich hab’s mir auch gerade gedacht. Da gibt es jetzt zwei Möglichkeiten: Sie hat - oder nicht. Welchen Grund soll sie aber gehabt haben, alles derart gebügelt zu hinterlassen, die Schwiegermutter wird sie ja wohl nicht erwartet haben. Möglicherweise habe ich da einen Fehler gemacht, gestern".

„Und jetzt?" ließ Züge sich vernehmen, deutlich mit Unmut in der Stimme.

„Wir fragen die Hauswartsfrau noch ein bißchen aus. Vielleicht weiß die was. Die wissen immer alles, fast."

Sie gingen mit dem Schlüssel nach unten.

Nein, so eine ordentliche Person, und immer die Hausordnung, gab die heraus, gefragt, ob sie etwas sagen könnte. Und immer Arbeit. Am freien Tag zu Hause oder spazieren am Dutzendteich. Sonst nichts. Keine Männer. Eine Musterfrau, das Fräulein. Wie schön.

Das war's also nicht, wohl auch politisch waren die beiden einer Meinung gewesen. Vorbehaltlos beurteilte die Hauswärtin die Ermordete positiv, fast schon zuviel. Scheuerlein meinte, man müßte noch jemand in diesem Haus befragen, was aber nicht ganz einfach war, denn aufgrund des Vormittags war kaum jemand zu Hause.

Die Wohnungstüren klingelten Sie einfach durch, drei pro Stock. Dort in der rechten Türe trafen Sie auf einen alten Mann (Der hat schon gewartet, nichts zu tun?), wohl Rentner, der es nicht so mit der Morgentoilette hatte, wie es den

Anschein machte. Er roch. Dafür sprudelte es aus ihm hervor, „daß die Mack fast nie die Hausordnung gemacht hat, die war ja fast nie da! Und wir haben dann nachputzen dürfen. (Du hast bestimmt nicht geputzt, du schaffst es ja nicht einmal bei dir, überlegte sich Scheuerlein, während er den Schwall über sich ergehen ließ.) Einmal hat die sogar zu mir gesagt, so wie sie aussähe, könne sie gar nicht putzen."

Sein Gesicht verzog sich haßerfüllt. Die Energie allein dieser Aggression hatte man ihm gar nicht mehr zugetraut. Der Rentner fuhr aber fort.

„Dann soll sie sich doch eine Putzfrau leisten! Aber man bekommt ja keine. (Richtig, dachte Scheuerlein!) Also hat sie's gelassen. Und einmal hab ich Papierschnitzel auf dem Dachboden verstreut, damit mans sieht, daß sie nichts gemacht hat, die hat die mir doch glatt in den Briefkasten gesteckt! Stellen Sie sich das einmal vor! Faul war die – glatt ein Volksschädling! Die hätte in ein Arbeitslager gehört. Für das Deutsche Volk war die völlig nutzlos. Eigentlich nicht schad um die."

Züge und Scheuerlein sahen sich an, verzogen die Gesichter zu einer Grimasse mit hochgezogener Nase, als der Alte die Türe geschlossen hatte und sich laut hörbar entfernte.

„Da kann man nur froh sein, wenn man hier nicht wohnt“, meinte Züge erleichtert.

Im vierten Stock hatten Sie dann nochmal Glück. Dort erfuhren Sie Ähnliches über die Mack wie von der Frau Mader gestern – bis auf die Andeutung, daß die es mit der Männerzahl nicht so genau genommen hatte. „Da ham vuur a poor Wochn zwaa Männer sogar an neua Wohnzimmerdisch raufbracht, soo an neumodischn, wissens scho, mit so am Mosaik aus dem neua Zeuch, wor beschdimmd recht deuer!“ lautete die Kernaussage einer Frau Kainz, dabei verdrehte sie allerdings die Augen schläfrig oder auch verächtlich – genau war dies nicht auszumachen, sie hatte ein nahezu unverändertes Gesicht dabei, wie Scheuerlein und Züge hinterher übereinstimmend feststellten. Aber im Haus alles im Griff. Auch hier herrschte die Hausgemeinschaft.

„Die Mack hatte schon richtig Geld, was Züge?“ bemerkte Scheuerlein, und fuhr fort „ - diese Tische kosten doch ein kleines Vermögen – erkundigen Sie sich mal!“

Auf der Straße beschlossen sie in einer Bäckerei schnell zu frühstücken. Züge durfte nach zwei Bambergern und einem Malzkaffee (hier auch, Scheuerlein!) wieder seine Befragung in der Harsdörffer und Umgebung fortsetzen, Scheuerlein erließ ihm aber die genaue Prozedur, er sollte nach eigenem Gutdünken arbeiten.

„Und um halbvier in der Ludwigsstraße, nicht vergessen. Die wissen da draußen eh nichts, sonst hätten wir schon etwas gehört. Außer, es wird Druck ausgeübt, woher auch immer, aber dann erfahren wir auch nix“.

Der Reinfall wurmte ihn. Da war jemand schneller und es mußte nicht nur die Partei sein, Scheuerlein.

Denken wir einmal andersherum, besann er sich, wer ihn schickte, wohin auch immer, verfolgte das Interesse, ihn genau am anderen Ende haben zu wollen. Das war machbar, zumindest für eine Zeit, bis man sah, woher der Wind kam. Aber es kostete Mühe.

Er beschloß, zurückzufahren, ins Präsidium. Dort sich die Liste geben zu lassen mit den Einschlägigen. Dann würde man sehen, welche Ziele er haben sollte.

Der Tag war noch jung, erst zehn Stunden.

Rückzu war der Weg gleich, doch er hatte keine Lust auf seine Träumereien wie vorhin, als sie in den Süden gefahren waren. Nur einmal blickte er auf. Eine Persildame lächelte ihn an, grün, maiglöckchengrün und verführerisch mit langen Beinen. Die war in letzter Zeit allerdings immer seltener geworden, warb jetzt für das gleiche Waschmittel eine blonde Mutti von den Schildern. Ganz die deutsche Frau, dachte er. Die schminkt sich nicht, die raucht auch nicht. Und das tat sie alles gerne; das ganze Land war sauber, persilgewaschen, selbsttätig. Ob man damit auch braune Hemden oder Hosen wieder „rein" bekam? Die deutsche Industrie kann alles.

Verhalten grüßte der Posten am Eingang zum Polizeipräsidium, hatte der schon Wind, daß er...? Ungnade, in die man fiel, und er war schon lange darin, zeigte sich an jedem Eck. Und deutlich. Kein Gruß, keine Unterhaltung in der Kantine und keine Hilfe – geschweige denn Tips.

Wenn es ein Fußballspiel wäre, müßte man meinen, er war den Rest der Spielzeit zur Defensive verurteilt. Anders als der Club. Der wurde immer wieder Meister. Vorbilder eben.

Im Büro telephonierte er zuerst mit der Registratur, bekam dort allerdings die Auskunft, sämtliche Akten mit den Sexualstraftätern und Frauenschlägern seien vom Büro von Schley angefordert worden. Er bat dann im Vorzimmer von Kriminalrat Schley um die Liste mit den Einschlägigen. Er möge sich diese holen, hieß es.

Scheuerlein machte sich auf den Weg, klopfte am Vorzimmer kurz und schon kräftig (keine Schwäche zeigen, Scheuerlein!) an – die Sekretärin ließ sich zu einem huldvollen „Herein!" herab. Woher die Damen immer diese Arroganz nähmen, dachte er sich. Die sind doch nur Sekretärinnen und nicht etwa der Amtsträger selbst. Dienst Leistende eben und keine Herren. Herrinnen gab es in der Mischung aus

Partei und Staat sowieso nicht, nicht mehr im Berufsleben seit 1934.

Schley war nicht da, ihm fehlte er nicht. Die Sekretärin kurz angebunden, reichte ihm eine Liste mit zwölf Vorgängen, die dazugehörigen Akten lagen auf einem Rollwagen. „Das nehmen Sie sich mit!" ordnete sie ihm an – schon wieder dieser Ton. In der Hierarchie steht die doch weit unter mir, wurmte es ihn. Er beherrschte sich.

Wieder schien die Sonne in sein Büro, als er dies betrat. „Da hast du gut zu tun", Scheuerlein, dachte er sich, „bis das aufgearbeitet ist, höchstens zwei Überprüfungen am Tag, sind die Nürnberger Festspiele für dieses Jahr durch." Er blätterte, ging von der chronologischen Liste aus. Sieben Fälle legte er gleich ganz nach unten, waren sie doch schon jeweils älter als zehn Jahre oder die Täter seit mehr als zehn Jahren entlassen – man brachte seine Frau nur einmal um, und wer seit zehn Jahren niemand mehr vergewaltigt hat ... ist ruhiger geworden. Zwei interessierten ihn jedoch, zum einen ein Fall aus der Südstadt, wo ein gewisser Bruno Kregel eine Bedienung am Nachhauseweg belästigt hatte und ein anderer Fall, bei dem ein Mädchen aus dem gemeinsamen Mietshaus den Täter angezeigt hatte. Es und alle sprachen gegen ihn. Zwei Jahre Zuchthaus und anschließend Dachau. (Warum Dachau? Nehmen die da jetzt auch Sexualstraftäter und nicht nur 175er?) Der, mit Namen Georg (wie er) Zibulla war seit einem halben Jahr wieder draußen. Bei seiner Frau – da lebte er wieder, in Gostenhof. Schön, wenn eine Frau das verzeihen kann. Die beiden, den Kregel und den Zibulla, wollte er sich zuerst anschauen.

Akte Kregel. Oben lag das Urteil drauf. Im Namen des Deutschen Volkes ergeht – puh, zwei Jahre Knast für eine eher harmlose Grabscherei. Es herrscht wieder Ordnung auf Deutschlands Straßen. Seit Weihnachten 36 ist der wieder frei. Wohnt scheinbar immer noch in der Südstadt, arbeitet bei der MAN als Dreher, bekam nach der Entlassung auch gleich eine Stelle wieder bei der MAN. Arbeitskräfte waren gefragt, gerade bei der MAN brauchte man Spezialisten, die bauten da Panzer, wie Scheuerlein gehört hatte. „Wann hast du für den Zeit?“, dachte er und klappte den Aktendeckel zu.

Das Telephon läutete, im Unterschied zu seiner Stimmung melodisch mit den Zweitonglocken. Ein Kollege war dran von der Sitte, Oberkommissar Werth. Wie alle Leute von der Sitte hatte der etwas Zweifelhaftes, Schmieriges. Undurchsichtig, aber immer vorn dran. Wußte alles, meistens besser, konnte endlos reden – eben eine Führerfigur. Dazu war er auch gewachsen, überlegte sich Scheuerlein, bestimmt hundertzehn Kilo deutscher Mann, dabei nicht groß, erinnerte er sich. Sie hatten so gut wie nie etwas miteinander zu tun, sahen sich eigentlich selten.

„Werth hier, Scheuerlein. Ich höre, daß Du („Seit wann Duzen wir uns, bin ich jetzt auf Assistentenstatus angelangt?“ fragte sich Scheuerlein gleichzeitig.) da ein Problem hast. Vielleicht kann ich Dir helfen.“

„Ja“, fuhr Scheuerlein schnell dazwischen, „meine Schreibmaschine klemmt. Kommst Du bitte rüber und schaust Dir die mal an?“

Werth kapierte merkwürdig schnell, Minuten später stand er im Zimmer. Heftig schnaufend, er mußte die Treppe heraufgelaufen sein.

Er begann gleich. „Du hast doch die Sache da in Sankt Peter, nicht wahr, und Du hast Dich, wie man hört, da etwas verhoben an den Parteigenossen aus Sachsen. Das wirst Du nicht wissen, aber ich hatte schon mal ein ähnliches Problem, vor einem Jahr.“ Er senkte die Stimme, die Türen waren nicht besonders dick. „Da war folgendes passiert: Bei einer Parteiveranstaltung im Kulturverein an der Essenweinstraße konnte sich angesichts der drallen Bedienung eine Parteicharge – keine Namen – nicht beherrschen und faßte der unter den Rock am Gang bei den Toiletten. Zeugin, eine Küchenhilfe, hatte sie, man konnte durch die Durchreiche von der Küche aus den Flur einsehen. Half aber alles nichts.

Als ich zu ermitteln versuchte, den Parteimann, einen Ortsgruppenleiter einvernehmen wollte, kam der nicht und wurde gedeckt von ganz oben. Du weißt schon, von dem, der hier das Sagen hat. Hat nie stattgefunden, die Szene. Von wegen honorige Person, alter Kamerad und liebevoll verheiratet mit vier Kindern aus eigener, deutscher Produktion. Du weißt schon: Zutritt zu den Produktionsräumen haben nur die darin beschäftigten Personen!" Dabei lachte er verächtlich. „Und aus, der Fall. Ein Zweites: Bei den Reichsparteitagen ist immer was los. Da paart sich die Deutsche Jugend. ‚Bubi Drück Mich' ist da das Motto, und das beim derzeitigen Gummiengpaß. Aber darum geht es nicht. Was glaubst Du, wie viele Meldungen nachher über Belästigungen bei uns eingehen? Und keine wird von uns bearbeitet – das regelt alles die Partei. Wie, weiß ich nicht; die Partei spricht von normalen ‚Hinwendungen'. Wenn die da draußen voll sind, kennen die keine Grenzen mehr. Schon gleich nicht die der anderen. Also: Der langen Rede kurzer Sinn: Paß auf! Du kannst nur verlieren!"

Scheuerlein bedankte sich und war einigermaßen sprachlos. „Und da macht ihr nichts?"

„Wie denn?" war die kurze Antwort, „und Du solltest Dich um Deiner selbst willen nach unseren Erfahrungen richten, meine ich".

Da hast Du nun etwas gehört, Du wolltest es nicht glauben, Scheuerlein. Werth verabschiedete sich. Kann man jemandem von der Sitte trauen?

Still saß er an seinem Schreibtisch, von draußen drang gedämpfter Lärm in sein Zimmer, unterbrochen von lauten „Heil Hitler!“ wenn durch die Stadt ziehende Besucher – Stürme sich begegneten. Ein großes Treffen der Freundschaft bahnte sich an. Montag, Scheuerlein, und es ist Freitagmittag. Die Zeit und die Sache liefen (vor?) ihm davon, wie er fühlte.

Nicht bei der Sache blickte er wieder auf den vor ihm liegenden Stapel. Konzentration fehlte ihm dabei, er baute auf seine Professionalität.

Akte Zibulla. Austraße. Hatte nie gestanden, immer wieder, im Gerichtssaal auch lauter, betont und verzweifelt beteuert, daß er das Mädchen nie berührt habe, die Anklage sei ein Komplott der anderen Hausbewohner und auch politisch – da hatte Zibulla einen Fehler gemacht, das Gericht wertete das als Verschärfung, da die andere Partei fast nur aus guten Volksgenossen bestand. Endgültig brachte er das Gericht, so ging aus der Akte hervor, gegen sich auf, als er aussagte, „die Dicke hätte ich nie auch nur im Traum angerührt“. Es gab Tumulte bei den Angehörigen, Mitbewohnern und Freunden auf der Zuhörerbank. Achtzehn Jahre alt war das Mädchen zum Zeitpunkt der Tat gewesen – jetzt mußte sie also fast 21 sein. Auch mit Zibulla mußte er sich unterhalten.

Die kleinen Freuden des verbeamteten Alltages sind: Frühstückspause (oder auch Jausen, wie die Ostmärker sagten, die kürzlich zu einer Fortbildung hier gewesen waren), Mittagessen, Kaffeepause und Dienstschluß. Zwischendurch vielleicht die Gummibaumpflege, aber das ist eher der Stil in den Finanzämtern. Jetzt war Zeit für ein kleines Mittagessen – nachdem er gestern so sparsam gewesen war, gönnte er sich als kleine Freude die Fischküche, eingeklemmt zwischen Jakobskirche und Sankt Elisabeth, Ludwigsstraße 35. Rackl hießen die Wirtsleute, nette Leute und abgearbeitet.

War nicht weit, schlicht gegenüber des Präsidiums. Ein Fähnchen zeigte auf die Straße mit der Aufschrift „Fisch", man roch es auch so. Aber nicht unangenehm, vielmehr duftete der Aischgründer Karpfen blau und gebraten, den es seit gestern wieder geben durfte; der September hatte auch sein Gutes. Forellen bekam man dort ebenso, selten Seefisch, der war in den letzten Jahren immer rarer geworden. Wie Kaffee. Wenn Du nichts zu Mittag haben willst, bestellst Du Seelachs und als Getränk Kaffee. Als Nachspeise empfehlen wir Schokoladekuchen, der ebenso fehlt, dachte Scheuerlein grimmig.

Das Lokal hatte einen grünen Garten, war dreistöckig mit Sandstein verkleidet im Nürnberger Stil. Im Garten eine rot – weiße Markise, die mit einem Baum zusätzlich Schatten spendete. Hier ist kein Platz für Dich, Scheuerlein, alles voll mit Begeisterten, selten in Zivil.

Drängende Enge sah er, als er es betrat, vordringlich Touristen aus dem ganzen Reich und der Ostmark, wie zu vernehmen war. Dunkel war es innen im Vergleich zu draußen, die Stühle fast schwarz gebeizt im Kontrast zu den weißen Tischtüchern aus Leinen. Über den Tischen lagen Glasplatten, die verhinderten, daß die Waschküche mit der Seele des Hauses, der Bärbel, überfordert wurde. Große grüne Kachelöfen bestimmten den Raum, im Winter war es hier besonders gemütlich, familiär. Frau Rackl legte dann manchmal Äpfel auf die heißen Ofenplatten. Oder auch Zitronenscheiben auf kleinen weißen Porzellantellern – dann duftete es besonders.

Die zwei Gasträume vermittelten den Eindruck von Jahrhunderten, so streckte sich über den Gästen eine Kassettendecke aus dunkel gebeiztem Holz, getragen von mächtigen Balken in der Mitte. Einen Tisch für sich allein konnte er vergessen – war ja auch nicht sozial, nationalsozial, wie er sich verbesserte. Frau Rackl stand hinter der Theke und nickte ihm zu.

An einem Ecktisch mit Blick auf die Straße saß ein nicht mehr ganz junges Ehepaar, recht gut gekleidet. Da näherte er sich an, er bat Platz nehmen zu dürfen, der Mann erhob sich, war deutlich größer als Scheuerlein und erlaubte es, indem er sich vorstellte (Scheuerlein, die haben Manieren, solche sind hier schon ausgestorben!?): „Dworak, Else und Karl. Aus Preßburg, Sie gestatten?" Und mit dieser Bemerkung rückte er Scheuerlein einen Stuhl neben sich zurecht.

Diese Servilität weckte bei Scheuerlein Mißtrauen. Er beschloß zuzuhören und nur wenig zu sagen. „Danke, sehr nett, Scheuerlein", stellte er sich vor, „Sie beide sind zu Besuch in unserer Stadt?" (Das war eine dämliche Frage, Scheuerlein, natürlich, die sind aus Preßburg, im slowakischen Teil der Tschechei!) Die Frage gab dem männlichen Teil des Paares Gelegenheit zu einem längeren Vortrag, den er eigentlich in der Mittagspause nicht hören wollte. Dabei redete sich der Mann in Fahrt, so daß er sogar seine Zigarette im Aschenbecher verglimmen ließ.

„Ja wir sind zu den Reichsparteitagen hier, wir hoffen auf Hilfe durch den Führer, wir Deutschen in der Slowakei sind ja unterdrückt, Sie können sich das ja gar nicht vorstellen. Unsere Kinder müssen in der Schule Slowakisch lernen (Was sonst?, dachte Scheuerlein) und sind nicht frei. Wir hoffen, daß der Führer auf dem Reichsparteitag den Druck auf die

Tschechei erhöht." Die rotblond deutsch frisierte Frau, zierlich gebaut, nickte ihm heftig zu, so daß er fortfuhr.

„Wir sind über Wien gereist, die Grenzen zu Bayern sind ja teilweise geschlossen, wir Auslandsdeutsche haben da Schwierigkeiten rüberzukommen. Aber in Wien ist jetzt Ordnung eingekehrt seit März. Auch mit den Juden, wie man hört, die bestimmen nicht mehr alles. Dafür sorgen schon die ganzen Beamten aus dem Reich, die da jetzt sind. Aber hier bei Ihnen ist das ja schon lange so. Da können Sie nun ganz beruhigt leben." Die Frau ergänzte ihn noch und fügte bei: „Wir haben unser Kind bei der Oma gelassen, es ist erst zwei, da wäre die Strapaze der Reise nicht gut. Aber er hätte sich gut gemacht hier, der Karli, so blond wie er ist." Dabei nickte sie heftig mit ihrem Kopf, daß die zu Schnecken gedrehten Zöpfe wackelten.

Scheuerlein lächelte und meinte, daß es schön sei, auch internationale Gäste hierzuhaben (Diese Bemerkung war nicht intelligent, Scheuerlein!). Was bei dem Paar schieres Entsetzen hervorrief, seien sie doch Deutsche wie alle anderen auch, vielleicht deutscher sogar, und bereit für den Führer und das Reich alles zu tun. Sie dann aber begütigend, ihm entfuhr nur ein „Laß mich, Elsa!"

Aber der kleine rhetorische Zwischenfall hatte auch sein Gutes, konnte er nun, da Schweigen eingetreten war, endlich bei der Bedienung sein Essen bestellen. Aischgründer gebacken. Ein Festessen. Er empfahl es auch seinen Tischnachbarn. –

Sollten die beiden doch bis zur Selbstaufgabe den Führer lieben, er ließ es sich schmecken, besonders die röschen Flossen. Ein Lederer half ihm, den Tag noch gelassener zu sehen, war der Nachmittag doch nicht dazu angetan. Kaum jedoch, daß er und die beiden mit speisen fertig waren, hob die Frau wieder den Kopf und meinte versöhnlich, „ach wissen Sie, wir sind nur etwas nervös, bitte nehmen Sie es uns nicht übel. Außerdem freuen wir uns sehr auf die kommenden Tage“. Auch ihr Ehemann pflichtete ihr bei, obwohl man nicht den Eindruck haben konnte, er hätte Scheuerlein die undeutsche Bemerkung verziehen. Schien ein Choleriker zu sein.

Scheuerlein winkte, zahlte, das Bier mit einer Biermarke des Hauses (Gut für einen halben Liter Bier) und verabschiedete sich mit „Viel Vergnügen noch und Heil Hitler!“ Fast im Chor und er mit einer leichten Erhebung antworteten die beiden ebenso mit dem Deutschen Gruß.

Durch die Tischreihen, an den Stühlen mußte er sich vorbeidrücken, ging Scheuerlein zur Türe, die offenstand und ihm ein prächtiges Bild auf die auf der gegenüberliegenden Seite stehende Kirche bot. Blau, der Himmel, noch immer.

Der Wetterdienst hatte nicht gelogen. Wohl das einzige, was man an Nachrichten kaum fälschen kann, dachte er.

Nicht viel Zeit blieb, gerade mal eine halbe Stunde, bis die zwei aus der Merkur ihren Termin bei ihm hatten. Die Glocke von Sankt Elisabeth schlug ein Mal, Sankt Jakob antwortete.

Er lief nicht schnell zurück ins Präsidium, erwarteten ihn da doch unangenehme Aufgaben. Lieber träumte er sich an dem Relief unter der Dachkante der Kirche entlang, floh für ein paar Sekunden vor der Wirklichkeit, bevor er wieder mit unangenehmen Umständen und Menschen zu tun bekam.

Beim Betreten des Präsidiums stellte er sich eine Liste in Gedanken zusammen, was am Nachmittag zu tun wäre: Erstens Wirt mit Putzfrau, zweitens Erkenntnisse von Züge (wenn der schon in der Dienststelle ist -) und drittens hoffte er, daß der Bericht von der Autopsie im Klinikum schon da wäre. Das Portal knarrte und fiel mit einem dumpfen Laut ins Schloß. Kühle empfing ihn, gepaart mit dem typischen Geruch, den er aus Schulen, Gefängnissen und Gerichtssälen kannte: den Geruch der Angst. Von der Seite hörte er ein „Heil Hitler, Kommissar!“ Scheuerlein reagierte nicht.

Freitag, 2. September, nachmittags

Die bestellten Personen warteten schon auf dem Flur. Der Wirt, wie zu erwarten war, in Uniform, das Putzmädel in einem hübschen weißen Kleid mit Handtasche und Hütchen. Die Unschuld in Person saß hier auf diesem Armesünderbänkchen.

„Heil Hitler!“

Er versuchte es offensiv, dabei riß er den rechten Arm in die Höhe.

„Martha Bauer und Paul Schubert, gut, daß Sie hier sind. Kommen Sie herein!“ Förmlich blieb er, sperrte die Türe zu seinem Dienstzimmer auf und wies zwei Stühle an. Der Wirt quoll nahezu über die Ränder seiner Sitzgelegenheit, ächzte deutlich beim Niederlassen (Wird das hier die Nummer „Ich bin krank“, dachte er.). Er klopfte schnell an der Durchgangstüre zum Nachbarzimmer, wo eine Schreibkraft sich zur Verfügung hielt, er bat sie, die Vernehmungen mitzuprotokollieren.

Das Putzfräulein nahm sich neben seinem Chef zierlich und verschwindend aus, blickte fahrig. Der ist nicht wohl, Scheuerlein, warum, werden wir bald wissen.

Sein Interesse richtete er zuerst auf den Wirt, wohl wissend, daß das Mädchen die Schwachstelle der beiden war.

„Was geschehen ist, wissen wir beide – mich interessieren jetzt noch ein paar Details. Keine Angst, das dauert nicht lange."

„Das darf es auch nicht, wir haben Arbeit und keinen Büroberuf", bellte der Wirt gleich los. Der hat sich nicht beruhigt, Scheuerlein! Schubert kramte in seiner Rocktasche, zog ein Päckchen Trommler - Zigaretten hervor und zündete sich ohne zu fragen eine an. Ein Aschenbecher war nicht in Sichtweite. Klar, daß er diese Marke bevorzugt, dachte Scheuerlein, er hatte in einem Tabaksgeschäft einen Werbeaufsteller gesehen, wo ein SA – Mann aus Pappe für diese Marke trommelte. Der sah markig aus in seinem Braun.

„Wir werden uns alle bemühen, das Volksvermögen nicht durch unnötigen Zeitverlust zu belasten, Herr Schubert! Aber zur Sache. Sie wurden von Ihrer Putzkraft geweckt, oder?"

„Ja, das habe ich doch schon gesagt! Sie weckte mich gegen halbdrei."

„Sind Sie sich da sicher? Die Zeit spielt schon eine gewisse Rolle! Sie müssen das Protokoll schließlich auch unterschreiben", entgegnete Scheuerlein. Der Wirt reagierte nicht, aschte stattdessen auf den Boden.

Scheuerlein fragte weiter nach.

„Und was war das so für ein Mensch, die Gunda Mack? Hatte sie weitere Einkünfte außer der gewerblichen Arbeit bei Ihnen?“

Der Wirt gab vor, nichts weiter zu wissen, die Mack hätte ihre Arbeit stets zur Zufriedenheit erledigt, auch nie wegen Überstunden protestiert. Zusätzliche Indizien, auch im Gespräch, gab es keine. Schade um die Zeit. Eine Karte hatte er noch.

„Nun warten Sie bitte draußen, ich möchte mich mit Frau Martha Bauer alleine unterhalten!“ Bei diesen Worten ging ein leises Zucken durch das grobschlächtige Gesicht dieses Urbilds eines frühen Nationalsozialisten, er konnte es wohl nicht kontrollieren. Widerwillig bewegte er sich vor die Türe, nicht ohne vorher die Kippe auf dem Boden ausgetreten zu haben.

„Nun zu uns beiden“, begann Scheuerlein, „haben Sie mir etwas zu sagen, was bisher verschwiegen blieb?“

„Nein, eigentlich nicht, ich hab die Gunda recht gemocht, sie war zwar viel älter als ich, gute zwölf Jahre, aber sie war wie eine Freundin zu mir. Außerdem haben wir halt zusammen gearbeitet. Ich in der Küche und als Putze, die Gunda draußen in der Wirtschaft“.

„Und an dem Abend, war da etwas anders als sonst?“

„Nein, alles wie immer. Die Sachsen haben gegessen und getrunken, wir hatten gut zu tun. Ich war in der Küche und habe gespült"

„Waren Sie allein in der Küche? Oder war da noch jemand bei Ihnen?"

Sie stockte.

„Nein, ich war allein, der Koch war schon lange weg".

Das Mädchen wurde einsilbig, Scheuerlein, paß auf!

„Ich habe aber eine Zeugenaussage, daß aus der Küche Stimmen zu hören waren!"

Sie blickte zur Türe – vergewisserte sich, daß diese geschlossen war. Einen Moment hatte es den Anschein, als wünschte sich das Mädchen hindurch durch die braun lackierte Trennung weg von seinem Chef. Sie schwieg.

„Nun?"

„Es kam schon mal vor, daß Gäste zu uns in die Küche kamen, aber an dem Abend ...". Sie brach ab. Man hörte das Kratzen des Stenostiftes auf dem Papier.

„Ja?"

Der Moment war kurz gewesen, als sie zur Aussage bereit schien.

„Nein, an dem Abend nicht." Sie blickte verhuscht.

Scheuerlein probierte es anders. „Wo kommen Sie denn eigentlich her? Haben Sie noch Angehörige? Kümmert sich jemand um Sie?“

„Ich bin von Windsbach, in die Stadt bin ich gegangen wegen der Arbeit. Sonst habe ich niemanden mehr, außer dem Wirt. In Neuendettelsau hätte ich noch bleiben können, bei den Diakonissen, aber die waren mir zu religiös. Und seitdem ich die Ansichten und Ideen des Führers kennengelernt habe, möchte ich auch bestimmt nicht mehr zu den Betschwestern. Die sperren so junge Mädchen wie mich ja ein. Da geht es mir jetzt schon viel besser, der Paul Schubert kümmert sich gut um mich, gibt mir Arbeit und Lohn – da habe ich alles was ich brauche“. (Guter Volksgenosse, der Mann, gibt alleinstehenden Frauen Schutz und Obdach, Scheuerlein -)

„Nun gut, ich danke Ihnen, Sie können gehen. Wenn Ihnen noch etwas einfällt, rufen Sie mich bitte an, 8407 ist die Nummer“.

„Das wird schwierig werden, ich darf nicht telephonieren, das ist ein Geschäftstelephon in der Wirtschaft, wie der Wirt immer sagt...“

„Dann kommen Sie vorbei oder schreiben mir. Ich nehme mir jede Zeit für Sie, vielen Dank. Die Protokolle unterschreiben Sie dann bitte im Nebenzimmer bei dieser Dame hier, wenn diese sie fertig hat“, er blickte die Schreibkraft an, „so in einer halben Stunde etwa“.

Martha Bauer erhob sich und ging zur Türe, durch die man geöffnet das nervöse Gesicht des Wirtes erkennen konnte. Scheuerlein hatte eingesehen, daß er nicht mehr, jedenfalls nicht heute, erreichen würde. Aber er wollte die Martha Bauer noch einmal befragen. Zufällig in der Wirtschaft oder auf der Straße. Allein. Die Türe schloß sich leise.

Nicht viel war bei dem Gespräch, der Vernehmung, herausgekommen – höchstens, daß die Bauer abhängig vom Wirt war, aber völlig. Wenigstens etwas, dachte sich Scheuerlein.

Er widmete sich wieder dem Stapel mit den empfohlenen Verdächtigten, als es klopfte.

Züge trat ein und schüttelte den Kopf: „Nichts. Da hat keiner was gesehen oder gehört. Wie bei den drei Affen. Wenn die Polizei sehen, ist's aus. Aber auf die nächste Woche freuen sich alle, fast schon überdreht. Besonders die Frauen geraten in Verzückung, wenn sie vom Führer sprechen. Da ist eine tote Gunda Mack natürlich Wurscht. Damit möchte man sich die Festtagsjubelstimmung nicht vermiesen. Noch dazu – man kennt sich. Auch den Wirt, jedenfalls die Parteigenossen, das ließen die durchscheinen, die verkehren da auch in der Merkur.

Noch eines. Ich war auch in einem Möbelgeschäft in der Wölckernstraße und habe nach solchen Tischen gefragt. Raten Sie mal, was der von der Gunda gekostet hat!"

Bei solchen Spielen war Scheuerlein schlecht, Möbel und Kleider bedeuteten ihm nichts, der typische Junggeselle. Klar, daß sich das mit Ehemännern anders verhielt, die wurden über die Preise automatisch informiert. Ob sie wollten oder nicht, spätestens auf der Bank erfuhren sie's.

„Fünfzig Reichsmark, ungefähr?"

Züge lachte trocken.

„Mal zehn. Und jetzt wissen wir mehr. Mit Bedienerlohn geht das nicht".

„Und wie wollen wir dahinterkommen, was da in der Merkur geschieht? Wir sind doch angewiesen, die ‚Altfälle' zu überprüfen?" Scheuerlein seufzte und blickte ratlos auf seinen Schreibtisch, als ob auf dem grünen Linoleumbelag die Lösung stünde.

„Erst die Bürokratie, dann der Erfolg! Wir machen das ganz nach Vorschrift". Halblaut fügte Züge hinzu, „was wir privat machen, geht ja keinen was an, oder?" Er grinste dabei.

Scheuerlein freute sich, einen derart motivierten Mitarbeiter zu haben, nickte und entließ ihn, daß er seinen Papierkram erledige.

Was jetzt, Scheuerlein? Zuerst das Positive. Wir wissen ungefähr, was da draußen ablief. Teure Tische, gute Kleider. Ob es da auch Stammgäste gab? Noch eins, auch gut: Schley hatte Ruhe gegeben am Nachmittag, sich nicht eingemischt. Das war's denn.

Bevor er weitergrübeln konnte, klopfte es an seiner Türe und der Aktenbote brachte einen Umschlag, Absender Klinikum Nürnberg. Schön, die Ergebnisse der Autopsie. Er öffnete, keine schönen Photos fielen heraus, Gunda Mack, unbekleidet auf dem Seziertisch aufgenommen. Eine sehr gute Figur, straff, schlank und für ihre dreißig Jahre sehr jugendlich, bemerkte er. Auf der zweiten Serie war sehr deutlich der Y – Schnitt zu erkennen, mit dem man die Brust geöffnet hatte. Der Gedanke, der ihn dabei am meisten beunruhigte, war, daß er wußte, daß „hinterher" Holzwolle eingefüllt wurde. Wo die Innereien eigentlich blieben, wurden die einfach weggeworfen? In den Müll? Er mußte da einmal nachfragen. Wer gestorben war, brauchte kein Herz mehr, gaben es die Lebenden zur Zeit doch sogar freiwillig weg, Scheuerlein ...

Die Male am Hals in Großaufnahme. Kein Geschlechtsverkehr unmittelbar vor dem Tod.

Tod durch Erwürgen, davon geht der Bericht wegen „Erstickungsblutungen" an Hals, Kehlkopf und Lunge aus. Der

Kehlkopf gebrochen, mit großer Kraft und schnell. Daher schrie sie nicht. Und vorher wehrte sie sich nicht, weil der Täter ihr bekannt war. So einfach. Wenn man in ihrem Umkreis jetzt Druck machen könnte ... aber nicht auffallen.

Er ordnete die Papiere und Bilder zurück in den Umschlag und legte diesen in die grüne Mappe, die er für den Fall angelegt hatte. Er beschloß zu Züge in dessen Büro zu gehen, bewegte sich auf den Gang.

Der war leer und es schien, als wäre dies die große Ruhe vor dem Sturm – oder nur Freitag, später Nachmittag. Auch aus dem Büro von Kriminalrat Schley war nichts zu vernehmen. Die Sekretärin war wohl gerade mit dem Gummibaum beschäftigt, Schley nicht da, nicht schlimm, es geht auch ohne Rapport an den. Das Fenster am einen Ende des Flures war geöffnet, von draußen vernahm er deutsches Liedgut, er glaubte „Wir Jungen tragen die Fahne" zu verstehen. Wie immer bei diesen Erweckungsliedern war viel von Ehre und Tod die Rede. Eigentlich bedrückend, wenn junge Menschen solches singen, und das begeistert, wie man hörte.

Mit diesen Eindrücken langte Scheuerlein am Büro von Züge an, drinnen ratterte die Schreibmaschine, auch eine laute, wie unschwer zu erkennen war. Er klopfte und trat gleichzeitig ein. Scheuerlein wußte, daß dies eine Unsitte war, er konnte es sich aber nicht abgewöhnen. „Na, bald fertig?"

begann er nach dem Zudrücken der Türe. „Was fangen wir mit der Stunde bis um fünf noch an? Mein Vorschlag: Wir hören uns mal in der Gegend hinter dem Frauentorgraben um, ob die da was von einer Konkurrenz wissen. Dann könnten wir noch in den Deutschen Hof, der ehemaligen Arbeitsstelle der Mack, Montag kommen wir da eh nicht mehr rein, da wird alles abgesperrt sein!"

Züge war nicht begeistert von der Idee, zumindest nicht vom ersten Ziel, auch überraschte es ihn, daß Scheuerlein die Konsequenz aus blau - roten Kleidern und neuen Tischen so präzise umsetzen wollte.

Der Fußweg war nicht weit, sie gingen nebeneinander. Da war der bekannte Platz, den überquerten sie schnell, allein schon, um aus der Sichtweite des Präsidiums zu gelangen. Scheuerlein bot Züge ein Pulmoll an. „Ist gut gegen Erkältungen und Verschnupfungen", dabei zog er die rote Dose aus seinem Sakko. „Immunisiert uns gegen Ansteckendes in zweierlei Hinsicht, da, wo wir jetzt hingehen".

Sie bogen in die Engelhards - Gasse ein. Wie überall das gleiche Bild. Nur in dieser ärmeren Gegend der Altstadt waren die Häuser geduckter, schiefer und lehnten sich aneinander an. Die meisten Fenster standen offen, zumindest da, wo schon jemand in den Wohnungen war. Leise spielte Musik aus manchen Fachwerkhäusern, der Nachmittag war lau und die Menschen, die sie sahen, machten einen gutgelaunten, zufriedenen Eindruck. Ein Trupp Reichsarbeitsdienstmänner schob sich an ihnen vorbei, dem Dialekt nach Schwaben, Scheuerlein schüttelte es innerlich. Kleine Pimpfe hüpften um sie herum. Woher die denn beim Tag des RAD ihre 50000 Spaten bekämen, schoß es Scheuerlein durch den Kopf, da muß dann doch irgendwo ein Lager sein. Nichts als Spaten in Reih und Glied. In Deutschland hat eben alles seine Ordnung. Vor dem Jakobstor bogen sie links ab. Die Frauentormauer lag ruhig und unberührt, ein Wort, daß sich hier allerdings verbot. Scheuerlein klingelte an einer Haustüre, war ja niemand auf der Straße, von hinten, irgendwo, hörte man ein „Immer rein hier!“ Sie traten ein, Züge war gar nicht wohl.

Aus den hinteren Räumen kam eine mittelalte Person durch den dunklen, muffigen Eingangsflur auf sie beide zu, grüßte. Sie war nicht etwa unapart, verbreitete hingegen eine große Gelassenheit. Mußte sie wohl, bei dem Beruf. Züge grübelte unterdessen in sich hinein, wie Scheuerlein sich hier so gut auskennen konnte... Scheuerlein grüßte zurück, schüttelte der Dame die Hand und begann: „Na, wie?“ Passe alles, gab sie zurück. „Nur kurz – hast Du etwas gehört von ‚Sonderdiensten‘“, er machte eine eindeutige Bewegung, „für Parteigenossen, gibt es so etwas, an Euch hier vorbei?“

Die Angesprochene sprudelte schier über. „Sonderdienste? Die nehmen sich doch alles. Am besten, ohne dafür zu bezahlen. Das sind aber die Oberen, die kleinen Parteigenossen kommen zu uns, und bei den Reichsparteitagen stehen die dann auf der Straße Schlange. Das müßtest Du mal sehen! In Uniform. Die können das Paradieren nicht lassen, nicht einmal hier. Und frage nicht, immer auch im Wettbewerb! Immer Leistung und Ordnung. Das ist gelebter Nationalsozialismus und Glaube an den Führer – wir haben sogar Stammgäste!" Sichtlich stolz beugte sie sich etwas nach hinten. Scheuerlein brachte sie auf seine Frage zurück. „Von den Oberen", fuhr sie fort, „da weiß ich zu wenig. Und drüber reden möchte ich auch nicht, ist mir zu heiß. Aber der große Glatzkopf, der hat da schon so eine ‚Verfügungstruppe' – die sind immer da, wenn er will. Und die direkt unter ihm, die haben das schon organisiert, das kannst Du mir glauben!"

„Und Genaues?" Wußte sie nicht. Nur das, was man so hören konnte. Alles jedenfalls ohne Anmeldung, sozusagen spezial, Modell wie zu Hause. Sie dankten.

Wieder auf der Gasse schaute Züge Scheuerlein fragend an. Der zuckte nur die Schultern und sagte „Junggeselle". Mehr nicht, mußte auch reichen – ging Züge ja wirklich nichts an, wie er seine Sonntage verbrachte. Züge bat noch um eine Pastille.

Die breite Straße, die sie überquerten, war teilweise schon mit Vorbereitungen zur Absperrung versehen, kaum zweihundert Meter weiter lag der Deutsche Hof, das Führerhotel und Streichers Lieblingslokal. Die Parteigenossen hatten es vom Nürnberger Lehrersverein „erhalten" und mit einem neuen Anbau versehen. Mit Balkon zur Heiltumsbezeugung. Dieses Gebäude wuchtete sie nun an, typisch in seiner Architektur. Das Rechteck war das Grundmuster dieses Bauens, dominant und unwidersprechlich, so wohl der Plan, der Mensch klein, die Idee riesig. Man brauchte sich nur die Photos anschauen, die hier jährlich im September gemacht wurden, wenn die eine Suite wieder belegt war. Scheuerlein fragte sich, wer die Hotelkosten bezahle?

Sie suchten nach dem Lieferanteneingang, durch die Halle wäre es zu auffällig gewesen. Der lag um die Ecke, Holzkisten mit Gemüse und Salat stapelten sich davor. Die Lieferungen für Deutschlands berühmtesten Vegetarier vermuteten sie sehr leise. (Auch so ein Problem, Scheuerlein, kann jemand, der kein Schäufele ißt, überhaupt dem Menschen Gutes bringen, kann dieser gelassen im Alltag bei seinen Geschäften bleiben?)

Selbst die Tür zum Lieferanteneingang war mächtig, bedrückte mit ihrer dunklen Eiche. Schwer ließ sie sich nach innen drücken und öffnen. Scheuerlein und Züge orientierten sich nach dem Essensduft Richtung Küche, dort hofften sie, jemand zu finden, der die Gunda Mack noch gekannt hatte.

Im Flur war es dunkel, aus dem Seitenfenster an der Durchreiche drang aber genug Licht heraus. Durch die Schwingtüren betraten sie die Küche, in der bereits viel los war. Dampf lag in der Luft und der Geruch nach Schweinebraten und Klößen. Darüber legte sich leise der Duft von Sauerbraten, auch eine Weinsoße glaubte Scheuerlein zu riechen.

Sie wandten sich einem Koch zu, der damit beschäftigt war, Braten in einem Rohr mit Bier zu übergießen. Es zischte. Der Koch blickte auf und sah sie an. „Wie kommen Sie hier herein? Wer sind Sie überhaupt?“ Wie sie beide hier hereinkamen, hatten sie sich auch schon gewundert, waren Sicherheitsmaßnahmen so kurz vor der Ankunft der Zukunft Deutschlands wohl noch nicht gut genug. Aber gut für sie im Sinne der Ermittlungen. Scheuerlein stellte beide vor und erklärte kurz, was sie wollten. Doch mit ihren Fragen kamen sie nicht weiter, der Koch kannte die Gunda Mack nicht, wies aber darauf hin, daß die ja Bedienung gewesen sei, wie Züge beigesteuert hatte, und mit denen hatten sie nichts zu tun. Sie sollten einen Kellner fragen im vorderen Bereich, im Restaurant. Da wollten sie eigentlich nicht hin, bestand doch die Gefahr, daß sie gesehen wurden. Die Stadt hatte tausend (oder mehr?) Augen, gerade sie beide fühlten sich seit gestern beobachtet, möglicherweise Einbildung – oder auch nicht. Kannten sie doch die Berichte über genaue Observierungen, die Opfer hatten nichts gemerkt. Die GeStaPo hatte dazugelernt, das waren keine Anfänger mehr, sie nutzten auch alle ihnen zur Verfügung stehenden Mittel. Es ging die Rede von Teleobjektiven und – tatsächlich – Mikrophonen mit großer Empfindlichkeit. Außerdem wußte keiner, wer Zuträger für die „Politischen" spielte. Gegen Geld, natürlich. Oder auch nur für die Überzeugung und den Führer, das Reich und zuletzt das Volk. Dies hatte dabei eher eine passive Rolle. Die des Überwachten, Ausgehorchten, dafür des Begeisterten. Die Rechnung ging nicht auf, aber das sahen nur wenige.

Als hätten sie nichts zu verbergen, gingen sie langsam durch den Flur nach vorne, an den Tresen und Anrichten vorbei, niemand stand da. Sie schienen Glück zu haben, an diesem späten Freitagnachmittag. Wenig los, der Abend kam erst. Tatsächlich lag der große Saal fast leer da, mit seinen hellen Sesselstühlen in Buche, bezogen mit moosgrünem Samt. Der Raum strahlte pompös durchbrochen von Säulen, Kristallüster hingen von der Decke. Das war es also, des Führers Hotel. Eine Suite hatte der hier, für eine Woche im Jahr. Sonst unbenutzt, welche Verschwendung, wie Scheuerlein dachte. Auch Grünes sah man, Blumen auf den Tischen – Vegetarisches für alle. In einer Ecke, in der Nähe der wenigen Gäste, zwei Kellner, schön anzusehen in ihrer Livree, schwarz, weißes Hemd mit Fliege. Allererste Klasse, das Haus – „nicht unsere Gehaltsklasse", flüsterte Züge. Sie steuerten auf die beiden zu.

In dieser Umgebung beschloß Scheuerlein nicht laut aufzutreten, er grüßte leise mit „Heil Hitler, grüß Gott. Polizei. Wir hätten da eine kurze Frage: Kennt einer von Ihnen Gunda Mack, sie arbeitete bis vor einem Jahr hier?"

Die Kellner blickten ratlos, wenngleich bei einem der beiden sich die Augen kurz verengten, und meinten, sie hätten zu tun, es wären Gäste da. Im Speisesaal dürften sie außerdem nicht sprechen, nur mit Gästen.

„Ja, hat einer von Ihnen etwas zu sagen?" Sie schwiegen, schüttelten den Kopf. „Bitte gehen Sie, oder nehmen sie Platz, dann können wir Ihnen die Karten bringen". Das wollten Züge und Scheuerlein nicht, sie hatten auch nicht die Barschaft dafür – bei dem Gehalt. Und für eine genauere Befragung war hier wirklich nicht der Platz, dazu noch die Sorge, es könnte eine höhere Parteicharge hereinkommen, was dann Scheuerlein? Beide wandten sich um und strebten den Weg langsam zurück, den sie gekommen waren. Sie spürten die Blicke der Kellner im Rücken.

„War wohl nichts – gehen wir noch in die Aufenthaltsräume des Personals?“ flüsterte Züge. Scheuerlein wehrte ab, das wäre dann doch wieder zuviel Staub gewesen, den sie aufwirbelten, das ging nicht – es würde sich herumsprechen. Und ein Verstoß gegen Dienstanweisungen ist nicht angenehm, wenn er an Schley dachte. Der mit seinem „Er“. Dies würde dann wohl zu „Es“ wechseln, Scheuerlein fühlte sich schon so, unbehaglich. Das Risiko war seiner Ansicht nach groß genug.

Sie hatten Glück (Darf auch mal sein, Scheuerlein!), der eine Kellner löste sich und steuerte langsam auf sie zu, wie Züge leise bemerkte. Als er sie erreicht hatte, standen sie schon im Flur zum Hintereingang mit dem Gemüse vor der Türe. „Gehen wir nach draußen“, raunte er. Zu dritt schlichen sie mehr als sie gingen durch den halbdunklen Gang an den guten Düften und dem Arbeitslärm aus der Küche vorbei, erreichten die Türe.

Züge drückte sie auf. „Bitte!“ sagte er knapp und ließ die beiden anderen vorbei. Scheuerlein bedeutete, daß sie die paar Meter bis in den Innenhof des Verkehrsmuseums gehen sollten, da wäre außer Kindern und wenig Touristen um diese Zeit niemand mehr. Richtig, die Kleinbahn im Hof stand schon, derselbige war menschenleer. Die hohe Gebäudefront schirmte sie ab gegen den Lärm der Großstadt, vom Hauptbahnhof hörte man allerdings Züge pfeifen. Das Ausfahren eines Schnellzuges mit seinem harten Auspuffschlag mischte sich mit dem Läuten einer Straßenbahn in der Lessingstraße.

„Ihr Name?" fragte Scheuerlein.

„ Heinrich Drabke. Wissen Sie" begann der Kellner stockend, „ das belastet mich schon, daß die Gunda nicht mehr da ist. Ich habe viel für sie übrig gehabt, wenn ich das so sagen darf." Er schwieg kurz. „Ich weiß nicht, wo ich anfangen soll. Kennengelernt habe ich die Gunda, als ich hier anfing, das war 1936. Da war sie schon einige Zeit hier, ich glaube zwei Jahre. Aber warum fragen Sie überhaupt? Hat sie etwas angestellt?"

Züge schüttelte kurz mit dem Kopf und sagte, „Nein, angestellt hat sie nichts". Er wollte den Mann nicht verstören, jetzt noch nicht.

Scheuerlein wunderte sich, Züge wurde auch in seiner Gegenwart immer freier, selbständiger. Er fand das gut, konnte er sich so besser auf die Aussagen des gemeinsamen Gegenübers konzentrieren.

„Wenigstens das, also, sie hat mir sehr gefallen, ich versuchte auch, näher an sie heranzukommen. Sie war ja nicht liiert, so wie ich das mitbekam. Aber sie hatte immer keine Zeit, wurde auch vorrangig eingesetzt, um die hohen Herrschaften von der Partei zu bedienen. Ich kam da nie ran. Das ging, mit dem Streicher und den anderen, oft bis spät nach zwei Uhr. Das war so die Zeit, wo die Führerpersönlichkeiten langsam müde wurden, oder munter, wie man's nimmt. Es kam schon vor, daß ich dann auch noch Dienst hatte, daher weiß ich das. Aber immer hinter der Theke, so daß ich nie genau mitbekam, was da vorne gesprochen wurde. Bier zapfen und so. Trinkgeld war nur für Gunda und eine andere, die habe ich aber nur einmal gesehen".

„Wie die hieß, wissen Sie nicht zufällig?" meldete sich Scheuerlein.

„Nein, die war zu kurz da, Sie könnten im Personalbüro fragen. Aber die Gunda, die hatte so eine Art, da fühlte ich mich ungeheuer hingezogen, irgendwie aber unnahbar. Sie sprach schon einmal mit mir, ich lud sie ein auf einen Kaffee in die Innenstadt – nie im eigenen Haus – und sie erklärte mir da, daß sie mich auch ganz nett finde, ‚lieb' hat sie gesagt, aber mehr gehe nicht. Warum, das wollte sie mir partout nicht sagen."

„Und dann?" fast gleichzeitig fragten Züge und Scheuerlein.

„Ja, nichts. Aber mit der Zeit bin ich schon dahintergekommen, was da läuft. Immer nur bei den alten Parteikameraden, die Gunda. Einmal, kurz bevor sie von uns wegging, blieb ich, unter dem Vorwand, Gläser spülen zu müssen, so lange, bis sich die Runde auflöste. Da waren der Gauleiter und der Polizeipräsident Martin (Scheuerlein mußte die Farbe gewechselt haben, so wie er sich nun fühlte, er sagte aber nichts.) dabei, die anderen kannte ich nicht. Und spät, vielleicht um halbdrei, sind die dann aufgebrochen. Aber einer aus der Gruppe blieb am Eingang stehen, die Gunda wartete noch an der Sitzgruppe. Der eine, den Namen kenne ich nicht, in Uniform sehen die doch auch alle gleich aus (Der ist nicht in der Partei, Scheuerlein, sonst wüßte er's!), kehrte dann um und ging wieder zur Gunda. Die faßte ihm locker um die Hüfte als kennte sie ihn schon besser und sie gingen den Aufgang auf der anderen Seite des Restaurants nach oben, die Schwingtüren standen offen, daher konnte ich das sehen. Ich habe mich vielleicht beschissen gefühlt. Aber ... "

Der Kellner geriet ins Stocken, war sichtlich immer noch getroffen. Ist ja auch schwer, gegen Parteigenossen auf dieser Ebene anzukommen.

Scheuerlein fragte vorsichtig nach. „Kannten Sie den einen?"

„Nein, und die anderen auch nicht. Ich habe das noch öfter gemacht, da trieb mich schon die Eifersucht, gebe ich zu, aber das waren immer andere. Nie derselbe, aber auch nie so eng. Ich wußte also Bescheid. Sonst gab's nichts. Bald darauf hat sich die Gunda dann auch eine andere Arbeitsstelle gesucht, gesehen habe ich sie seitdem nicht mehr. Erzählt hat auch kein Kollege mehr von ihr, sie scheint ganz verschwunden zu sein."

„Fällt Ihnen sonst noch etwas ein, das wäre schon wichtig!" schob Züge gleich nach.

„Warum wichtig, was ist denn eigentlich?"

„Sie ist tot, ermordet, die Gunda Mack". Fast tonlos hatte Scheuerlein das gesagt.

Der Kellner blickte entsetzt, rang um Fassung und Atem. Er liebte sie wohl immer noch, zumindest in Gedanken.

Still war es, keiner sprach. Nur die Bahngeräusche dröhnten um die Ecke, nicht einmal das große Gebäude der Reichsbahndirektion konnte den Lärm fernhalten. Unablässig kamen lange Personenzüge an, einer nach dem anderen, sicher Sonderzüge zum Reichsparteitag. Als Junge schon hatte sich Scheuerlein für die Eisenbahn interessiert, daher konnte er Schnellzüge am Geräusch von Personenzügen unterscheiden. Tauben gurrten am First des Verkehrsmuseums.

„Wo, wie?" brachte Drabke nach der Pause heraus.

„Im Hinterhof einer Gaststätte, im Süden. Mehr nicht, Wissen kann ungesund sein. Aber vielen Dank für Ihre Hilfe, wenn Ihnen noch etwas einfällt, kommen Sie bitte bei mir im Präsidium vorbei oder auch zu Herrn Züge. Sonst bitte behelligen Sie dort niemanden".

Der Kellner hatte verstanden, nickte.

„Gut, Sie können dann gehen. Lassen Sie sich bitte so wenig wie möglich anmerken – eines noch: Wo wohnen Sie, bitte?" bat Scheuerlein.

„Alte Fürther Straße 3, zweiter Stock rechts", sagte der Kellner knapp.

Als Drabke schon im Weggehen war, sagte Züge halblaut zu seinem Chef: „Armes Schwein. Hatte nie eine Chance." Zückte seinen Bleistift und notierte sich kurz den Namen sowie die Umstände.

„Aber gewonnen haben wir nur die Sicherheit, daß die Gunda das machte, was uns dämmerte. Namen und Adressen haben wir nicht. Zusammenhänge nur wenige. Aber es ist der Zipfel der Wahrheit. Den müssen wir festhalten. Hoffentlich zieht er uns nicht mit hinunter. So eine Wahrheit kann ganz schön schwer sein..." sinnierte Scheuerlein.

Züge schaute auf seine Uhr und bedeutete, daß er gerne nach Hause wollte, war es doch schon fast sechs. Scheuerlein nickte und meinte, daß jetzt Zeit wäre, für heute Schluß zu machen.

„Aber eines noch. Morgen vormittag gehe ich zu zwei von den Altfällen. Sie könnten auch zwei oder drei übernehmen, welche, sehen wir. Grüßen Sie mir Ihre Frau, unbekannterweise!“ fügte er hinzu. „Und noch was: Wir müssen uns morgen vormittag austauschen, wie wir das von heute beurteilen. Besser wäre noch heute abend!“

Züge fand das nicht begeisternd, war er doch bereits gestern Abend aus. Im Wundersgärtla, auch wenn Dienst immer vorginge, so sei doch Freitagabend und ...“

Scheuerlein brummte zustimmend und entließ ihn. Züge entfernte sich zur Straßenbahn und Scheuerlein blieb zwischen Opernhaus und Deutschem Hof einfach stehen. Die Partei darf alles. Mit einer Uniform geht alles leichter, aber warum war die Mack dann tot – sie hatte sich doch auf dieses Spiel eingelassen? Hatte sie möglicherweise unterschätzt, mit wem sie sich da einließ? Zu viele Fragen für Freitagabend.

Er beschloß den noch lauen, noch nicht kühlen Vorabend zu benutzen nachzudenken. Warum nicht in einem der Biergärten, wenn da ein Platz zu finden wäre. Ins Präsidium zurückzugehen, brachte er jetzt auf keinen Fall fertig. Oder ein Altstadtspaziergang und dann ein Bier?

Scheuerlein hatte sich für letzteres entschieden, wollte über den Adolf - Hitler – Platz Richtung Burg gehen, am Rathaus vorbei. Am Adolf - Hitler – Platz hatte er gesehen, wie Tribünen aus Holz aufgebaut waren; die vielen meist männlichen Besucher des Reichsparteitages ließen ihm allerdings kaum Platz zu flanieren und ungestört seinen Gedanken nachzuhängen. Auch die Marktstände fehlten, die dem Platz sonst ein südländisches Gepräge gaben, konnten die Volksgenossen jetzt also keine Bananen kaufen, dachte er. Das helle Braun der ungezählten Uniformen bedrängte ihn, durchsetzt von einigermaßen zahlreichem Schwarz der SS. Die Fassade der Frauenkirche blickte auf den Platz herab, schien sich nicht zu stören. Auch diese Kirche war umrahmt von Schmuck, Einigkeit zwischen Glauben und Staat schien gegeben.

Drückend schon erschien ihm die Fülle der Fahnen und Girlanden. Am Platz auch noch mit Birkenbüschen an den Hausecken durchsetzt. Natur für alle, auch hier in der Häuserwüste. Aber alle bester Stimmung, wie es schien. Er brach ab, wendete seine Schritte nach Sankt Sebald. Hinter Sebald wechselten sich Straßenbahnen der Linien 6 und 6E ab, sie fuhren in knappem Abstand, die zahlreichen Besucher und Berufstätigen an ihre Ziele in die Nordstadt oder in die Innenstadt zu bringen. Die teilweise neuen Triebwagen bildeten einen sonderbaren Kontrast zur Fassade der Kirche, die domartig ihre Türme zum Himmel streckte, fast achthundert Jahre alt. Ein Kirchentor hatte es ihm besonders angetan: das Hochzeitstor. Reich geschmückt, aber im Inneren mit einer Warnung versehen: Ein Jüngling steht am Ausgang in Sandstein gehauen – die Vorderseite schön und jugendlich. An der Hinterseite ein Gerippe, im Leben und doch schon dem Tode geweiht.

Scheuerlein wußte, daß dies nur für die Brautpaare geöffnet wurde, niemand sonst durfte hindurch. Ob dies ein Glück war? Er wußte es nicht, dies war ihm versagt geblieben bisher. Über den Weinmarkt (Trost für Einsame?) bog er ab Richtung Kettensteg.

Dort hoffte er, einen Platz für ein Bier zu haben. In der Gegend vor der Weißgerbergasse rückten die Häuser wieder näher zusammen.

Zwar war in dem Biergarten, der seit über hundert Jahren bestand, am rechten Widerlager des Kettensteges nicht mehr viel Platz, doch an ein paar Tischen konnte er sich noch dazugesellen. Die Kellnerinnen waren schnell und liefen eilig durch die Reihen der Stühle und Tische. Das Publikum (Wie kann es anders sein, Scheuerlein?) bestand zu großen Teilen aus Parteiangehörigen in Uniform, die hier ihren Feierabend verbrachten. Er entschied sich für einen Tisch, an dem zwei

Paare saßen, die Männer in Uniform, die Damen in bayerische Trachten gekleidet. Am Hallertor zog eine Abteilung HJ vorbei, sie sangen das Lied mit der Fahne und dem Flattern. Nicht sehr gut, aber laut.

Er bat, sie gestatteten. Es entspann sich ein Gespräch unter ihnen, Scheuerlein war eingebunden, über die Herkunft der Paare und deren Freude auf die kommende Woche. Sie waren aus München, schon am Dialekt erkennbar. Breit und ohne große Differenzierungsmöglichkeiten ist das Bayerische, dachte Scheuerlein, das muß der Grund sein, warum politische Extreme im Süden Bayerns besser wuchsen als zum Beispiel in Preußen. Einfache Sprache, einfaches Denken. Dazu die eigentlich ländliche Herkunft der Oberbayern, auch der Münchner, hatten die doch noch Säue durch die Kleinstadt München getrieben, als hier in Nürnberg längst das erste Gymnasium stand – auf das er aber nicht gehen konnte, da seinen Eltern das Geld dazu fehlte.

Die Südbayern waren aber mächtig stolz auf ihre Stadt, vor allem darauf, daß der Führer in ihr seine Privatwohnung habe, auch der Königsplatz sei ja umgestaltet worden, der habe nun Granitplatten, fast so wie die Große Straße draußen am Reichsparteitagsgelände. Und erst der Titel, den die Stadt jetzt habe: Hauptstadt der Bewegung. Das sei ja schließlich mehr als nur Stadt der Reichsparteitage der

NSDAP. Nur Altbayern hätte etwas Derartiges wie die Bewegung hervorbringen können, nur in München hätte der Führer wachsen können, da wäre eine einmalige Mischung der Umstände gegeben gewesen, nirgends sonst. Die Paare ergänzten noch, daß auch die höhere Gesellschaft der Stadt den Führer schließlich besonders gefördert habe, ihn mit Wohlwollen und Vermögen zu dem gemacht habe, was dieser heute sei. Kurz – ohne Altbayern kein Nationalsozialismus.

Scheuerlein nickte, war vollends einverstanden, dachte aber, daß es schon gut sei, daß München sich so engagiere, sonst gäbe es in Nürnberg noch mehr Uniformen und ganz wichtige Hoheitsträger. Nur eines ließ er sich nicht nehmen, wenn bei diesen Münchnern schon der Kulturbegriff nichts zählte: Das fränkische Essen sei unerreicht. Da mußten ihm die beiden Paare zustimmen. München leuchtete nicht mehr, schon lange nicht mehr.

Das Gespräch verflachte, die beiden Paare zeigten sich nunmehr etwas reserviert, hatten die Bayern doch seit jeher mit fränkischer Überlegenheit oder reichsstädtischer Tradition nichts anfangen können. Waren Knechte im Denken und an Untertanengeist seit Jahrhunderten gewöhnt durch fürstliche Herrschaft. Der Südbayer ließ sich eben gern beherrschen, er kannte ja nichts anderes, dachte Scheuerlein und begann die Umgebung zu betrachten. Immer wieder faszinierend fand er die Konstruktion des sogenannten Kettensteges, der seinerzeit ersten freitragenden Brückenkonstruktion Deutschlands, wie leicht der sich über die Pegnitz schwang, dabei nur aus Eisen und ohne Tragpfeiler – ein Wunderwerk seiner Zeit. Und in diesem daran gelegenen Biergarten war gut sein, trotz aller Probleme im Beruf und mit dem Fall. Er ließ ihn los, konnte die Zeit hier genießen, fast fühlte er sich frei unter den Bäumen, die weit ausladende Baumkronen besaßen. Schatten brauchten sie keine mehr zu spenden, die Sonne war am Untergehen. Zeit für ihn sich langsam an den Nachhauseweg zu machen, mußte er doch morgen arbeiten. Offiziell bis zwei Uhr nachmittags.

Und das nicht gerne, jedenfalls nicht so, wie man es ihm vorgab. Aber jetzt nicht daran denken, Scheuerlein, genieße noch. Er verabschiedete sich und beschloß dabei, den Weg nach Hause in die Sielstraße zu Fuß zu gehen. Wer weiß, vielleicht ändert sich das Wetter ja bald, es ist schon September, der 2., und nur noch zwei Tage bis Montag, ans Ziel kommen würde er nicht bis dahin. Und die große Frage war schließlich auch: Was oder wer war eigentlich das Ziel? Da war er wieder, der Gedanke, daß er auf der falschen Fährte sich morgen bewegen mußte, daß er die wirklichen Ermittlungen so nebenher zu erledigen hatte. Merkwürdige Zeiten.

Und diese Münchner hatten sie dem Rest Deutschlands eingebrockt. Aber ändern konnte man das nicht, jetzt nicht mehr. Vorläufig.

Er zahlte sein Bier, merkte dabei auch, daß er nichts gegessen hatte, aber es war eh zu teuer hier. Zweimal Essengehen am Tag war nicht drin, nicht für ihn.

Nie zeugte ein Reichsparteitag mehr von der Macht und dem Selbstbewußtsein der Partei. Nie war mehr Schmuck an den Straßen angebracht, nie waren mehr Menschen deswegen in der Stadt. Auch das Ausland spürte das. Man sollte Nachrichten hören, die politische Großwetterlage bewegte sich, er spürte das, und es war kein gutes Gefühl dabei, auch wenn das Paar aus der Fischküche heute Mittag das anders empfand.

Scheuerlein machte sich auf den Weg, die paar Meter nach Hause wollte er wohl schaffen, ohne die Straßenbahn zu benutzen. Wieder zwanzig Pfennig gespart, dachte er. Ein leiser Abendwind wehte und befreite ihn. Es gab noch anderes, bleibendes, wie den Duft des geschnittenen Grases herüber von der Rosenau.

In seiner Wohnung rückte er sich den Ohrensessel zurecht, den er von seinen Eltern geerbt hatte, ein beiger Sessel, in dem man auch schon einmal seinen Nachmittagsschlaf am Sonntag halten konnte. Radio wollte er hören, schaltete es ein, doch bei den alten Röhren brauchte es, bis etwas zu hören war – und wenn auch nur der Reichsrundfunk, speziell der Sender Nürnberg. Solange ging er in die Küche, öffnete den Brotkasten und stellte fest, daß das Brot noch nicht frischer geworden war. Mußten eben Haferflocken mit Wasser reichen. Dazu eine Flasche Bier ohne Glas. Er kaute und trank sein Feierabendbier. So bescheiden zu leben gefiel ihm eigentlich, hatte dies doch seine Vorzüge. Im häuslichen Bereich mußte man keinerlei Rücksicht nehmen – niemand schrieb ihm etwas vor.

Das Radio meldete sich mit einem Brummen, die Röhren waren warm, just in dem Moment, als das Pausenzeichen, der Anfang des Liebesmotivs aus der Wagner - Oper „Die Meistersinger von Nürnberg" den Sender Nürnberg ankündigte. Wieder Wagner, der von der Stadt mehr forderte, als diese geben konnte, sinnierte Scheuerlein. So perfekt und nach dem letzten Größten streben, das war fünfhundert Jahre her. Heute bewältigen wir den Alltag – ohne Pathos, aber mit Partei und Volksgenossen. Ein wagnerianischer Gralsritter wie Parsifal hätte diesen Kampf auch nicht gewinnen können.

Am Montag würden diese Töne wieder erklingen, im eigens umgestalteten Opernhaus. Wagner sei Dank – das Heil sei Dir treu. Diese Macht war es wohl, die diese Musik so interessant machte für die Partei und deren und unser aller Zukunft. Da zählte der einzelne nichts – schon gar nicht, wenn er der Partei widersprach.

Der Sprecher meldete sich mit den Nachrichten, berichtete vom Geschehen des Tages. Nichts Konkretes, er verwies auf die kommenden Tage und deren große Neuigkeiten. Wieder der Verweis auf Montag, 16 Uhr. Wir werden zuhören, ob wir wollen oder nicht. Dienstlich im Präsidium oder in der Hausgemeinschaft. Mit dem Dienstplan der kommenden Woche und seinen Aufgaben im Rahmen des Parteitages hoffte Scheuerlein allerdings den Reden zu entkommen. Es genügte, wenn er das Wichtigste dieser Reden im Gespräch erfuhr. Und Tagesgespräch würden sie sein – nichts Wichtigeres gab es dann mehr. Gar nichts, Scheuerlein.

Er drehte am Senderknopf aus Bakelit. Musik erfüllte den Raum, beschwingt und froh. Besser. Leicht spielte die Kapelle mit ihren Tönen, erzeugte eine Melodie, die Wagner widersprach, auch, so schien es ihm, der Kunstvorstellung von Deutscher Kunst: Fast wie Jazz, den er vor ein paar Jahren noch hören konnte, im Musikaliengeschäft am Josephsplatz. Amerikaner waren das, heute gab es diese Schellackplatten nicht mehr zu kaufen – die Musik war als undeutsch deklariert. Doch diese Kapelle im Radio erschien ihm noch stärker, treibender, merkwürdig, daß dies gesendet werden durfte ... der Ansager meldete sich nach dem Titel und sprach in amtlichem Ton von der Goldenen Sieben, die zu hören war. Mal sehen, ob er davon die eine oder andere Platte bekommen konnte. Ein Gegengewicht zu Wagner. Eine andere Kultur, wenn es die noch gab.

Samstag, 3. September, Vormittag

Du hast angefangen, Scheuerlein. Bleib dran. Wieder glänzte der Schreibtisch im Sonnenlicht, das schräg vom Fenster her einfiel. Eine schöne Morgenstimmung für September und Samstag. Er mußte die Anweisung befolgen und sich, wenn auch nur kurz, wie er sich vorstellte, den „üblichen Verdächtigen" widmen. Dazu brauchte er Züge nicht, das ging allein, war es, seiner Ansicht nach, doch auch sinnlos. Aber vielleicht bot sich ja doch der eine oder anderen Anhaltspunkt. Scheuerlein studierte nochmals kurz die beiden Akten, die er erledigen wollte: Kregel und Zibulla. Kregel wohnt in der Südstadt, das könnte sogar passen – dachte er. Schuckert Straße 27. Züge sollte derweil Aktenarbeit leisten, die restlichen „Verdächtigen" durchsehen.

Mit Schley hätte er auch noch zu reden gehabt – doch der wollte den Rapport scheinbar nicht. Dem war wohl auch unwohl – und wenn er nichts wußte, dann war er fein aus dem Schneider. „Ich habe dann den schwarzen Peter ...", überlegte Scheuerlein noch, bevor er sich auf den Weg machte.

Die Linien 8 und 8E fuhren direkt bis in die Schuckert Straße, hielten an dieser. Er verließ den Anhänger, als die Bremsen des Wagens noch quietschten, ein kleiner Sprung, das hatte er als Kind schon so gemacht. Dafür hatte er einmal von einem Schaffner eine Ohrfeige bekommen. Sein Vater hatte nur entgegnet, daß das sicher seine Richtigkeit habe.

Was ihm hier gefiel, außer daß es weit vom Präsidium war, war die Ruhe in dieser armen, aber doch gepflegten Gegend, bevor Siemens und MAN das Dreieck der Industrie im Süden bildeten. Facharbeiter oder Vorarbeiter wohnten hier, die Straßen hatten Eckkneipen, die die Wohnzimmerfunktion für die Männer innehatten. Die Häuser zum Teil in Klinkerbauweise wie das Zählerwerk errichtet, zum anderen Teil im Nürnberger Stil mit Sandstein verkleidet. Auch Erker und Türmchen hatten diese, fast idyllisch, und doch gab es hier jede Menge Parteigenossen, die sich gegenseitig belauerten. Wollte doch jeder der bessere Deutsche sein. Und es war die Gegend der gewendeten Sozialdemokraten, da galt besondere Vorsicht, ist doch der scheinbar unsichere Kantonist, um die Schlagwörter der Parteien zu gebrauchen, der bessere im Gebrauch der Macht gegen andere, dachte Scheuerlein.

Er läutete an der Haustüre der 27, stieg nach dem Öffnen bis in den dritten Stock, wie es das Klingelschild angezeigt hatte. Sauber gebohnerte Stiegen, makellose Wände. So sah es hier aus. Die Volksgemeinschaft sorgte für Ordnung. Eine Frau stand im Rahmen der Wohnungstüre, sprach ihn an. Direkt, ohne Gruß.

Die mußte wissen, Scheuerlein, was Du bist. Das sieht man eben doch – oder roch man es?

„Was wollen Sie bei uns? Wollen Sie zu meinem Mann, der schläft noch, der hatte Nachtschicht!"

Scheuerlein stellte fest, daß es erst halbneun war, wirklich unchristlich (Darf man das noch sagen, Scheuerlein?), es half aber nichts.

„Guten Morgen und Heil Hitler! Die Zeit tut mir leid, doch ich muß wirklich zu Ihrem Mann, es geht auch schnell, ich brauche nur eine kurze Aussage".

Die Frau begann loszubellen, sicher wegen der Sache von damals, das sei aber doch jetzt erledigt und sie liebe ihren Mann. Scheuerlein dachte während dieses Redeflusses, daß es andersherum nicht so sicher war, das mit der Liebe, wenn die privat auch so war. Der Ehemann mußte das wohl gehört haben und stand plötzlich hinter seiner Frau, mit Unterhemd, grau im Gesicht und verschlafen. Das Treppenhaus roch nach altem Essen und großer Wäsche. In diesen Häusern - wie bei ihm – konnte man gar nicht genug lüften. Außerdem gab es immer die Fraktion im Haus, die lieber erstank als erfror im Winter. Bei jeder Gelegenheit hörte man das dann. Kregel räusperte sich.

„Kommen Sie herein, guten Morgen, entschuldigen Sie meinen Aufzug, aber ich habe heute nacht gearbeitet. Bitte nicht so laut im Treppenhaus!"

Sie traten ein, Scheuerlein wurde im Wohnzimmer Platz angeboten. Das Ehepaar setzte sich dazu, bot ihm aber nichts an. Er begann.

„Sie wurden vor zwei Jahren zu Gefängnis verurteilt, weil Sie auf der Straße eine Frau belästigt haben. Wir haben nun einen ähnlichen Fall, und so muß ich feststellen, wie es sich mit Ihnen verhält".

Kregel antwortete ohne Verzug, „ja, das stimmt. Aber ich war ziemlich voll an dem Abend. Ich habe mich auch entschuldigt. Das nutzte zwar nichts, denn die Dame Bedienung ist in der Partei und Deutschlands Straßen sollten wieder sauber werden, gerade zur Olympiade. Da war ich dann in der Hinterhand". Er blickte unsicher zu seiner Frau, die saß scheinbar teilnahmslos daneben. „Ich habe", fuhr er fort, „ihr nur unter den Rock gegriffen. Sonst nichts. Aber eben doch ausreichend für zwei Jahre. Erschwerend kam für das Gericht hinzu, daß ich mich nicht gleich stellte, sondern nach Hause ging. War ja nicht weit von hier und auch nicht schwierig, mich zu finden. Seit zwei Jahren bin ich wieder draußen. Es war mir eine Lehre; auch meine Frau hat mir verziehen".

„Gut, oder vielmehr, erledigt", entgegnete Scheuerlein, „aber wo waren Sie am Donnerstag Morgen gegen zwei Uhr, also Mittwoch Nacht auf Donnerstag?"

Kregel war sofort erleichtert, stieß hervor: „Auf Schicht natürlich, die dauert bis um sechs!"

Die Erleichterung, die Scheuerlein beobachtet hatte, deutete natürlich auf Schuld hin, doch das ging ihn nichts an, er vermutete ohnehin Politisches. Und das war ihm egal. „Gut, dann will ich Sie nicht länger aufhalten. Schönen Tag auch noch und auf Wiedersehen!" Kregel schwieg.

Scheuerlein bewegte sich zur Türe. Die Frau folgte ihm, wollte noch wissen, was denn vorgefallen sei, die Besorgnis einer Frau, daß ihr Mann wieder ... doch er konnte sie beruhigen. Ihr Mann komme nicht in Frage, schon allein wegen der Uhrzeit. Daß die Hände auch zu klein waren, sagte er sich auch. Also nichts. Und das war zu erwarten. Er verabschiedet sich nochmals und ging die Stufen hinter, gab Achtung nicht auszurutschen mit seinen Ledersohlen.

Auf der Straße sah er sich nach einer Bäckerei um, aber die gab es hier nicht, nicht daß er einen Umweg hätte machen müssen weg von der Haltestelle der Straßenbahn. Ein kleines Frühstück gab es also nicht zwischendurch. Er machte sich auf den Weg in die Austraße 4, zur Wohnung des Zibulla.

Auch diese Adresse war praktisch gelegen, wieder direkt an der Straßenbahn, nur schade, daß er zweimal umsteigen mußte.

Am Plärrer das gewohnte Bild, unzählige Straßenbahnen abgefüllt mit Volksgenossen in Uniform, sardinenartig gepreßt. Und er mittendrin. Schon in der Früh rochen die, mag sein, daß in den Massenunterkünften die Luft überall so schlecht war, nicht nur in der Scharrerstraße. Er schwieg verbissen im letzten Wagen der Bahn, die Ziel Gustav – Adolf – Straße fuhr. Mehrfach versuchte ein junger SA – Mann neben ihm ins Gespräch zu kommen, er hatte aber keine Lust und wünschte nur gutes Gelingen bei den Festlichkeiten. Erleichtert stieg er Austraße aus und ging geradewegs auf die Nummer 4 zu.

Schon wieder läutete jemand, oft machten sich die Kinder aus der Nachbarschaft einen Spaß mit Klingeln putzen; er stand auf und drückte auf den Türöffner, den er noch nicht lange hatte. Der wurde erst vor ein paar Wochen eingebaut. Womit sie diesen im Haus verdient hatten, wußte er nicht. Zur Wohnungstüre war es nicht weit, der Flur klein und die Wohnung hatte ja nur zwei Zimmer mit einer größeren Küche. Den Vorhang an der Türe konnte er zur Seite schieben, da stand er. So einer, wie er sie haßte, wie er sie schon oft gesehen hatte. Besonders damals, als sie ihn mitnahmen. Er wußte zuerst gar nicht warum, gut, die paar politischen Äußerungen im Bahnbetriebswerk, aber nicht eigentlich staatsfeindlich. Nur witzig, er erinnerte sich wieder an die Szene, als er mit einer rostigen Drahtbürste unter der Nase Reden an die Nation hielt. Von einer Lokomotive herab. Das hatten die mißverstanden (Oder eben richtig, irgendein Kollege mußte ihn verpfiffen haben – gelacht hatten aber alle.) und ihn seitdem auf der Rechnung, auch hier im Haus, nachdem damals die GeStaPo ihn mehrfach besucht und einmal mitgenommen hatte für fünf Tage. Fünf Tage, der Preis für Kost und Logis waren zwei Zähne gewesen, günstig im Jahr 33 im Vergleich zu dem, was er später zu zahlen hatte. Die Zähne fehlten jetzt noch.

Und wieder stand einer von denen vor der Türe. Schutzlos fühlte er sich, ausgeliefert. Nicht einmal seine Frau war da, die mußte arbeiten, seitdem er seinen Beruf bei der Reichsbahn nicht mehr ausüben konnte. Daran war das zweite Mal schuld. Sie ließen ihn ja dann nicht mehr in Ruhe. Das Spießrutenlaufen im Haus begann, alles gute Parteigenossen oder solche, die es werden wollten. Das war besser als nur Wettbohnern, wenn man einen politisch Unzuverlässigen überwachen, schikanieren konnte. Da schreibt wahrscheinlich auch irgend jemand Berichte. Wegziehen konnten sie nicht, Verwandtschaft gab es keine und seine Partei existierte nicht mehr, die Genossen waren tot oder in Dachau. Wo er auch gewesen war – wegen nichts. Gut, die anderen auch wegen nichts.

Der Mensch stand immer noch da, scheinbar hatte er ihn nicht gehört, blieb aber ruhig. Die von der GeStaPo schlugen gleich an die Türe, traten sie ein, wenn man nicht schnell war, der nicht. Der draußen drehte an der Drehglocke, diese schepperte.

Einen Hut trug der, graue Hosen und ein ebensolches Sakko. Nicht teuer, aber ordentlich. Ein großer konnte das nicht sein, eher der kleine Terrier, der ihn beißen wollte. Aber dafür war er zu friedlich, wie es schien, dachte Zibulla, noch.

Die Gedanken zogen schnell an ihm vorüber, an jedes Detail von früher konnte er sich erinnern, war auch nicht lange her, gerade mal ein halbes Jahr. Sollte dies von vorne beginnen?

Zögernd öffnete er die Türe.

„Guten Morgen?“ sagte er zögernd. Das Gegenüber antwortete mit dem gleichen Gruß, ohne Zukunftsbezeugung. Das war schon mal gut, dachte er.

Der Beamte stellte sich mit „Scheuerlein, Kriminalkommissar“ vor. So alt und noch immer Kommissar – der kommt nicht wegen der Politik, da ist was anderes.

„Zibulla“, antwortete er, „was wollen Sie denn?“ Der Polizist begann noch im Türrahmen sein Anliegen vorzutragen, doch er zog ihn schnell in die Wohnung, mußten die Lauscher draußen doch nicht alles mitbekommen und wieder gleich zum Blockwart, der feisten feigen Sau, laufen. Er spielte auf Zeit in diesem Haus. Der Zivile fragte nach seinem Alibi für eine Tat, die er nicht näher bezeichnete – aber wohl ein Sittlichkeitsdelikt, sonst wären sie zu zweit oder mehr gekommen. Alibi hatte er nicht, war er doch immer in der Wohnung, sich dem Getuschel der Leute nicht auszusetzen. Seine Frau halt – als Zeugin. Aber das galt wenig, im Vergleich zu Aussagen von Parteigenossen. Die hatten doch immer recht, das hatte man schon im Prozeß gegen dieses Mädchen und seine Eltern gesehen.

„Wissen Sie“, begann er, „ich war damals völlig unschuldig. Habe ich auch im Prozeß so gesagt. Aber keiner wollte mir glauben. Sozialdemokraten glaubt man nicht, jedenfalls denen nicht, die die Angebote der NSDAP verschmähten. Und ich trat nicht ein. Ich habe auch einen Spiegel in der Wohnung.“ Er blickte kurz zu Scheuerlein, konnte aber so reden, da ähnliche Worte von ihm sowieso in den Akten waren (Doch bleib vorsichtig, Georg! Du kennst den nicht!) und wenn der doch von der PoPo ist?

Scheuerlein blickte ihn an. Der war ja völlig am Ende, dachte er, wer so schon gleich losredet. Wie sich die Geschichte in den Akten darstellte und mit der Wirklichkeit übereinstimmte, mußte er überprüfen. Es gab mehr als eine Wahrheit in diesen Tagen. Mit der Merkur hatte das alles nichts zu tun, davon war er jetzt schon überzeugt. Wissen mußte er die Umstände trotzdem, er brauchte ein Bild von der Strafverfolgung in diesem Teil der menschlichen Gerechtigkeit.

Sie standen immer noch im Flur, bis Zibulla vorging, die Wohnzimmertüre zu einem spärlich eingerichteten Raum öffnete. Ein Sofa, ein Sessel und eine alte Anrichte. An den Wänden nichts bis auf ein billiges Bild, einen Druck von Van Gogh. Nachtcafé in Arles, dachte Scheuerlein. Er gab ihm Gelegenheit, doch noch an so etwas wie Gerechtigkeit zu glauben und fragte nach. „Wie verhielt es sich denn damals Ihrer Meinung nach?"

Zibulla stockte. „Es war eigentlich am Anfang nicht ernstzunehmen. Daß ich bei denen auf der Rechnung stand war klar. SPD – Ortsverein Gostenhof, Arbeiter im Ausbesserungswerk, und politisch aufgefallen. Dazu meine Ablehnung einzutreten. Traten doch alle ein. Wissen aber immer noch nicht wohinein sie – aber gut. Und eines Tages kam dann der Blockwart zu uns und sagte, daß es eine Anzeige gegeben habe. Die Polizei kam gleich darauf und nahm mich mit. Ich hätte die kleine Dicke aus dem Haus angefaßt. Fiele mir nie ein. Aber das war schon vor 33, daß dieses Kind immer auffiel und die Eltern es deckten. Vor 33 war es Klingelputzen, Pferdemist in unseren Briefkasten und so. Aufgehetzt von den Eltern, die waren und sind deutschnational und jetzt natürlich in der Bewegung. So. Zeugen waren auch da; als es passiert sein soll, wäre ich mit der allein im Treppenhaus gewesen, aber andere Mieter aus der Etage hätten dies durch die Türscheiben gesehen. Ich fragte natürlich, warum dann niemand eingegriffen habe, da gaben die doch frech zu Protokoll, sie hätten Angst vor mir gehabt. Aber dann nicht mehr, oder? Im Prozeß bekam ich zwei Jahre Zuchthaus, aber mit Entlassung war nix. Dann war Dachau, ein halbes Jahr, wegen politischer Unzuverlässigkeit. Daß ich da wieder rauskomme, hätte ich nie gedacht. Aber darüber darf ich nichts sagen, da mußte ich einen Zettel unterschreiben".

Brauchte er auch gar nicht, dachte Scheuerlein, wie es da zuging, wußte er auch so. Protokolle sprachen manchmal doch eine deutliche Sprache, besonders wenn sie „abschließend" waren. Zibulla fuhr fort. „Wie die damals gefeixt haben, im Gericht, das war das Schlimmste. Und alles Beteuern half nichts. Ich glaube, das Urteil stand schon vorher fest. Aber die dachten, die wären mich los. Und jetzt bin ich wieder da. Ohne Arbeit und ohne Essen. Die Miete können wir gerade noch zahlen, von dem, was meine Frau heimträgt. Und was machen Sie jetzt mit mir? Mehr Zeugen für die Mittwochnacht habe ich nicht!“

„Nichts passiert. Was Sie sagen, klingt glaubwürdig, wenn ihre Frau das alles bestätigen kann, wäre es noch gut; sie kann mich anrufen: Durchwahl 8407. Ich mußte es nur überprüfen wegen dieser anderen Sache. Aber eine Frage hätte ich noch: Wieso hat man Sie wegen eines Sittlichkeitsverbrechens versucht dranzukriegen? Politisch wäre das doch auch gegangen?“

Zibulla zuckte mit den Schultern. Er wußte es nicht, vermutete aber, daß die Sache von den Hausbewohnern aufgebaut und dann von der GeStaPo einfach weiterbenutzt worden sei. So einfach. Dafür zweieinhalb Jahre Leben.

Scheuerlein verabschiedete sich und trottete die Treppe hinunter. Waren nicht zimperlich, die Hausgenossen hier, wenn sie einen loswerden wollten. Ihm fiel wieder seine Beförderungssperre ein. Die unklugen Worte hatte er auch in der Kneipe an der Ecke verloren, viele Gäste waren damals nicht zugegen gewesen. Wer ihn verpfiffen hatte, wußte er nicht.

Aber was seine Besuche bei den ihm von Schley zugewiesenen Altfällen anbelangte, sah er sehr klar. Das war eine

Sackgasse, ohne Frage. Daß Züge noch etwas herausfand, bezweifelte er. Ob die Frau des Zibulla die Aussagen bestätigte, interessierte ihn nicht mehr.

Die Haustüre schliff mit einem häßlichen Geräusch am Boden entlang, als er sie nach innen aufzog, um auf die Straße zu treten. An die Wand gelehnt grinste ihn ein dickes Mädchen an, um die zwanzig, das mußte sie sein. Über die Schulter im Weggehen sagte er bissig: „Werbung an der Straße ist verboten!" Die Dicke lief rot an; er hörte nicht zurück.

Scheuerlein beschloß, die Strecke zurück ins Präsidium zu laufen. Hier in Gostenhof war die Luft sauberer, nicht heilsumtost, kaum Fahnen und keine Girlanden über den Straßen. Das änderte sich schlagartig, als er in die Fürther Straße einbog. Die Burg konnte man sehen, der Tag war klar und auf die Entfernung sah der Fahnenschmuck der Festung gar nicht mal schlecht aus. Er liebte seine Stadt dennoch. Am Plärrerschnellimbiß kein Kaffee, wer hätte es gedacht.

Samstägliche Ruhe kehrte bereits im Präsidium ein, als er es betrat. Der schwerste Gang stand ihm bevor, nur Mut Scheuerlein, bisher hast du nichts falsch gemacht. Jedenfalls deiner Ansicht nach nicht. Schley wartete womöglich, Rapport erstatten war eine Dienstanweisung, so steigt er mit schweren Füßen die Stufen in den ersten Stock hinauf.

Rechts grüßte der Führer von seinem Altar, dessen Gesichtsausdruck war immer noch entschlossen. Blickte der immer so drein, lächelte der nie? Die Büste hatte wie ihr Original eine einfältige Mimik, dachte er. Bayern eben.

Am Büro Schleys klopfte er. Die richtige Mischung aus selbstbewußtem Klopfen und Höflichkeit hatte er immer noch nicht heraus, nach zweiundzwanzig Dienstjahren. Schley war da.

„Heil Hitler, Herr Kriminalrat!" begann er.

„Scheuerlein. Sie können sich setzen! Sie kommen spät!" Setzen, dachte er, welch Gnade. Er bleibt auch nicht beim „er". So falsch war das ja alles dann nicht, oder kam das dicke Ende nach?

„Also, Scheuerlein, was haben wir? Von Ihrer Aktion mit den Parteigenossen aus der Scharrerstraße war ich nicht begeistert, aber das wissen Sie. Was hat die Untersuchung besonders der ‚Ehemaligen' denn nun bisher ergeben?"

„Bei mir nichts, die haben Alibis, Kriminalinspektor Züge muß ich noch fragen. (Laß' bloß nichts raus, Scheuerlein, besonders nicht aus dem Deutschen Hof oder so!) Die Pathologie war eindeutig, aber verwertbare Spuren ergeben sich daraus nicht, nur daß der Täter große Hände hatte. Weiteres haben Sie sicher schon Züges Berichten entnommen".

Schley schaute zufrieden. „Große Hände haben viele. Besonders Arbeiter. Da haben Sie dann ja noch viel zu tun. Wie wollen Sie weiter vorgehen?“

„Am Montag wollte ich ...“

Schley unterbrach ihn sofort. „Am Montag haben Sie Dienst wegen des Reichsparteitages. Wie die anderen auch. Da sorgen Sie für Sicherheit im Abschnitt Hauptbahnhof bis Deutscher Hof. Haben Sie die Dienstpläne nicht studiert, Scheuerlein?“

Er beeilte sich zuzustimmen, er hätte nur gedacht, daß jetzt, wo dieser Fall dazwischengekommen sei, also, daß er dranbleiben könne.

„Nein, Scheuerlein, der Führer geht vor. Das müssen Sie anders lösen. Vorschläge?“

Ihm fiel nichts ein, wie er Zeit zur Untersuchung herausschlagen könnte. Mit dem Reichsparteitag war dann auch die ganze Woche belegt. Und dann, so stellte sich Kriminalrat Schley wohl vor, hätte er Unmengen von Arbeitern mit großen Händen zu überprüfen. Das war's dann auch mit der Wahrheit, Spuren (Welche, Scheuerlein?) sollten erkalten. Er mußte auf Zeit und Lücken hoffen.

„Gut, dann noch ein ruhiges Wochenende, Scheuerlein! Ich erwarte Sie Montagmorgen um sechs Uhr zur Dienstbesprechung! Heil Hitler! Übrigens: Der Präsident war gar nicht glücklich über Ihre bisherige Arbeit!“

Eine Warnung zum Schluß also. Blieb nur, auf die Karte Freizeit für die Wahrheit zu setzen – nur daß sein Blatt nicht besonders gut war, die folgende Woche.

Er ging die paar Zimmer weiter bis zu Züges Büro. Züge hatte ihn schon erwartet.

Nicht gerade entspannt saß der an seinem Schreibtisch und blickte ihn an. „Ich habe alle Akten durch, bis auf die zwei, wo Sie heute waren. Hat sich da was ergeben? Hier nicht. Das ist immer das gleiche, kleinere Belästigungen oder eine Vergewaltigung. Aber nie so, daß man sagen könnte, hier ist bei dem oder dem Täter ein Mordpotential. Obwohl ich natürlich nicht in Abrede stellen möchte, daß das in jedem von uns steckt. Aber es ist zumindest keiner dabei, weder Täter noch Fall, der sich irgendwie auf die Partei oder die Gegend um die Merkur oder so beziehen könnte. Alles das gleiche Milieu. Arbeiter und vordringlich Sozialdemokraten wie Kommunisten. Rein statistisch haben aber alle die gleichen Triebe, meine ich, das sortiert sich nicht nach Partei – oder?“

Scheuerlein nickte, wußte dazu aber auch nichts beizutragen. „Es hilft nichts, abarbeiten müssen wir die Akten. Wir zwei und sonst niemand. Was da heute bei dem Zibulla rauskam, möchte ich wirklich niemand anders anvertrauen. Der wurde glatt von den guten Deutschen und seinen Hausmitbewohnern in den Knast und dann nach Dachau befördert. Die Verursacherin geht derweil auf der Straße ihrem Gewerbe nach, vor Gericht hat sie die Unschuldige, Berührte gespielt. Und ein anderer hat gezahlt. Tut der immer noch. Da muß ich noch mit dem Werth reden. Vielleicht können wir da ein wenig Unrecht korrigieren. Die zehn Restakten sehen wir uns peu a peu an, da gehen wir die nächste Woche vorbei, wenn wir die Zeit dazu bekommen. Heute könnten Sie sich noch einen Fall vornehmen, den da gleich, der oben liegt. Das nehmen Sie auf dem Nachhauseweg noch mit".

Züge hatte sich scheinbar schon auf das Wochenende gefreut, blickte wieder bestürzt. Jetzt noch einmal eine Stunde für eine nutzlose Befragung? Er nickte und bat dann gleich gehen zu dürfen.

„Aber vergessen Sie die Einweisung montags um sechs Uhr nicht", bat zum Abschluß Scheuerlein und verließ mit einem Gruß, nicht dem Deutschen, Züges Büro.

Er hatte anderes vor, samstags als Junggeselle hat man ja Zeit. Und Samstagnachmittag ist bekanntermaßen eine ruhige Zeit, nachdem die Geschäfte geschlossen haben. Familienväter und Mütter sind zu Hause, kochen etwas und essen dann. In der Kneipe sind dann die meisten Männer noch nicht, da ist also auch Ruhe, dachte Scheuerlein. Diese Ruhe wollte er nutzen, räumte seinen Schreibtisch auf, für den hatte er nächste Woche kaum Zeit, und schloß sein Büro ab.

Auf dem Flur waren keine Arbeitsgeräusche mehr zu vernehmen, alles war wohl schon nach Hause gestrebt, dieses letzte Wochenende vor dem großen Sturm zu nutzen. Pro forma klopfte er noch an der Türe von Schleys Sekretärin, diese war verschlossen. Der Weg war frei.

Unten an der Pforte grüßte der Posten wieder militärisch, die öffentliche Meinung im Hause hatte ihm also allem Anschein nach vergeben. Wenn das möglich war. Er war ja auch wieder auf dem richtigen Weg, dem Weg zum Führer und Heil.

Samstag, 3. September, Nachmittag

Scheuerlein lenkte seine Schritte Richtung Josephsplatz, bog dann rechts in die Karolinenstraße ein. Er schlenderte langsam, ein Trupp HJ überholte ihn. Der Schlager, den die sangen, ging ihm auch nicht mehr aus dem Kopf, ein Ohrwurm eben. Dieses Lied, so erinnerte er sich, war das Titellied zum Film Hitlerjunge Quex. Er hatte ihn auch gesehen, sogar in dem Kino, vor dem er jetzt stand. Vereinzelt sammelten sich schon Kinder zur Nachmittagsvorstellung, die hatten wohl Kinogeld von ihren Eltern bekommen. Es roch nach gebrannten Mandeln und Zuckerwatte aus dem Stand nebenan. Also vorwärts, vorwärts zur Zuckerwatte! Er beobachtete die Gesichter der HJler, die den Kopf schon zum Stand mit den Schleckereien verdrehten. Ihr Truppführer ließ sich allerdings nicht irritieren, kann er ja auch nicht, mit einem Lied von Baldur von Schirach, dem Reichsjugendführer, auf den Lippen. Wenn einer schon Baldur heißt. Wie sang sich das Lied wohl mit Zuckerwatte, schoß es Scheuerlein durch den Kopf. Dann wäre außer dem Hirn auch noch der Mund verklebt. Er lachte, die HJ fühlte sich geschmeichelt.

Die Lorenzkirche in Sicht hoffte er, daß noch ein Stand mit Bratwürsten ihm sein Mittagessen bieten konnte. Er hatte

Glück, kaufte sich zwei Semmeln und kaute. Samstag kann ein guter Tag sein. Aber nicht frei von Sorgen und Arbeit. Eigentlich müßte er heim in die Sielstraße, mit der Hausordnung war er auch wieder dran, doch er verfolgte ein anderes Ziel. Mit der Straßenbahn in die Harsdörfferstraße. Da war es jetzt ruhig, so hoffte er, man konnte vielleicht reden, nicht in polizeilicher Umgebung; möglicherweise lockerte das die Zunge der dortigen Beteiligten. Da draußen lag der Schlüssel, Scheuerlein.

Ein Wagen der Linie 2 quietschte um die Ecke, die neuen Wagen waren zu lang für den engen Gleisbogen an der Lorenzkirche, ausreichend Platz boten diese. Kaum PGs darin, die mußten sicher noch Girlanden winden oder brauchten Ruhe vor dem anstrengenden Abend im Kreise der lieben – Kameraden. Die Welt kann so einfach eingerichtet sein, wenn man alle Probleme ausblendet oder sie immer den anderen macht; denk an die Austraße, Scheuerlein! Er durfte nicht vergessen, den Werth anzurufen, die Dicke brauchte einen Denkzettel. Man muß auch auf die Gesundheit der Volksgenossen achten – und wenn man nur ihre Frauen rein hält. Das Gesundheitsamt freut sich immer über Kundschaft.

Er konnte die Fassaden entlang träumen, bewunderte immer wieder die stolzen Gesichter der Bürger- und Geschäftshäuser aus dem letzten Jahrhundert, die ganze Königs - Straßc cntlang. Die Fassaden waren der Gewinn einer Zeit und Klasse, die es ihm, Scheuerlein, als kleiner Leute Kind versagte auf eine höhere Schule zu gehen. Und diese Schicht bestimmte immer noch die Richtung, gab Geld für die Reichsparteitage und die Bewegung. Zeigte sich großzügig in der Unterstützung des Winterhilfswerks. Ein Sack Kohle pro Familie. Und die mit den schönen Fassaden hatten Zentralheizung ...

Beim Einfädeln in den Straßenbahnverteiler am Hauptbahnhof mußte der Wagen warten. Scheuerlein konnte in Ruhe die Bürgersteige beobachten; an der Ecke Königstor und Frauentorzwinger stand ein Stürmerkasten. Unwillkürlich blickte er hinein. Das Titelbild war mit Reißzwecken darin befestigt. Eine schlimme Fratze starrte Scheuerlein an: „Die Maske“ – darunter gezeichnet ein Zerrbild von einem Menschen, der imstande war, jemanden aufzuhängen. Sogar gereimt war der Untertitel: Des Juden Lächeln ist nur Teufels Trick – indem er grinst, dreht er Dir schon den Strick. Diese Kästen gab es überall, besonders seit 1935, er kannte sie. Aber so einen Juden hatte er noch nie gesehen. Darum wahrscheinlich auch eine Zeichnung, real konnte es so einen Menschen nicht geben. Daß darauf jemand hereinfiel erschien ihm unwahrscheinlich. Doch gleich dachte er wieder an die Begeisterung beim Abbruch der Synagoge und er mußte zugeben, daß der Stürmer und sein Chef doch eine Wirkung auf die Menschen hatten. Keine zweihundert Meter weiter wurde das Blatt ja auch gemacht, in bester Geschäftslage in der Pfannenschmiedsgasse. Jeder konnte es abonnieren und sich einen privaten Stürmerkasten bauen. Das sah man auf dem Land so, kein Dorf ohne.

Scheuerleins Linie 2 ruckte wieder an, dafür war er ganz dankbar, staute sich doch im Wagen die frühnachmittägliche Hitze, wenn er nicht fuhr. Der Zug schwenkte durch die Allersberger Unterführung nach Süden ein, sein Ziel.

Peterskirche war Endstation für Scheuerlein, auch dieses Gotteshaus herausgeputzt wie am Reformationstag mit Fahnen, nur die Farbe unterschied die Art des Schmuckes. Und der andere Erlöser.

Wie stellt man das jetzt an, ohne großes Aufsehen und mit dem Wirt zu sprechen in die oberen Geschosse des Hauses zu gelangen, in dem die Merkur das Erdgeschoß belegte? Sein Plan war einfach. Um das Haus herum und über den Hintereingang ins Treppenhaus und nach oben. Wenn der offen war. Sonst blieb nur der Weg durch die Türe der Gassenschänke, aber dann kannst Du auch vorne herein, Scheuerlein, dachte er. So legte er sich das zurecht – im Bewußtsein, daß er auf sich alleine gestellt war.

Die Merkur lag ruhig, wie er es sich ausgerechnet hatte, Samstagnachmittag. Kein Lärm drang nach außen, jedenfalls keiner, den er wahrgenommen hätte. Die Parteigenossen aus Sachsen waren nicht zu Gast, hatten sicher noch zu tun. Um die Ecke der Biergarten, leer. Zwar standen geleerte Gläser auf einzelnen grünen Tischen, die Stühle nicht in Reih und Glied wie man das von einer deutschen Wirtschaft hätte erwarten können, aber auch hier schläfrige Ruhe. Scheuerlein versuchte mit seinen Ledersohlen ruhig zu laufen, keinen Lärm zu verursachen. Schleichen fand er albern, es mußte so gehen. Schon lieber wäre es ihm gewesen, Züge hätte ihn begleitet auf diesem Privatspaziergang. Ein leises Quietschen war vernehmbar, als er an der Klinke die Türe zum Treppenhaus und nach unten in den Keller öffnete. Sie war offen, stellte Scheuerlein erleichtert fest. Muffiger Kellergeruch strömte nach oben, tauschte sich mit der Wärme von außen für einen kurzen Moment aus. Die Fliesen des Bodens glänzten leicht feucht, jemand hatte gewischt. Im Treppenhaus war kein Laut zu hören, es lag ruhig zwischen den Wohnungen der oberen Stockwerke. Wartete.

Vorsichtig setzte er seine Füße voreinander, streichelte die einzelnen Stufen fast, gewann Höhe. Im dritten Stock hielt er kurz inne, lauschte, ob jemand ihm gefolgt war. Es blieb still, er tastete sich weiter. Nicht dunkel schien es ihm hier zu sein, die kleinen Fenster gaben genug Licht, der Nachmittag war hell. Staub war sichtbar in den Strahlen, die das Licht in die Dunkelheit brach. Irgendwo im Hause spielte ein Radio, den Schlager kannte Scheuerlein nicht, der Text war unverständlich. Im vierten Stock stellte er sich auf den Absatz, betrachtete die Wohnungstüren. Es waren fünf, ungewöhnlich viele, hatten die unteren Stockwerke doch nur zwei oder drei Wohnungen gehabt. Möglicherweise Apfelkammern oder Dienstbotenzimmer schienen dies zu sein. Warm war es hier oben, der typische Geruch von Dachböden im Sommer lag in der Luft, die Imprägnierung der Dachbalken verbreitete diese eigentümliche Mischung. Namensschilder sind keine an der Türe, dachte sich Scheuerlein, trotzdem klopfte er leise an der zweiten Türe von rechts. (Warum, Scheuerlein? Weil da ein Bild dran war, süßlich, so mit Buntstiften gezeichnet, ein Naturidyll mit kleinem Mädchen.) Von drinnen hörte er ein zartes „Herein", er hatte richtig geraten, es war das Zimmer von Martha Bauer. Er hatte sie gut erwischt, er traf sie auf dem Bett sitzend an, den Kopf in die Hände gestützt. Sie blickte nicht auf, wußte wohl, daß es Scheuerlein war.

„Grüß Gott, Frau Bauer, ich wollte nicht stören, aber ..."

„Schon recht, ich ahnte, daß Sie nochmal kommen. Was gibt's?" sagte sie langsam und sichtlich verstört. „Nun, ich bin nicht fertig. Ich weiß immer noch nicht, wer der Täter ist, der Ihre Kollegin auf dem Gewissen hat.“ Er mußte sie etwas herausfordern, dachte er. „Aber ich weiß genau, wie sie gestorben ist. Ich habe Bilder von der Untersuchung im Klinikum dabei. Wollen Sie diese sehen?“

Sie wehrte ab, begann stattdessen zu weinen. „Sie war doch meine Kollegin und – Freundin. Aber ich ...“ Scheuerlein unterbrach sie. „Woher hatte Ihre Freundin denn das ganze Geld für die teure Kleidung und nebenher auch noch ihre Wohnung. Hat sie Dinge getan, die nicht legal sind? Und können Sie mir erklären, warum hier oben so viele Wohnungstüren sind?“ Er war zu laut gewesen, oder auch nicht, ganz wie man sehen wollte. Die Putzhilfe der Gaststätte Merkur verlor die Fassung endgültig. Er setzte nach. „Hatte die Gunda Mack auch ein Zimmer hier oben? Zeigen Sie’s mir!“ Er ließ ihr keine Zeit mehr. „Und sagen Sie, was geschieht hier in diesem Zimmer?“ Er verwies mit einem Schwenken des rechten Armes quer durch den Raum, der gemütlich eingerichtet war, außer dem Bett befanden sich ein Schrank (Natürlich!), zwei Sessel und ein schöner niedriger Tisch darin. Die roten Vorhänge waren halb zugezogen.

„Ja. Sie fragen so viel. Ich weiß gar nicht, wo ich anfangen soll. Sie fehlt mir so, jetzt bin ich ganz allein.“

„Sie sollen mir antworten, und zwar auf meine Fragen; ich warte schon viel zu lange bei diesem Versteckspiel. Hier ist ein Mensch ermordet worden!"

Die Bauer blickte auf, Scheuerlein bemerkte, daß sie die Haare zu netten Zöpfen gebunden hatte. (Was sollte das werden, Scheuerlein, Gretel für den Parteigenossen? Vielleicht auch noch im Dirndl?) Stockend begann sie.

„Wir waren beide alleinstehend. Und ich hatte doch nichts. Meinen Sie, von dem Lohn als Putzmädel kann man leben? Ich will doch auch mal ins Kino oder so! Vom Winterhilfswerk krieg ich nix - aber ich geb es zu. Wir haben manchmal verdiente Parteigenossen erfreut, die uns der Wirt empfohlen hat. Dafür bekamen wir von den Freunden Geschenke. Die Gunda hatte immer Besuch von besonderen Herren aus der Partei." Sie unterbrach kurz. „Der Wirt schlägt mich tot, hat er gesagt, wenn ich Ihnen etwas erzähle! Mehr kann ich aber auch nicht sagen. Die Freunde der Gunda habe ich nie gesehen. Sie hat nur einmal gesagt, ich würde das gar nicht wissen wollen. Und jetzt? Ich weiß wirklich nicht, wer ihr das angetan haben könnte!"

„Das war doch schon mal was, Frau Bauer. Sie hätten das aber gleich sagen können. Jetzt zeigen Sie mir erst einmal das Zimmer von der Frau Mack, dann sehen wir weiter. Aber bitte leise, ich denke Ihr Chef sollte nicht mitbekommen, daß ich hier bin." (Aber nicht nur wegen der Bauer, Scheuerlein!)

Sie stand auf und ging zur Türe. Einen Schlüssel nahm sie von einem Nagel, der neben dieser in die Wand geschlagen war.

Im Treppenhaus Stille, das Radio spielte nicht mehr. Sie drehte den Schlüssel im Schloß, die Türe zum Zimmer nebenan öffnete sich. Die gleiche Einrichtung wie im Zimmer der Martha Bauer bot sich Scheuerlein dar. Schien Standard zu sein in Nürnberger Privatetablissements, dachte er, aber irgendwie auch traurig. Die Partei ist doch sonst so gut organisiert - und dann derartige Umstände, die auf Amateure hindeuten? Warum blieb die Gunda denn nicht im Deutschen Hof? Das hatte doch prächtig funktioniert? Und dann hier draußen in dieser viertklassigen Atmosphäre? Er kombinierte dies in dem kurzen Augenblick, als er in das Zimmer blickte.

„Sie halten sich bitte in Ihrem Zimmer zur Verfügung, ich muß den Raum hier kurz untersuchen!"

Martha Bauer nickte schweigend und ging nach nebenan. Er hörte, wie sie ihre Zimmertüre schloß.

Warum hier? Es konnte nur eine Erklärung geben: Im Deutschen Hof waren derartige Dinge nicht mehr möglich gewesen mit den Jahren. Der Führer ist ja nicht nur einmal zu Gast, der kommt ja drei, vier Mal im Jahr. Und dann diese Ausfälle im Geschäft der Gunda. Und keine Freude für die Parteifreunde, wirklich schade. Deutschlands Zukunft hätte für zwischenmenschliche Beziehungen sicherlich kein Verständnis gehabt. Der war ja trieblos, wie man immer wieder bemerken konnte. Nur wenig war davon in der Öffentlichkeit bekannt. Gut, diese Eva. Und früher mal eine Geli Raubal, seine Nichte, die hatte sich aber auch umgebracht. Mit Verwandtschaft verstand er sich wohl gut, der Augenstern der Deutschen Frauenschaft.

Das Zimmer war sauber und aufgeräumt. Nichts deutete auf seine ehemalige Bewohnerin hin, gründliche Arbeit war verrichtet worden. Scheuerlein war in der Zwickmühle, fragte er beim Wirt, verhörte er ihn wieder, hatte er Probleme im Dienst. Das mußte anders gehen. Er kehrte ins Zimmer der Bauer zurück.

„Haben Sie da drüben so sauber gemacht?“ fragte er.

Sie verneinte, weinte aber scheinbar immer noch, hatte Angst vor ihm.

„Ich gehe jetzt, möchte aber den Koch auch noch sprechen, den habe ich nur einmal kurz gesehen. Wissen Sie, wo der ist?“

Dieser käme um vier Uhr wieder, da war noch eine gute Stunde Zeit, Scheuerlein. Was machst Du mit der Zeit?

„Was geschieht jetzt mit mir?“ meldete sich die Martha Bauer wieder, „Werde ich bestraft?“

„Das müssen wir sehen. Jetzt arbeiten Sie bitte erst einmal mit uns zusammen, das kann nur gut für Sie sein! Ich verwende mich für Sie, wenn sonst nichts anliegt“.

Ein kleines Aufatmen ging durch ihr Gesicht.

„Und: Zum Wirt kein Wort, daß ich hier war, verstanden!“ Sie nickte eifrig.

Er nahm den gleichen Weg durch das Haus auf dem er gekommen war. Glücklicherweise hatte ein vergeßlicher Hausbewohner die Türe des Hintereingangs immer noch nicht verschlossen. War wahrscheinlich das schwarze Schaf im Haus. Die anderen Schäflein doch eher braun, fiel ihm ein; keiner hatte bei Züge auch nur eine Andeutung herausgelassen über das Treiben hier, Treiben im wahrsten Sinne des Wortes. Waren sicher alles Freunde gewesen.

Die guten Stunden, die er hatte, wollte er zu einem kleinen Spaziergang in den Luitpoldhain nutzen. Wie viele Menschen an diesem schönen Samstagnachmittag.

Gegenüber der Merkur lag an der Hainstraße noch immer ein kleines Bauernhaus, das hinter sich das herrschaftliche Hallerschloß wußte. Dies geschmückt mit langen Fahnen, die fast bis ins Erdgeschoß reichten. Leicht bewegten sie sich im Wind.

Ständig mußte er bei seinem Tempo, Scheuerlein war ein guter Spaziergänger, Leuten ausweichen oder warten, sich deren Tempo anpassen. Ganze Völkerscharen waren unterwegs, von der Oma bis zum Säugling. Alles strebte hinaus aufs Reichsparteitagsgelände. Er ja schließlich auch, keine Vorbehalte, Scheuerlein, auch Dich beeindruckt das, was da in den letzten Jahren entstanden ist. Diese Größe und Wirkung. Der kannst Du Dich nicht entziehen, und wenn Du erst auf die begonnenen Neubauten blickst, wie die Kongreßhalle. Dagegen ist die Lorenzkirche nichts, nur klein. Du bist nichts, die Bewegung alles. (Das haben sie wohl auch der Martha Bauer gesagt, als ihr erklärt wurde, was sie zu tun hatte. Sie hätte ja auch die Chance gehabt, nach Neuendettelsau zu gehen. Wäre wohl besser gewesen, Scheuerlein?)

Links der Straße wurde die Umgebung grüner, die alten Bäume des Tiergartens standen noch. Er wollte im Grünen gehen, auch wenn im beginnenden Luitpoldhain sicher noch mehr los war.

Schon vom Rand der Anlage konnte er den Hoheitsadler sehen, der den Luitpoldhain und seine Tribüne bestimmte. Dieser Adler war flacher als sonst auf den Stempeln der Behörden, als drückte ihn etwas. Wer wußte das schon. Weiß strahlte der Stein in der Nachmittagssonne, fast wurde Scheuerlein geblendet von der Arena, als er sie von der Tiergartenstraße her betrat, so einen Stein gab es in Nürnberg normal nicht. Fein ausgedacht war das, man entwickelte das Gefühl in einer Arena in Italien oder Griechenland zu stehen – Olympia etwa. Scheuerlein kannte dies von Zigarettenbildern, die ihm sein Vater immer gegeben hatte. Zuban hieß die Marke. (Was sich der Mensch alles merkt, Scheuerlein?) Das sollte wohl auch der Effekt sein, Spiele zu Ehren der Götter. Das Konzept war schlüssig, zumindest in seiner Darstellung, analysierte er. (Darstellung wie Schauspiel. Hoffentlich sind die Schauspieler gut, Scheuerlein?)

Dennoch fasziniert blickte er hinter sich, neben dem Adler waren über den oberen Rängen Fahnenmasten, die die Tribüne überhöhten. Das Tuch der Partei und des Staates flatterte über allen, wies den Weg. Blutrot färbte sich dadurch der Himmel und wies zum Mahnmal für die Blutzeugen der Partei erkennbar in dreihundert Meter Entfernung. Als es errichtet und eingeweiht worden war, war er dabei gewesen. Als Polizist. Aber es diente damals anderen Zwecken – es war das Kriegerehrenmal für die Gefallenen des ersten Weltkrieges. Gebäude erfüllten eben immer mehrere Zwecke, konnte man auch in der Merkur sehen.

Scheuerlein stieg die Treppen hinab, fast etwas hoch die einzelnen Stufen für seinen Geschmack. Da mußten die Menschen aber noch wachsen daran oder dafür. Er wandte sich nach rechts, zur Kongreßhalle. Der Vorplatz war mit Granitplatten gepflastert, die Steine liefen in geraden Reihen auf den Eingang der Halle zu, dort endeten sie in Treppen, die den Eingang überhöhten. Die Steine wurden, das war in der Stadt bekannt, von einer Arbeitsgemeinschaft produziert. „Arge Naturstein" – dreihundert kleine Firmen profitierten von den Pyramiden der Macht im sumpfigen Gelände. Eigentlich eine Sträflingsarbeit, das Steineklopfen, dachte er. Für solche wie den Zibulla, da hatte der ja noch Glück gehabt, daß er nur nach Dachau gekommen war. Das klingt zynisch, Scheuerlein.

Rechts vor der Halle hatten irgendwelche SA – Formationen Aufstellung genommen, flankierten den Eingang zum Hallenkubus; mit ihrem Braun bildeten die SA - Leute einen sonderbaren Kontrast zur vorherrschenden Farbe Rot. Über der Mitte des Portals konnte Scheuerlein die überdimensionierte Führerstandarte erkennen. Der weiße Kreis, in dem das Hakenkreuz prangte, wurde von einem goldenen Kranz eingerahmt. Der Rest der Standarte rot. Rot als die Farbe der Herrschaft, sinnierte er, schon immer war dieses Rot bedeutend. Aber es konnte auch zu viel sein, wenn man an die ganze Stadt denken wollte.

„Heil Hitler", sprach ihn jemand von der Seite an, er wendete sich um. „Na, gefällt Ihnen schon, was der Führer für uns alle tut, auch für uns Volksdeutsche?!“ Es war das Paar aus der Fischküche, offensichtlich bestens gelaunt und tief beeindruckt von der Monumentalität der Bauwerke. Er grüßte zurück, wollte sich aber auf keine längere Unterhaltung einlassen. „Und Sie?“ fragte er. „Fühlen Sie sich wohl, hier bei uns, ist Ihnen nicht zu viel los im Gegensatz zu der Schönheit und Ruhe, die in Ihrem Preßburg herrscht?“ Er wollte nicht unhöflich sein, aber auf Jubelstürme konnte er jetzt nicht entspannt reagieren, schließlich drohte die Befragung in der Gaststätte mit dem Koch und das konnte der Wirt sicher nicht unwidersprochen lassen.

Der Mann sprach kaum, dafür sie mit einem begeisterten Glitzern in den Augen. „Ach wissen Sie, wenn wir erst einmal beim Reich sind, wird es bei uns auch so schön!“ Fast naiv wie sie das sagte. Preßburg lag schließlich in der Slowakei und das bedeutete Krieg. Schöne Aussichten, Scheuerlein.

Er wünschte weiter einen guten Tag und sah zu, daß er weiterkam. Diesen Begeisterten war nicht zu helfen, er konnte es jedenfalls nicht. Etwas irritiert machte er sich auf den Rückweg zu seinem eigentlichen Ziel. Er hoffte, daß die Bauer bis zu seinem Erscheinen wenigstens die Fassung bewahrt hatte, daß er um den sicher fälligen Konflikt jetzt herumkam.

Ohne Vorsicht, dachte er nun, konnte er jetzt ja den Vordereingang benutzen, wie jeder normale Gast auch. Die Zeit war scheinbar gut gewählt, die Wirtschaft immer noch leer; für diese Uhrzeit am Samstag nicht ungewöhnlich. Er entspannte sich und grüßte den Wirt sehr freundlich, der ihn schon skeptisch gemustert hatte, als er die Türe nach innen aufdrückte. Der thronte auf einem erhöhten Hocker hinter der Theke, grüßte nicht zurück. Verbot sich sicher in Uniform, solchen Deutschen wie Scheuerlein einen Gruß zu entbieten. (Naja, Scheuerlein, hast Du gedacht, Du wirst hier bejubelt?)

Er bestellte mit möglichst unbefangener Stimme ein Bier, „und wenn's aus Fürth ist" konnte er sich schwer verkneifen, eigentlich gar nicht.

Ohne Reaktion zapfte Schubert.

Scheuerlein sprach quer durch den Raum. „Ihr Koch, ist der schon da, den hätte ich gerne mal gesprochen! Können Sie ihn bitte zu mir schicken?" Unwillig blickte der Truppführer auf.

„Wieso denn jetzt das? Hier ist doch alles gesagt?"

„Da täuschen Sie sich, wir haben immer noch keinen Täter."

„Aber wie man hört, sind Sie doch auf den Spuren der Roten – das kann doch nur einer gemacht haben, der der Volksgemeinschaft schaden will!"

„Mörder ist Mörder. Und solange ich keine Belege habe, ist keiner der Täter. Das bleibt auch im neuen Deutschland so", entgegnete Scheuerlein trocken. Aber ein kleiner Lapsus war dem Schubert doch entfallen: Woher wußte der, daß er nur politisch „Unzuverlässige" auf dem Tisch hatte. Gut zu wissen. „Kommt der Koch jetzt?"

„Jetzt kommt erst einmal Ihr Bier", knurrte der Wirt, „dann rufe ich den". Er näherte sich um die dunkle Theke herum und stellte Bierfilz und Glas mit einer knappen Bewegung auf den Tisch vor Scheuerlein. Ein Hauch von Schnaps kam über den Tisch. Höfliche Bedienung war etwas anderes. Aber seitdem fast jeder, der in die Partei oder deren Organisationen eingetreten war, glaubte etwas darzustellen, war in Deutschland die alte Form von Servilität und Höflichkeit fast überall abhanden gekommen. Lauter Herrenmenschen, wie man spürte.

Aber er war Realist, auch berufsbedingt, war man das nicht, wurde man von der Realität ständig überrascht. Und wer wollte das schon? Er mußte akzeptieren. Aber an dem Phänomen der „Bedeutung" bisher untergeordneter Menschen konnte man auch ablesen, daß hier in Deutschland doch so etwas wie eine Revolution stattgefunden hatte. Jetzt befahl die Masse. Im Kleinen zumindest. Schön, daß ich trotzdem ein Bier bekomme, dachte er. Der Wirt war in der Küche verschwunden, kam mit dem Koch wieder. Der hatte verklebte Haare, das kann von dem Dampf kommen, Scheuerlein, es muß nichts mit Seife zu tun haben. Er blieb am Tisch stehen, Schubert immer in Hörweite wieder hinter der Theke.

Scheuerlein begann. „Schön, daß ich Sie auch einmal treffe. Ich hätte da ein paar Fragen, ist gleich vorbei. Erstens, wie heißen Sie?"

„Otto Kruczka. Wohnhaft in der Glockenhofstraße 48. Womit kann ich helfen?"

Das war doch einmal ein Wort, damit rechnete man schon nicht mehr. Fast freute sich Scheuerlein. „Ganz einfach. Können Sie zum Tathergang etwas beitragen? Waren Sie um zwei Uhr der fraglichen Nacht noch in der Küche?"

„Nein, tut mir leid, ich habe immer schon um zehn Uhr Arbeitsschluß – von der schrecklichen Sache habe ich gar nichts bemerkt. Um halb elf war ich zu Hause, meine Frau wartete schon auf mich. Auch sonst war alles wie immer. Aber in der Küche bekommt man nicht viel mit, außer, daß es schnell gehen soll, wenn jemand ein Essen bestellt. Aber ich muß kurz unterbrechen. Ich habe für heute einen Braten im Rohr, den müßte ich übergießen; kann ich?“ Scheuerlein hatte nichts dagegen, roch er doch schon seit er hier war den köstlichen Duft von Schweinebraten mit scharf gebratener Kruste, eines seiner Lieblingsgerichte. Er wollte sich einen bestellen, tat es auch gleich beim Erzeuger dieser Köstlichkeiten. Klöße waren selbstverständlich.

Kein Glück ist ewig, und wenn noch so klein. Kaum war der Koch in der Küche verschwunden, hörte er von draußen Stimmengewirr und Lachen, fast Grölen. Auf Sächsisch. Der Sturm aus Dresden drängte in die Kneipe. Schnell waren alle Tische belegt, zu Scheuerlein setzte sich keiner. Sie blickten verwundert zu ihm, so als sei es ein Wunder, daß es ihn noch gäbe. War es möglicherweise auch.

Es begannen kleine Sticheleien über seinen Kopf hinweg. „Was macht er denn hier?“ Von Tisch zu Tisch, unterbrochen mit dem hämischen Gelächter von Gruppen, die sich aus der Masse heraus für überlegen halten. Das Prinzip der Bewegung eben, wehe, Du bist außerhalb. „Darf der das, hier so rumsitzen?“ „Der sollte lieber im Steinbruch arbeiten – tut doch sonst nichts!“ Und das alles auf Sächsisch. Es tat Scheuerlein leid, daß er den Braten bestellt hatte. Ein Rückzug würde aber von denen als Schwäche verstanden, schied also aus. Er reagierte nicht, blickte auf sein Bier, bestellte sich nach einem tiefen Zug noch eines.

Der Koch kehrte zurück. Hatte ein Grinsen auf den Lippen. Scheuerlein bedeutete ihm, daß hier nicht mehr gesprochen werden könne, eigentlich wäre es das auch schon gewesen. „Nur eines noch", fragte er halblaut, „ war an dem Abend, als die Frau Mack ermordet wurde, jemand anderes im Lokal außer denen hier?" Er verneinte, sähe ja auch von seinem Arbeitsplatz nichts, konnte nicht weiterhelfen. Scheuerlein entließ ihn zu seiner Arbeit. Mit „der Braten kommt gleich, Heil Hitler!" verabschiedete er sich.

Garniert mit zwei frischen Klößen, auf denen Petersilie lag, duftete der Schweinebraten vor Scheuerlein. Er ließ sich von den Sachsen weiter nicht stören, die sich nun über sein Essen ausließen, ob er denn das überhaupt verdient hätte? Er fand schon, blickte kaum auf. Die dicken Gesichter feixten ihn an, es wurde ihnen nicht langweilig. Wie eine Rotte Hunde, schoß es Scheuerlein durch den Kopf. Züge wäre gut, jetzt hier.

Belustigt verfolgte der Wirt das Spiel, hatte er doch seine Freude dran.

Scheuerlein winkte, ließ abräumen und zahlte beim Wirt, eine neue Bedienung hatte der noch nicht, wie es aussah. Das Essen war gut und günstig gewesen, doch richtig geschmeckt hatte es nicht. Auf den Abort wollte er noch, bevor er ging. Dazu stand er auf, achtete dabei, daß er das Tischtuch nicht mitzog.

Von der Seite spürte er, wie die Sachsen ihn mit Blicken verfolgten, es war nicht angenehm, er fühlte sich am Pranger. Trotzdem ging er Richtung Abort, es gab Dinge, die ließen sich nicht aufschieben.

Draußen dunkelte es bereits, die Toilette lag im Halbdunkel. Eine schwache Glühbirne erhellte den braun gekachelten Raum, die Türe schloß er hinter sich. Es war eine dieser Toiletten, in denen für das „kleine Geschäft" Rinnen in den Boden eingelassen waren und deshalb den männlichen Vorstellungen sehr nahe kamen. Immer aufrecht, auch dabei, dachte Scheuerlein. Die Türe bewegte sich, zwei von den SA – Leuten aus Sachsen drängten sich fast gleichzeitig herein. Sie stellten sich neben ihn, nestelten an ihren Hosen. „Und", begann der eine zu Scheuerlein, „Du kleiner Schnüffler, was willst Du hier eigentlich? Das ist unser Lokal!" Dabei blickte er ihn an. Der andere zu seiner Linken (Fast die heilige Dreifaltigkeit hier an der Rinne?) wollte nicht nachstehen und fügte mit drohendem Unterton bei, „Du mieser Bulle, laß uns hier in Ruhe, verstanden!" Scheuerlein kam gar nicht dazu, etwas zu antworten. Als er den Mund öffnen wollte, spürte er schon, wie sein Magen plötzlich getroffen den Braten wieder hergeben wollte. Ein schneidender Schmerz bohrte sich in sein Hirn, er taumelte und versuchte die Hände zum Schutz hochzubekommen. Nutzlos, denn der andere Volksgenosse trat mit seinen Stiefeln nach Scheuerleins Unterleib. Er sackte zusammen, Schläge trafen ihn im Gesicht. Glitschig ist die Rinne, als er im Fallen Halt sucht. Genagelte Stiefel bohren sich in seinen Körper, treffen. Warmes läuft ihm über die Nase, schmeckt nach Eisen. Schnell erreicht er den Zustand, daß er sich löst von seinem Körper und nicht mehr an Gegenwehr denkt, nur noch an das Ende der Tortur. Wie die Tiere schlagen und treten sie. Das Gemisch aus Bier und Essen dringt aus seinem Hals, er übergibt sich, kann es nicht kontrollieren.

Von weit her ertönt ein Pfiff, ruckartig hören die beiden auf und erledigen noch ihr Geschäft.

„Du weißt schon, wofür", ruft der eine fröhlich, als sie die Toilette verlassen und sich kurz zu ihm am Boden umwenden, „merk Dir, was Dir passiert, wenn Du Dich mit des Führers Bewegung einlassen willst. Bis zum nächsten Mal!" Wortlos und ironisch hoben beide den rechten Arm zum Deutschen Gruß, schlugen die Hacken zusammen und verschwanden mit lustigem Pfeifen und der Melodie des Horst - Wessel – Liedes. Aus dem Gang konnte er „Die Straße frei dem Sturmabteilungsmann, es schaun aufs Hakenkreuz voll

Hoffnung schon Millionen..." hören. Große Hoffnungen verband Scheuerlein mit denen jetzt nicht.

Stattdessen schmerzte ihm alles, besonders beim Einatmen stach es in der Brust. Das sind mehrere Rippen, die da gebrochen sind, dachte er. Das hatte er schon einmal gehabt, 1915 irgendwo in Flandern, als er von einer krepierenden Granate an eine Mauer geschleudert worden war. Das wird bissig, die nächsten Wochen, bis die wieder heil sind. Immerhin, hatte er das Gefühl, Glück gehabt zu haben, er lebte noch, auch wenn er aus seinen Augen kaum herausschauen konnte. Sie schwollen zu, auch Blut floß noch aus seiner Nase. Die knirschte, wenn man sie bewegte.

Aber das waren Kleinigkeiten. Sein Hauptproblem war nun, wie er ohne größere Schwierigkeiten hier heraus kam. Dazu mußte er erst einmal aufstehen, dazu kann man eine Klotüre benutzen, wie er feststellte. Und in dem Aufzug jetzt auf die Straße? Mit Erbrochenem auf dem Rock, es war einfach aus ihm gequollen, der Magen schmerzt immer noch, gerade hinstellen, das ist das wichtigste. Und jetzt ein Schritt. Hört man etwas aus dem Gang, kommen da noch welche? Nein. Tür auf und links herum zur Gassenschänke, er kennt sich ja aus. Die Türe nach draußen ist offen, das Erbrochene stinkt, und nicht nur dies. Hättest du doch mit Klopapier zumindest notdürftig abwischen können, oder?

Wenig zu sehen ist schon mit solchen Augen, Scheuerlein. Orientiere Dich an den Tischen im Wirtsgarten. Taste. Schwierig nichts umzustoßen. Er keuchte und zwang Schritt für Schritt. Wie kommst du da nach Hause. Taxi fiel aus, die halten Dich doch für einen Sandler, hörst Du? Also Fußweg bis in die Sielstraße, macht in dem Zustand gute zwei Stunden. Hat sich das gelohnt, Scheuerlein? Für das bißchen Information? Es mußte gehen.

Nun wußte er's genau, wie es bei den Kollegen zuging. Das war dann wahrscheinlich noch harmlos, eher in der Richtung Liebesbezeugung. Denn normalerweise hörten die nie auf, bis ihr Opfer nichts als ein Klumpen Fleisch war. Er hatte so etwas gehört, Schreie oder auch nur mehr Laute von den Gefolterten drangen aber nicht zu ihnen, das hatte die SA im „Ernst -Röhm – Haus“ am Spittlertorgraben gemacht, dieses hieß aber seit 34 nicht mehr so. Der Röhm hatte die Vorsehung auch gespürt und jetzt war er nach dem Willen der Zukunft Deutschlands bei ihr...

Die Zeit verlor sich bei Scheuerleins Heimweg, eine Streife hätte ihn nicht anhalten dürfen, sonst wäre er noch in einer Zelle gelandet für Betrunkene, dachte er. Aber eine Anzeige gegen die Schläger aus Sachsen unter der Regie des Schubert fiel flach – zu viele Zeugen sprachen gegen ihn. Sicher. Betrunken gestürzt, was sonst. Wenn man sich nicht beherrschen kann... Er hörte es schon. Und das Gefeixe aus dem Präsidium, der Rüffel Schleys, er konnte es förmlich vor sich sehen. Obwohl ihm Sehen und Hören vergangen war.

Plärrer. Immer noch schob sich Triebwagen auf Triebwagen durch das Gewirr aus Gleisen und Bahnsteigen. Gut, daß er wenig Bekannte hatte, war er so keiner peinlichen Situation ausgesetzt.

Besser noch, eigentlich, daß er so sonderbehandelt worden war, war die nachmittägliche Nachforschung damit vom Tisch. Die SAler würden sich nicht über ihn beschweren, nahmen das Recht in die eigene Hand. Wie ihr Chef. Der schaffte auch das Recht, normierte es. Also doch die Treppe runtergefallen, Scheuerlein? Da kann man nichts machen.

Nicht mehr weit hast du es.

Als er die Türe zu seiner Wohnung aufschloß, war er sehr erleichtert. Der lange Marsch hatte ein Ende, an dem er auch war. Schade, daß in der Wohnung keine Dusche war, das gab es nur bei Vornehmen. Ein Waschbecken mußte reichen, und Hansaplast in der kleinen roten Blechdose, selbstklebend, ganz neu. Vorsichtig atmen, schau' bloß, daß du schlafen kannst, Scheuerlein, dachte er, als er sich in sein Bett stützte.

Sonntag, 3. September

Das Fenster hatte er die Nacht über offengelassen, Kühlung war das beste für sein Gesicht, auch für sein angeschlagenes Selbstbewußtsein. Die erste Morgensonne weckte ihn nach einer schweren Nacht, in der er möglichst still zu liegen versucht hatte. Selten mußte er Blut spucken, aber es würde ohne Arzt gehen. Seine Augen waren kleine Schlitze, durch die das Licht blinkte. Wieder ein schöner Tag, Scheuerlein, Führerwetter. Aber du wolltest weitermachen. Jetzt hast du's. Das schöne Adjektiv „wohn – Haft" bekommt eine ganz neue Bedeutung, Scheuerlein.

Aufhören kam nicht in Frage, jetzt erst recht nicht. Da hatte er in ein Wespennest gestochen, da war mehr. Sein Gefühl hatte ihn nicht getrogen, die Merkur und die Vorgänge dort waren der Schlüssel zur Lösung des Falles.

Sonntag sollte man seine Christenpflichten erfüllen, auch Scheuerlein zählte zu den Kirchgängern, wenn auch selten. Seine Kirche im Viertel mochte er hingegen nicht besonders, die Dreieinigkeitskirche an der Fürther Straße. Rochus in Gostenhof gefiel ihm besser mit dem an der Kapelle gelegenen alten Friedhof, einen der alten vier Siechenfriedhöfe der Stadt. Jeweils direkt nebendran konnte man auch noch die

Siechenkobel sehen, benutzt wurden diese freilich nicht mehr, obwohl er heute selbst ein klarer Fall für einen solchen gewesen wäre. Nicht einmal dort hin würde er es schaffen, ohne Aufsehen zu erregen. Bei dem Gedanken lachte er.

Sonst wäre er heute in die Lorenzkirche gegangen, obwohl die so schön geschmückt war. Der dortige Pfarrer hatte aber im Kampf um Landesbischof Meiser 34 deutlich seine Meinung gesagt, war damit sehr angeeckt. Scheuerlein war einer der Beamten gewesen, die die Kirche am Höhepunkt der Protestwoche hätten räumen sollen. Die Gläubigen hatten sich aber nicht bewegt, stattdessen waren immer mehr Menschen in das Gotteshaus geströmt, so daß man auch Heilig-Geist und Egidienkirche öffnen mußte. Landesbischof Meiser wurde antelephoniert und predigte dann auch noch selbst. Auch der Deutsche Gruß war von den Evangelischen verändert worden: Heil Meiser ertönte. Das hatte ihn beeindruckt. Seither war es zwar stiller geworden im Kampf zwischen Partei und Kirche, aber man merkte immer noch, daß die evangelische Kirche Möglichkeiten des Andersdenkens bot, die ein einzelner nicht hatte.

Das hätte er heute gerne wieder gesehen. Die Braunen machtlos vor der Menge, die sie sonst benutzten. Fassungslos ob des Widerspruches. In seinem Zustand aber konnte er nur hoffen, daß er morgen besser bei Kräften war. So ging ohne Auto nichts. Scheuerlein hatte keines, wie kaum jemand ein Auto hatte. Aber der Führer hatte ihm einen KdF – Wagen versprochen mit den launigen Worten: Fünf Mark die Woche mußt Du sparen, willst Du im eignen Wagen fahren. Das tat auch Scheuerlein – doch bis der Wagen geliefert wurde, konnte es noch dauern, die Fabrik war erst im Bau, irgendwo in Norddeutschland.

Kein Auto, Straßenbahn nicht möglich, Scheuerlein, für heute haben sie dich aus dem Verkehr gezogen, heute wird wenig. Und morgen mußt du durchstehen, im wahrsten Sinne des Wortes. Da bleibt dir nur, aus dem Fenster zu sehen, schräg gegenüber auf den jüdischen Friedhof, und von der guten Luft an der Kleinweidenmühle zu träumen. Einen Besuch beim Hippel kannst du heute auch vergessen, jedenfalls vor Einbruch der Dämmerung. Und die Eröffnung der neuen Straßenbahnstrecke, die unterirdisch wie eine U – Bahn verläuft.

Er drückte sich auf, die Rippen schmerzten, fast mehr als gestern noch. Aber das kannte er. Ab morgen würde er versuchen, die Schmerzen dienstlich einzusetzen, den Druck auf die feige Bande zu erhöhen – aber wie?

Wenn ein Weg nach draußen unmöglich ist, muß der Junggeselle die Nahrungsaufnahme selbst sicherstellen. Scheuerlein schlurfte in die Küche und stellte seinen Essensplan zusammen, wenngleich er sofort mit Bestürzen erkannte, daß das Brot im Kasten nunmehr ganz verschimmelt war. Blieben auf der Haben – Seite: Maggi – Würfel für Suppe, Graupen und Backerbsen. Viel war das nicht, aber es würde reichen für den Tag. Man soll ja kein Fett ansetzen, dachte er. Kampf dem Verderb! So weit kam es in seinem Haushalt, wenn man das so nennen wollte, nicht, er hatte wenig im Hause, was verderben konnte. Scheuerlein erfüllte vorbildlich die neue Kampagne der Partei, die die Bürger zur Sparsamkeit erzog.

Er hatte Angst vor der Nacht.

Montag, 5. September, Vormittag

Mach weiter, Scheuerlein. Es kann nicht sein, daß sich manche alles nehmen dürfen, schon gar nicht das Leben anderer. Er war seit fünf Uhr in der Ludwigstraße, schlafen war ihm unmöglich gewesen. Außerdem mußte er sich noch auf die Dienstbesprechung um sechs vorbereiten. Eingesetzt werden sollte er als Kontrolle der Postenkette zwischen Hauptbahnhof und Hotel Deutscher Hof, direkt an der Einmündung der Tafelhof - Straße. Hoffentlich sah er genug mit diesen Augen, mit der Karte vor ihm („Geheim. Nur für den Dienstgebrauch! Fahrwege der Kolonne des Führers.“) hatte er da seine Schwierigkeiten. Das eine Auge war schon fast wieder abgeschwollen, das andere immer noch schlitzartig. Ja, dachte er bitter, wenn heute eine japanische Delegation kommen würde, dann wäre ich erste Adresse. Nur mit der Farbe haperts.

Glücklicherweise fuhren um die frühe Zeit, als Scheuerlein sich auf den Weg gemacht hatte, schon die ersten Straßenbahnen, in die Ludwigstraße zu laufen wäre ihm schwergefallen. Die kühle Morgenluft therapierte sein Gesicht, ließ ihn hoffen.

Ins Haus hatte er sich nahezu unbemerkt gestohlen, nur der Pförtner war so früh auf seinem Posten. Kein Züge, kein Schley. Aber der würde bald da sein. Würde seine Rolle voll auskosten. Heute war der große Tag der Vorgesetzten, durften sie dann vielleicht sogar das Antlitz ihres Herrn erblicken. Ziemlich wahrscheinlich sogar, denn der Führer sollte im offenen Wagen vom Flughafen Marienberg durch die Stadt fahren. Was fahren konnte in Nürnberg an großen Karossen, war schon am Samstag auf den Flugplatz verlegt worden, so auch der schwarze Horch, der für solche Anlässe bei der Nürnberger Polizei vorgehalten wurde. Der gefiel Scheuerlein besonders, schon allein wegen seiner Wuchtigkeit. Das Glück mitzufahren hatte er noch nicht gehabt. Durch die geschlossenen Fenster seines Büros hörte er zunehmenden Verkehr, auch im Haus begann das Leben, Schritte auf dem Flur waren vernehmlich. Er würde Schley bitten, ihn vom Dienst am Nachmittag freizustellen, seiner angeschlagenen Gesundheit wegen. Büroarbeit böte er stattdessen an. Schley wird fragen, wieso er derartig zugerichtet sei, Scheuerlein wird ihm die Treppenversion anbieten, Schley wird es nicht glauben. Und?

Scheuerlein drehte das Radio auf, lauschte der Musik kurz vor halb sechs. Marschmusik erfüllte den Raum, Fanfaren kündigen den Reichsparteitag auch im Radio an, mächtig laut, etwas übersteuert schepperte sein kleiner VE 301. Der Sprecher meldete sich mit den Worten „Achtung, Achtung, hier ist das Mikrophon der Bewegung..." In freudiger Erwartung verkündete das Mikrophon der Bewegung den Beginn des Reichsparteitages „Großdeutschland". Große Tage, unwiederbringlich, Massen, einig, hinter dem Führer, stolz, ergriffen, heilige Größe – die Worte wirkten auf Scheuerlein wie ein Kaleidoskop, in dem man neu geschüttelt immer wieder die unterschiedlichen gleichen Bilder sehen konnte. Ob es bei der Reichspressekonferenz eine definierte Zahl an Worten gab, die definiert zu verwenden seien? Das Deutsche erschien ihm in diesem Moment auf einen sehr kleinen Wortschatz reduziert, mehr als zweihundert verschiedene Wörter waren scheinbar nicht mehr vorrätig. Wie Kaffee.

Es klopfte. Nach einem „Herein" Scheuerleins betrat Züge mit „Guten Morgen" das Büro und schrak zurück. Scheuerlein wußte selbst, daß er nicht gut aussah, hatte er doch zu Hause auch einen Spiegel. Aber so? Die Szene wirkte grotesk. Das Radio spielte inzwischen wieder Marschmusik, Züge schwieg betroffen und Scheuerlein hatte Schmerzen in seinem verzogenen Gesicht. „Unsere Leute aus dem Haus?" fragte Züge betroffen, „Die von der politischen Abteilung?"

Die Treppenversion schenkte er sich bei Züge – er blieb in einem kurzen Bericht bei der Wahrheit. „Dann sind wir dran!“ entfuhr es Züge, „Zu schade, daß heute vormittag nichts geht. Aber am Nachmittag könnten wir uns den Wirt greifen. Ohne Samthandschuhe“.

„Das sehen wir dann, ich glaube aber nicht, daß das was bringt. Der ist nicht der Täter, deckt ihn vielleicht nur. Aber gegen den Filz aus alten Kameraden und Partei (vielleicht locken da noch Posten?) haben wir keine Chance. Und ich möchte von Abteilungen aus dem eigenen Haus nicht noch einmal so behandelt werden“, meinte Scheuerlein, „jetzt müssen wir erst einmal für Sicherheit sorgen – und zwar gegen die eigenen Volksgenossen. Ich habe mir den Plan angesehen. Straßenverkehr wird schon von der Verkehrspolizei in Erlenstegen, Nordostbahnhof und vor dem Langwasserlager gestoppt. Die Allersberger Straße ist ebenfalls zu; Zufahrt in diese Gebiete erfolgt nur mit Sondergenehmigung – die haben nicht einmal wir. Mit Verkehrsüberwachung haben wir also nichts zu tun. Unsere Aufgabe ist nur die Überwachung der Postenkette und der Zuschauermengen. Daß da nicht einer die Zukunft Deutschlands zu Ende bringt, bevor sie sich ganz entfalten kann; das wäre das Ende“. Wovon, das ließ Scheuerlein offen.

Trompetenstöße erklangen aus dem Radio, bevor Züge sie abdrehen konnte. Scheuerlein erhob sich, Züge war stehengeblieben. „Gehen wir“ sagte er lakonisch.

Die Dienstbesprechung war knapp, militärisch, bezog die Zuhörenden nicht ein. Nach einem „Heil Hitler!", dem im Chor geantwortet wurde, purer Befehlsstil, keine Reflexion. Dazu passend war auch der dunkel getäfelte Raum, der Vortragende erhöht wie ein Professor am Gymnasium, eingerahmt von einer Fahne mit dem großen Stadtwappen und einer Hakenkreuzfahne. Die Herren zeigten, daß sie studiert hatten. Ausführung war gefragt, nicht mitdenken. Sonst das Übliche, Sicherheit, Präzision, keine Fehler. Eintreffen der Wagenkolonne um elf am Flughafen, elf Uhr dreißig vor dem Hotel Deutscher Hof. Absperrung der Fahrtstrecke, Ausgabe von zusätzlichen Waffen. Schutzpolizei mit Karabiner, Kriminalpolizei mit den neuartigen Maschinenpistolen, die so leicht in der Hand lagen. Man sagt ihnen aber nach, daß sie gerne Ladehemmung hatten.

Dr. Benno Martin schloß mit einem „Heil auf den Führer! Und daß mir keine Fehler passieren – Entschuldigungen sind nicht zulässig". (Heißt übersetzt Scheuerlein, wer patzt, kann sich eine Fahrkarte nach Dachau kaufen.)

Alle hatten befremdet geschaut, als sie Scheuerleins angesichtig wurden – keiner hatte etwas gesagt. Nur Werth hatte die Stirn kraus und die Augenbrauen hochgezogen. Schley befahl ihn am Ende der Einweisung zu sich.

Schley war einer jener Typen im höheren Polizeidienst, die undurchsichtig wirkten, zugleich stramm in der Partei waren, bei denen man aber nie wußte, was sie dachten und wo sie standen. So gesehen paßte der besser in die GeStaPo. Scheuerlein hatte nie das Gefühl bei ihm, daß er sich, wenn es eng wurde, auf den verlassen konnte, oder daß Schley auch den eigenen Kopf riskieren würde, um sich vor seine Untergebenen zu stellen. Dazu paßte auch die Physiognomie, klein und gedrungen erschien er. Aber drahtig. Seine Bürstenfrisur stand immer nicht zu bändigen nach oben habt Acht. Wenn Vorgesetzte in der Nähe waren, hatte der immer ein Lächeln auf den Lippen, nach oben, Scheuerlein. Vorsicht. Man sprach auch von guten Kontakten Schleys zu Dr. Martin wie dessen Gauleiter, dem Frankenführer. Wundern würde es Scheuerlein nicht, wenn Schley auch den persönlich näher kannte. Schwaben wie sie beide ursächlich waren: Streicher und Schley.

Er wußte nicht so recht, was der jetzt wollte. Ob Schley schon von seinem Ausflug am Samstag informiert war? Er würde es gleich wissen, dachte er.

Schley ließ ihn herankommen, winkte dabei gelassen lässig mit der Rechten. Ganz alte Schule, fehlte bloß noch der Handschuh. Er tat aber ganz unverfänglich, konnte wahrscheinlich Scheuerleins Gesichtsverfärbung nicht wahrnehmen, bei dem Gesicht. „Was ist denn mit Ihnen passiert, Scheuerlein? (Kein „Er", Scheuerlein, was will der?) Können Sie da heute Ihren Dienst sauber versehen? (Ich sehe kaum etwas, Herr Kriminalrat...) Hatten Sie einen Unfall?" Klar, dachte Scheuerlein, zuerst der Dienst, dann die Anteilnahme, was wollte er?

„Ich bin die Treppe zum Keller gestürzt, Herr Kriminalrat. Dienstfähig. Werde ich schon schaffen, heute vormittag", entgegnete Scheuerlein, „dauert ja nicht lange". „Schön, dann gute Besserung. Aber die Treppe war schon bei Ihnen im Haus und nicht etwa im sonnigen Süden, wo die Sachsen wohnen?" fügte Schley ironisch hinzu. „Nein, nein, frisch gewischt, wissen Sie ... Aber eine Bitte hätte ich doch. Heute Nachmittag beim Empfang im Rathaus brauchen wir doch nicht so viel Personal, könnte ich da nicht im Präsidium bleiben und Dienst im Hintergrund leisten, so als Reserve?" Schley nickte und drehte sich wortlos um, um mit Dr. Martin, der in seiner grünen Uniform nicht weit entfernt stand, scheinbar weitere Einzelheiten zu besprechen. Scheuerlein war wohl als Thema erledigt. Vorerst.

Züge, der sich im Hintergrund gehalten hatte, winkte ihm und beide steuerten dem Ausgang zu. Ihr Einsatzort – Züge ihm zugeordnet - war bequem zu Fuß zu erreichen, so konnten beide auf die Verteilung auf Fahrzeuge verzichten. Oder wollen Sie mitfahren, Scheuerlein? Im Wagen von Schley, da sind sicher auch einige Kollegen von der anderen Polizei dabei ... mit Ehre und Treue im Gepäck.

Scheuerlein murmelte halblaut zu Züge, daß scheinbar Schley schon wieder Wind habe. Aber er rührt sich nicht. Wie sollten sie das deuten? Einverständnis und oder Wissen um die wahren Hintergründe? „Wird sich zeigen, muß aber nichts Gutes bedeuten, Herr Scheuerlein". Schweigend gingen sie die Treppe hinauf zu Scheuerleins Büro, nickten dem Führer aus Bronze kurz zu und zogen sich in den Raum auf der Mitte des Flures zurück. Beide nahmen Platz, Züge tatendurstig und unruhig, er müde und zerschlagen. Züge begann, schlug vor, den Wirt vorzuladen, abgeholt von einer Streife in Grün ohne Vorwarnung. Dann ordentliche Vernehmung mit Licht und keinen Rauchwaren. Ohne Frist, was das Ende anbelangen sollte.

Scheuerlein fiel nichts ein, hielt dies aber für keine gute Idee. „Da stehen wir dann wieder wie am Anfang da. Mit der Partei auf dem Hals. So kann's nicht gehen, wie müssen neue Wege suchen. Man kann es drehen und wenden, wie wir wollen, an den Bonzen kommen wir nicht vorbei. Vielleicht ist es besser, wir bleiben ruhig, bis sich der Pulverdampf der Reichsheiltage verzogen hat und machen dann weiter?"

„Warten wir ein bißchen, manchmal dauert es einfach, bis der Unrat durch die Kanalisation gespült wird, Herr Scheuerlein. Machen wir erst einmal, was ein gutes Bild abgibt. Posten stehen, grimmig schauen, fällt uns heute nicht schwer“.

Es war Zeit, vor dem Abmarsch wolltest du noch einen Kaffee, Scheuerlein. Er bedeutete Züge, daß sie gehen sollten, Züge erhob sich, Scheuerlein stöhnte sich hoch (1915 tat das doch nicht so weh, wirst du alt, Scheuerlein?).

Sie gingen den Weg zur Kantine, die Wirtin schien gut gelaunt zu sein, erhoffte sie sich wahrscheinlich für den Abend gute Geschäfte, wenn die Kollegen vom Einsatz hereinkamen und die Nachtschicht sich vorbereitete. „Haben Sie einen Kaffee – oder besser zwei?“, fragte er.

Die Antwort überraschte beide nicht. „Klar, gebrüht und frisch. Mit Milch und Zucker?“ (Wieso klar, die ganzen letzen Wochen gab es nichts und jetzt, wenn das Heil erscheint, gibt's Kaffee? Der Schein muß gewahrt bleiben, Brühen für den Führer, Koffein für alle. Merkwürdig, der lehnt doch sogar Kaffee ab. Wahrscheinlich nimmt er nicht einmal Vitaminpillen zu sich – braucht er wohl auch nicht, bei dem ganzen Grünzeug, was der verdrückt. Im Winter Kohl, wie die Parteigenossen in der Scharrerstraße. Die Luft in der Reichskanzlei soll ja manchmal recht dick sein...)

Scheuerlein lachte, weniger über den Bohnenkaffee, der ihn anduftete. Auch Züge hatte einen milderen Gesichtsausdruck, suchte einen Platz inmitten der grünen und schwarzen Uniformen. Manchmal hatte es den Anschein, als wären sie die beiden letzten Zivilisten im Amt. Stolz auf die Uniform hatte man zu sein, nur in Ausnahmefällen ging der gute Deutsche ohne.

Züge schüttelte den Kopf, als sie beide sich gesetzt hatten. Interessant war, daß Uniformträger angesichts der Zivilen keine Regungen machten, sich zu bewegen, wenn jemand vorbei wollte, da konnte der Wachtmeister noch so einfach sein. Die Uniform machte den Menschen. Wie zu Kaisers selig Zeiten. So gesehen war die nationalsozialistische Revolution nichts weiter als das Wiedererstehen der alten Riten, gefüllt mit Plebs einfachster Sorte.

„Kennen Sie Kästner, Erich?“ fragte ihn Scheuerlein. Züge verneinte, las nicht viel (Schade, früher hatten doch auch die einfacheren Leute viel gelesen, heute kam man kaum mehr dazu, lag sicher an den vielen Parteiveranstaltungen – oder auch daran, daß man Lesen im neuen Staat eigentlich nicht mehr brauchte. Oder kennen Sie ein Bild, in dem der Führer ein Buch in der Hand hält? Nur ein Buch, mit Sicherheit.)

Scheuerlein zitierte kurz zwei Zeilen, er sprach von einem Land, „wo die Kanonen blühen ... Gesichter hat man dort und keine Köpfe.“ Züge nickte. Es fiel ihm ein, von dem Dichter hatte er doch gehört. Irgendwann 1933, auf dem Hauptmarkt, als der noch so hieß.

„Aber lesen Sie solche Sachen denn noch?“ fragte er. Züge war wohl doch noch nicht so weit, dachte er, ganz loslassen konnte er noch nicht ihm gegenüber. Oder etwas für den Mann tun, nicht nur dienstlich. Ihm mal ein Buch leihen von Kästner oder vielleicht von Mühsam, obwohl der völlig vergessen war seit 1919.

Sie rührten in ihren Tassen und sprachen kein Wort, jeder hing seinen Gedanken nach, jedem graute es individuell vor den folgenden Stunden und der ganzen Herumsteherei. Denn daß da etwas passierte, glaubte hier doch keiner ernstlich. Wer sollte das noch tun? Die dazu imstande waren, saßen doch alle oder waren tot, ohne daß sie Gräber hatten, nur Nummern, dachte Scheuerlein.

Die Lautstärke freudig erregter Männer in der Kantine bedrückte ihn zunehmend, das konnte der Kaffee nicht aufwiegen, dünn war der zudem. Müdigkeit erreichte ihn, trotz Aufputschmittel. Züge blickte ihn fragend an.

Scheuerlein zwang sich gerade aufzustehen, als Werth von der Sitte sich näherte. Er grinste als er vor ihnen stand, fast hämisch. „Wohl am Sonntag bißchen heftig geworden? Frauentormauer? Da gibt’s ja welche mit Spezialitäten. Hätte ich Ihnen gar nicht zugetraut, Scheuerlein – aber, im Ernst. Mit wem haben Sie sich denn eingelassen, und ersparen Sie mir die Geschichte von der bösen Treppe?“

Der Angesprochene zuckte mit den Achseln und verwies mit dem Kinn Richtung Türe, schüttelte gleichzeitig mit dem Kopf (Das zieht immer noch, Scheuerlein, bewege dich langsamer). Er wußte, daß er seinem Körper eigentlich zuviel abverlangte, daß er Zeit brauchte, am besten in der Sielstraße. In einer Woche vielleicht wäre das möglich, dachte er. Beide standen auf, Werth ging voraus.

Züge lief voraus, so konnte Scheuerlein den Gang von Werth studieren. Da dieser über eine große Leibesfülle verfügte, führte er die Füße immer unter dem Körper nach schräg außen hindurch, was einen nicht unkomischen Eindruck vermittelte. Wie der in der Szene um die Frauentormauer ernstgenommen werden wollte, war Scheuerlein ein Rätsel. Aber Erfolg hatte der, war immer gut informiert, wahrscheinlich auch über Scheuerleins Spaziergänge in diesem Viertel.

Einer mußte stehen in Scheuerleins Büro, er hatte nur zwei Stühle. Züge ließ als der Dienstrangniedrigste den beiden die Stühle, auch aus Rücksicht auf beider Gebrechen. Scheuerlein begann, erzählte von seinem Unfall in der Merkur und den Hintergrund dazu. Daß da draußen eine Art illegales

Parteibordell für Privat- oder besser Parteikunden existierte mit dem Anschein familiärer Atmosphäre. Werth staunte, und meinte, das wolle er sich ansehen, aber Scheuerlein wiegelte ab und bat um Zeit für „seinen" Mord.

„Wenn Du da jetzt rausgehst und die Putzhilfe alias ‚Martha das kleine Mädchen' mitnimmst und den Wirt als Initiator dazu, dann geht da nichts mehr weiter. Die sollen glauben, daß mit meinem Unfall die Sache für sie erledigt ist. Außerdem reicht die Sache ja noch weiter als wir bisher überschauen, das da war ja nicht für den kleinen PG bestimmt (Scheuerlein, laß nichts raus vom Deutschen Hof, da wenn der Werth in seiner dappigen Art einen Fehler macht, dann sind wir alle im ... und das nicht im Sinne von Röhm)".

Werth nickte. „Aber wenn Ihr einen Täter kriegen solltet, dann will ich auch ein Stück vom Kuchen, das ist schließlich mein Gebiet. Dann wird der Rest außer dem Mord auch behandelt. Ich suche doch schon lange, ich hab's Dir ja erzählt, Scheuerlein, Beweise gegen diese PGs, die mit der Macht, die sie haben, sich auch sexuell betätigen. Die nehmen sich alles, auch die reine deutsche Frau. Und ihre eigene dazu". Er grinste. „Aber wenn die immer mehrere haben, dann reichen die guten deutschen Frauen ja schließlich nicht für alle, da muß die Volksgemeinschaft doch aufpassen im Sinne der nationalsozialistischen Gerechtigkeit, oder? Das muß die deutsche Frauenschaft doch wissen, nicht wahr? Könnte man der Reichsfrauenschaftsführerin am Freitag beim Kongreß im Herkulessaal sagen! Oder ihr Anregungen für Plakate geben", er blickte zur Türe und senkte die Stimme, „wie ‚Willst Du besitzen die eigne Frau, schütz' sie vor Nazibonzen ganz genau!' oder, eben andersherum, ‚Teilt Euere Frauen mit allen Volksgenossen, Nationalsozialisierung der Frauenbewegung!' Wenn die Frauen dann immer noch nicht ausreichen, müssen wir halt zur Stillung der Bedarfslage Männer hinzunehmen. Hat ja der Röhm schon versucht, das Heil war nicht so davon begeistert, wie man hörte."

Oberkommissar Werth begann bei seinen letzten Worten zu lachen, lief rot an, gluckste nur mehr. Keinen wunderte, daß er nicht verheiratet war.

Züge schüttelte etwas pikiert den Kopf, nicht so, daß es Werth hätte beleidigen können, aber doch deutlich.

„Aber ich hätte doch etwas Arbeit für Dich, Werth, wenn Du was brauchst für Deine Statistik", meldete sich Scheuerlein, der von Werths Wortwitz doch angetan war, man konnte es an seinem breiten Grinsen ablesen. „Ich war doch letzte Woche unterwegs im Auftrag Schleys, sogenannte Altfälle zu untersuchen. Da stieß ich auf einen, wo eine Hausgemeinschaft behauptet hatte, ein gewisser Zibulla habe ein

Mädchen im Hause belästigt. Wie sich mir das aber darstellt, schafft das Trumm privat und teilprofessionell auf der Straße da an, ich hab's sogar gesehen. Den Akt kannst Du schon haben, wär' mir sehr recht, denn das ist eine intrigante, dreckige Brut da in dem Haus, bis auf den Zibulla. Der war völlig unschuldig, dafür zwei Jahre Knast und ein halbes Dachau. Dem geht's immer noch nicht gut, was Wunder. Willst Du?"

Werth freute sich und griff gleich gierig nach der Akte, die ihm Scheuerlein zugeschoben hatte über die glänzende Schreibunterlage hinweg.

Gleichzeitig holte sie die heutige Aufgabe von draußen ein, als Abteilungsführer mit Trillerpfeifen die Signale zum Aufsitzen auf die Mannschaftsfahrzeuge gaben, heulten Motoren auf und Schwaden von Abgasen stiegen bläulich an Scheuerleins geschlossenem Bürofenster vorbei. Auch für sie bedeutete dies den Moment des Aufbruchs, war es zwar zum Einsatzort nicht weit, doch immerhin zehn Minuten zu laufen. Sie konnten in Zivil bleiben, waren nur als Rückraumsicherung oder sogenannter Riegel gedacht. Scheuerlein griff zu seiner Luger, die im Schreibtisch von ihm verschlossen aufbewahrt wurde, lud sie mit einem hörbaren Klicken durch, der Lauf rastete wieder sauber ein. Kalt lag die Waffe in seiner Hand (Das Ding hätte dir am Samstag gar nichts gebracht, nur Scherereien und Zwangsurlaub, Scheuerlein.). Züge hatte seine Waffe schon dabei, Werth grinste nur und meinte er könne damit sowieso nicht umgehen, also lasse er das Gewicht hier, er habe eh genug zu tragen. Die Akte wollte er noch in sein Büro bringen, er sei auch an anderer Stelle im Kordon eingeplant und ginge deshalb nicht mit ihnen. „Sieg und Heil und fette Beute!" rief er schon von draußen ihnen beiden noch zu, bevor er im Dämmerlicht des Flures verschwand. Man konnte seine Schritte hören, er pfiff außerdem „Kann denn Liebe Sünde sein?" Provozierte, wo er konnte, der Werth.

Für die Schönheiten der Stadt an diesem Morgen hatten beide kein Auge auf ihrem Weg zum Einsatzort, nur das Gedränge störte sie zunehmend, je näher sie ihrem Ziel kamen. Die Luft war angenehm frisch, leicht strich die Sonne durch den Morgendunst, der schon etwas nach Kohlenrauch duftete, die Nacht war frisch gewesen und morgendlicher Tau lag auf dem Gras im Stadtgraben. Scheuerlein konnte sich einen Seitenblick in die Frauentormauer nicht verkneifen, aber hier schlief nach einer anstrengenden Nacht scheinbar alles den Schlaf der am Volksfrieden schwer arbeitenden Bewohnerinnen.

Sie lenkten ihre Schritte nach links, parallel zur großen Stadtummauerung näherten beide sich ihrem Einsatzort, der kleinen Anlage am Sterntor, gegenüber der Einmündung zur Tafelfeldstraße. Schutzpolizei hatte auch den zweiten Kordon schon errichtet, der hinter der stahlhelmbewehrten Reihe der SS gezogen werden sollte. Massen schoben und drängten, inmitten derer versuchten sie durchzukommen. Immer wieder stieß Züge „Platz machen, Polizei!“ hervor, wurde richtig zornig, als ein guter deutschen Volksgenosse ihm auf Schlesisch erklärte, daß er vor ihnen da gewesen sei und sich nicht bewegen wolle. Züge herrschte ihn an. Daß er, Züge, noch da sei, wenn der schlesische Führerbewunderer schon hinten auf einem Lastwagen warten würde, bis der Zauber vorüber sei. Dann erst schwieg der begeisterte Volksgenosse. Mit Zivilisten ging das schon. Sie kamen wie vorgesehen zwischen die beiden Absperrungen und beobachteten die Szenerie.

Die breite Straße war leer, die Geräuschkulisse allerdings groß. Links Richtung Hauptbahnhof mußten Ostmärker stehen, sie skandierten „Wer hat uns gerettet – Adolf Hitler!“ Wie beim Fußball antworteten Sudetendeutsche von der Einmündung des Celtistunnels her „Heim ins Reich: Sudetenland! Heil unserem Führer!“ Die Sprechchöre wechselten sich ab, von der Lautstärke her mußten das Tausende sein. Vor der Kulisse der Partei- und Reichsfahnen, die im leicht stärker gewordenen Wind leise flatterten, nahmen sich die Massen freudig Erregter aber eher klein aus, auch Scheuerlein lehnte an einem Masten, der eine solche Fahne trug, bestimmt zehn Meter hoch. Er befühlte den Fahnenstoff, der ihn an Seide erinnerte, tief im Rot; er brauchte wieder frische Hemden, fiel ihm ein – aber nicht in der Farbe.

Zu Tun hatten sie beide nichts, weder Züge noch er. So blieb Zeit, sich den Eindrücken zu widmen, die umfassend auf ihre Sinne einströmten. Scheuerlein konnte von seiner Position aus schon am Opernhaus vorbei das Hotel Deutscher Hof erkennen, besonders der Schmuck faszinierte ihn. Wie über dem Eingang zur Kongreßhalle prangte eine Führerstandarte an der Fassade, tiefrot und mit Gold umrandet. Alle Fenster waren mit grünen Girlanden umwunden, die die Feierlichkeit und Heiligkeit im Heil besonders hervorhoben. Er hatte so etwas schon gesehen, aber nicht im politischen Zusammenhang. Das war damals gewesen, als er in der fränkischen Schweiz einmal zu einer katholischen Kommunion eingeladen gewesen war. Die Katholiken hatten die Dorfstraße auch mit Grün geschmückt, die Buben, die den Pfarrer begleiteten, Ministranten wohl, trugen eine Fahne im gleichen Rot wie hier, auch goldbetreßt. Da wurden die gleichen Bilder benutzt, wie damals konnte er sich hier auf der Straße damit nicht anfreunden. Die Menschen ließen sich blenden von Farbe und Masse. Wo blieben die Inhalte, dachte er.

Von der Gegend aus dem Zwinger am Frauentor wehten Schwaden von Bratwurstduft herüber. Er mußte sehen, daß er nach dem Eintreffen des Führers so schnell als möglich dorthin kam. Hunger regte sich, hatte er doch eigentlich seit Samstag nichts Vernünftiges mehr gegessen, und das, was er da bekommen hatte, hatte er auch wieder von sich geben müssen. Sollte man der Partei auf die Rechnung setzen, die man ihr aber erst schreiben mußte.

Langsam kam Bewegung in die Massen, vom Königstor - Graben her hörte man zunehmende Heilrufe, die richtiggehend aufbrandeten, die Begeisterung weitertragend. Diese Rufe näherten sich, die Menge trägt sie weiter, auch die Geschwindigkeit erhöhend, so daß das Wort „Heil" an sich kaum noch zu erkennen ist (Heileileileilheil, schneller, Parteigenossen!), es hört sich eher an wie ein unklares Hecheln, die Arme der Leute fliegen in die Luft, Frauen verzerren ihre Gesichter, auch vornehme Damen verlieren die Fassung und brüllen aus ganzem Leibe, direkt in der Umgebung Scheuerleins, als die schwarze Wagenkolonne nach der Biegung am Hauptbahnhof sichtbar wird. Menschen wischen sich die Tränen aus den Augenwinkeln, ringen um ihre Fassung. Die Postenkette hinter ihnen hat alle Hände und Schultern zu tun, die Menge zu halten, drängt diese doch mit ungeheurer Macht nach vorne, zu ihrem Ziel und Heilsbringer. Der steht im offenen Mercedes im Fond des Wagens und grüßt mit steinernem Gesicht die Massen. „Heil unserm Führer" schreien sie, einzelne singen die Nationalhymne, alles gleichzeitig ergibt das – nur einen Höllenlärm, denkt sich Scheuerlein. In den anderen Fahrzeugen saßen weitere Größen des Reiches und der Stadt, er konnte Liebel, den Oberbürgermeister, erkennen, auch Streicher saß dabei in einem der schwarzen Wagen. Dr. Benno Martin in der zweiten Reihe der Cabrios – Scheuerlein, der ist ganz vorne mit dabei und – im Deutschen Hof, oft.

Sein Platz war schlecht gewählt fiel ihm auf, denn er konnte so nicht früher gehen, er mußte bleiben, bis die Segnung vom Führerbalkon herab beendet sein würde; das wird schwierig mit einem kleinen Imbiß, Scheuerlein.

Ob er Züge schicken konnte, überlegte er.

Die Fahrzeuge konnte er nicht mehr sehen, die Menge drückte in Richtung Deutscher Hof nach, er rückte zwischen den Postenketten mit, keine zweihundert Meter weiter gegenüber des Opernhauses staute sich alles. Die hintere Postenreihe der Schutzpolizei löste sich auf, die Massen drückten im gleichen Moment auf ihn zu, hoffend ihren Führer wieder zu sehen. Wenige Meter vor dem Hotel brachte die

SS die Begeisterten zum Stehen, Scheuerlein konnte sich gut vorstellen, daß die jetzt auch hofften, der Führer zeige sich schnell, damit der Druck nachließe. Die Gesichter der SS – Leute waren merkwürdig kalt, Begeisterung zeigten sie keine; vielmehr Anstrengung und eine Spur von Besorgnis. In ihren Uniformen sahen sie fast gleich aus, immer einen entschlossenen Blick, aber kaum Wachheit darin.

Scheuerlein stand jetzt so weit vorne, daß er nicht sehen konnte, was oben auf dem Führerbalkon geschah. Die Menge schrie und begann mit ihrer Huldigung der Zukunft Deutschlands, fast wie vor fünfhundert Jahren, als der Kaiser sein Heil unter die Leute brachte. Das war damals umsonst gewesen, jetzt mußte man Eintrittskarten kaufen, nicht billig waren die. Der Platz vor dem Deutschen Hof, nur Stehen und Warten bei freier Platzwahl, schlug mit fünf Mark zu Buche. Das ist die Rate für den KdF – Wagen die Woche fiel Scheuerlein ein. Die Leute hatten Geld. Er blickte sich zu Züge um, der ein unbewegliches Gesicht zeigte, gestikulierte ihm zu, daß er nach der Heilsbezeugung gleich weg wollte.

Ein Tremolo des Glücks brandet auf, als die Hinteren zuerst erspähen, daß sich die Vorhänge am Führerbalkon bewegen (So muß es am Petersplatz in Rom sein, wenn der Papst sich zeigt, Scheuerlein!) und ein Schatten erkennbar wird. Ein Schatten, der deutlich sich dann nach vorne an die Brüstung schiebt und den rechten Arm abgewinkelt grüßend entbietet. Seltsam steif wirkt die Szenerie, die Glücklichen am Boden sind darüber schon verzückt. Ein Führer muß unnahbar sein, meinte Dr. Martin einmal bei einer Besprechung, als ein Kollege fragte, ob man beim Empfang im Rathaus ihm die Hand schütteln dürfe. Kein Gedanke. Arm raus und hoch, Hacken zusammen und knallen. So geht das, erinnerte er sich. Der Knigge für das Deutsche Reich mußte umgeschrieben werden.

Das Singsang des Heils begann erneut, Scheuerlein befürchtete, daß die Massenhysterie ernstlich zu Gesundheitsproblemen bei den Begeisterten führen könnte, besonders bei den Frauen, die nicht bei sich schienen (Kannst du dir nicht erklären, Scheuerlein, so gut sieht der doch gar nicht aus, oder? Als Mann könnte man Komplexe bekommen – ob er sich auch so einen Schnurrbart wachsen lassen sollte?).

Kurz verharrt der Führer oben am Balkon, umrahmt vom Grün und begleitet von seiner Standarte, grüßt noch einmal und macht auf dem Absatz kehrt, verschwindet. Die Masse wogt nach und wird nur langsam leiser, heiser ist sie schon.

Die Bilanz der kurzen fünf Minuten wird sein: zwei Verkehrsschilder umgebogen, einige Menschen mit Prellungen, die im Gewühl auf den Boden gedrückt worden waren. Tausende zu spät zur Arbeit gekommen wegen der Umleitung der wichtigsten Straßenbahnlinien. Für den Führer.

Scheuerlein tastete sich an einen SS – Mann der Kette heran. „Heil Hitler, Herr Scharführer, (Hatte er gerade noch erkannt, die reagierten immer so beleidigt, wenn man sie zivil ansprach...) Kriminalpolizei Nürnberg, wie geht das jetzt hier weiter? Sie haben doch sicher Erfahrung!" „Gar nicht, das war's. Der Führer zeigt sich nicht mehr, der arbeitet jetzt sicher weiter an der nationalen Erhebung. Heil Hitler!" Der Scharführer drehte sich abrupt um und widmete sich wieder seinen Aufgaben in der Postenkette, der Druck von hinten hatte aber merklich nachgelassen. Scheuerlein konnte für einen Augenblick die Totenköpfe auf der Uniform bewundern.

Wie kann man so herumlaufen, dachte er. Immer mit dem Symbol des Todes – des eigenen oder des der anderen? – auf der Kleidung. Da bevorzugte er doch seine Uniform der Nürnberger Schutzpolizei, die er immer noch aufbewahrte in seinem Schrank in der Sielstraße. Da war wenigstens ein Zeichen der Kultur drauf, das Nürnberger Stadtwappen, im Vergleich zur SS ein Zeichen der Hoffnung. Er hatte sie nie weggegeben, im Gegenteil, manchmal wäre es ihm lieber, sie wieder tragen zu dürfen und Kraftwagen zu kontrollieren. Dienstschluß sechs Uhr. Pünktlich.

Er beschloß Züge zu suchen, der abgedrängt worden war, fand ihn gleich an ein „Halt“ – Schild gelehnt, leise kauend. Woher hatte der etwas zu essen? Das sind essentielle Gedanken, da kann Führer und Erlöser sein, wer will. Sein Magen steuerte ihn, und barsch fragte er Züge, „Woher haben Sie das Weckla? Mit Wurst am Ende noch?“ „Nicht gekauft, keine Angst, geht ja hier nicht. Haben mir liebe Zeitgenossen abgetreten, eine Frau und ihr Ehemann aus dem Sudetenland. Die Frau von den beiden hat gesehen, daß ich lieber zu essen hätte statt des Anblicks des Führers. Davon wird ja keiner satt“. „Gut, aber ich brauche auch etwas. Ich bin jetzt frei, der Chef hat mir den Nachmittag im Präsidium erlaubt. Sie haben noch Dienst, Überwachung bei der Fahrt des Führers zum Rathaus um 15.30 Uhr, viel Spaß dabei. Ich setze mich ab. Schönen Tag noch und Heil!“

Scheuerlein lief über die Vordere Karthäusergasse Richtung Kornmarkt, dort hoffte er, sich zwei Wecklein mit Zwickten kaufen zu können, kannte er da doch eine gute Metzgerei, sie brieten an guten Tagen auch auf einem kleinen Rost an der Straße, mit Buchenholz, das gab den feinen rauchigen Geschmack.

Je mehr er sich vom Deutschen Hof entfernte, desto leichter fiel das Gehen, er schwamm gegen den Strom und bekam dadurch einfach mehr Raum. Lebensraum gewann man offenbar auch dadurch, daß man der Masse nicht folgte. Eine interessante Erkenntnis, dachte Scheuerlein.

Montag, 5. September, Nachmittag

Seltsam still benahm sich die Behörde, der Apparat, kaum jemand war im Haus. Draußen schien die Sonne über den ruhigen Hof, was und wer laufen konnte, war im Süden der Altstadt am Altstadtring und später am Adolf - Hitler - Platz zum Rathaus hin, gegen Abend dann wieder im Opernhaus, Meistersingen. Nun fanget an, damit sollte der Tag eins des Heils für Großdeutschland im Jahre sechs des Führers aufhören.

Scheuerlein hatte sich, als er um halb zwei in sein Büro kam, erst einmal frischgemacht, sich den Kopf mit Wasser an seinem Waschbecken gekühlt, es gab nur kaltes Wasser aus der Leitung in seinem Dienstzimmer. Es tat gut, das sich langsam grün verfärbende Gesicht zu kühlen, wenn er die Stirn verzog, schmerzten die Blessuren noch immer deutlich. Die Luger, die unter seiner Achsel im Lederholster gescheuert hatte, schnallte er ab und verschloß das kalte Eisen wieder im Schreibtisch. Mit dieser Waffe hatte er noch nie geschossen, außer auf dem Schießstand, aber da traf er wenig, es langweilte ihn.

Jetzt den Nachmittag in Ruhe zu arbeiten und den ganzen Fall noch einmal zu skizzieren, das hatte er sich vorgenommen (Kommst du da einen Schritt weiter, Scheuerlein?), er wollte sich eine Graphik zeichnen, die den Verlauf der Ermittlungen und die Bewegung der verschiedenen Personen zueinander strukturieren sollte. Dazu hatte er sich doppelt großes Papier aus dem Schreibzimmer nebenan geholt.

Er begann mit Donnerstag Nacht, malte eine Basis, in der die Beteiligten geschrieben waren: Gunda Mack, der Wirt, Martha Bauer und die Sachsen. Auch der Koch stand drin. Sternförmig breitete sich nun von diesen ein Netz von Bezügen aus. Bei Gunda Mack führte es in die Humboldt Straße und von dort in den Deutschen Hof, der wieder einen Verknüpfungspunkt darstellte. Dort waren die ganz großen Unbekannten zu vermuten, dort lag eigentlich die Initiierung des seltsamen Betriebes in der Merkur. Da kam er nicht weiter, jedenfalls nicht, solange Schley ihn nicht von der Kette ließ – da konnte er bei der zu erwartenden Klientel lange warten.

Dieses Papier durfte er nicht über Nacht im Büro liegenlassen, dachte er. Sein Blick blieb an der Wand hängen, an der noch eine Karte aus der Zeit vor der neuen hing. Da hieß der Adolf – Hitler – Platz noch Hauptmarkt und die Stadt war nicht bunter aber doch lebendiger in ihrer Unterschiedlichkeit gewesen. Und an den Marktständen gab es Bananen und Orangen, die ebenso verschwunden waren wie Kaffee.

Fragten Kinder nie danach? Was sagten die Mütter dann? Der Führer mag die schönen Früchte nicht, Kind. Er hat lieber Äpfel und Bohnen, die sind deutscher. Iß jetzt den Apfel Sigrid, Heidrun oder Frauke und danke dem Führer dafür, daß du überhaupt einen hast!

So vor sich hingesponnen hatte er schon lange nicht mehr, dies gab ihm die Ruhe im Gebäude. Konnte es nicht immer so sein? Er zwang sich wieder an seine Arbeit, malte weiter bis Samstag, da hatte er wieder einige Fäden in die Merkur zu ziehen. Unter den anderen auch seinen, war doch da klar geworden, daß da draußen mehr nicht stimmte. Einzelne Sonnenreflexe von den Häusern gegenüber ließen ihre scharfen Strahlen in sein Zimmer fallen. Das Wetter bleibt gut, trotzdem wollte er es genauer wissen und schaltete das Radio ein. Marschmusik unterbrach die Ruhe in seinem Zimmer, er drehte leise, die Musik der Bewegung blieb so im Hintergrund, der Sprecher sagte die neuen Titel an, bemühte sich hörbar um knappe, militärische Ausdrucksweise. Ein leichtes Knarren war in der Stimme, und dies lag nicht an der Qualität des Radiogerätes. Fast jeder in Deutschland bemühte sich um diese rauhe Art des Sprechens, jeder imitierte seinen Führer. Millionen gab es davon. Aber wer waren da die Geführten?

Mitten in seine Träumereien klopfte es verhalten. Stören lassen wollte er sich nicht, aber trotzdem rief er „Herein!“. Die Tür öffnete sich langsam, Martha Bauer stand im Rahmen. „Grüß Gott, Herr Scheuerlein!“ Sie blickte unsicher und sichtlich erschrocken in sein Gesicht. Er wußte selbst, daß er in diesen Tagen keine Schönheit war, aber die Leute brauchten ihn so auch wieder nicht anstarren als hätte er Aussatz, dachte Scheuerlein. Er grüßte „Heil Hitler!“ zurück und bot ihr mit einer einladenden Handbewegung einen Stuhl an. Sie war nett gekleidet, nicht zu aufdringlich und ungeschminkt (Die deutsche Frau schminkt sich nicht, Scheuerlein. Sie raucht auch nicht! Aber sonst tut sie für das Volkswohl alles, wie dieses Exemplar.), in dem moosgrünen Kleid mit roten Schuhen und ebensolchem Hütchen nett anzusehen. Das Mädchen setzte sich, zögerte und ihm war sichtlich schwer, einen Anfang im Gespräch zu finden. Das Radio spielte noch (Dreh es aus, Scheuerlein), er stand auf und trat zum Volksempfänger, schaltete ab. Er blickte sie an, während er zu seinem Stuhl hinter dem dunklen Schreibtisch zurückkehrte, nickte.

„Wissen Sie, Herr Kommissar, ich hab das ja am Samstag mitbekommen am frühen Abend. Das tut mir leid, wissen Sie. Ich kann nichts dafür“.

„Das weiß ich doch“, versuchte er es väterlich, „deswegen hätten Sie sich nicht herbemühen müssen. Wie geht denn das überhaupt, dürfen Sie denn am Nachmittag in die Stadt?“

„Ach, die sind alle weg, am Adolf – Hitler – Platz oder so. Der Schubert mit den Sachsen. Der Koch ist in der Merkur und bereitet das Abendessen vor, da muß ich nicht dabei sein. Wie die Sie am Samstag geschlagen haben, das kann ich nicht ertragen. Von wem das ausging, weiß ich nicht, es könnten die Sachsen selbst ausgeheckt haben. Aber auch dem Schubert traue ich einen Wink an die zu, als Sie auf den Abort gingen. Und jetzt haben die Oberwasser, die haben dann am Samstag groß gefeiert. Quasi Ihre Niederlage begossen – und Sie haben ja Recht, das, was wir gemacht haben, ist nicht in Ordnung. Aber der Schubert wollte das so, sonst hätte ich gehen können – und wohin dann? Und die Gunda hat mich dann auch davon überzeugt, daß da nichts dabei wäre und Geld bekäme ich schließlich auch dafür. Mehr als wenn ich nur Putzen gehen würde. Und ich habe ein eigenes Zimmer für mich“.

„Geht das jetzt weiter so wie bisher?“ fragte Scheuerlein. Er bemühte sich dienstlich zu klingen, „oder wollen Sie weiter Unzucht treiben; ich müßte dann die Sitte informieren (Scheuerlein, du sollst das Mädchen nicht erschrecken, die ist doch nicht gekommen, um dich zu bemitleiden, die will was!), aber vielleicht geht's auch ohne das", versuchte er die Situation schnell wieder gerade zu biegen.

„Ich weiß nicht, wie das weiter geht. Bis jetzt ohne. Der Wirt ist böse auf mich, er ahnt, daß ich Ihnen erzählt habe, was war. Und dann der Zwischenfall am Samstag – deswegen bin ich doch hier. Ich habe - ", sie schwieg, blickte zu Boden, „ich habe Ihnen nicht alles erzählt. Ich hatte Angst vor dem Schubert und dachte, daß es richtig sei, was ich mache. Und da in der Nacht, als ich die Gunda im Hof fand, da ...".

Sie begann tonlos zu weinen, Tränen liefen über die Wangen.

„Da ...?" schob Scheuerlein an, „Ja ... ?"

„Da habe ich bei der Gunda, also da lag, da sah ich ein silbernes Etui, so wie man es für Zigaretten nimmt".

Sie schnaufte, war sichtlich froh, daß der Satz heraus war. Die Tränen liefen schneller, Scheuerlein bot ihr sein Schneuztuch an, glücklicherweise hatte er ein frisches dabei.

Er nickte ihr zu. „Und?"

„Und das habe ich dem Wirt gegeben, ich dachte, er ist doch der Chef und er wird schon wissen. Er machte aber nur ein böses Gesicht und steckte es ein. Damit war für mich die Sache erledigt. Er hat es aber noch, das weiß ich, denn ich muß ja bei ihm auch putzen und für ihn waschen und da habe ich es in seinem Schlafzimmer auf dem Nachtkästchen gesehen. Zumindest am Freitag. Seitdem war ich nicht mehr in der Wohnung – gesprochen haben wir auch nicht mehr darüber".

„War an dem Etui etwas Besonderes? Ein Zeichen oder so?"

„Es hatte Muster. Aber genauer konnte ich nichts sehen, es war ja auch dunkel. Und ich so durcheinander".

„Erinnern Sie sich bitte genau: War da eine Gravur, ein Monogramm? Das wäre so wichtig für die Gunda!"

„Nein, ich würde Ihnen ja gerne helfen, oder eben der Gunda, darum bin ich ja hier. Aber da ist sonst nichts, sicher". Die letzten Worte waren wieder fester geworden, die Martha Bauer gewann ihre Fassung zurück.

„Was ich Sie noch fragen wollte: Hatte die Gunda Stammgäste? War da einer, der öfter kam?"

„Das kann ich so nicht genau sagen, das lief ja immer über den Hintereingang, über den, den Sie auch genommen haben. Aber einer war da schon dabei, den habe ich öfter, so drei, vier Mal gesehen".

Scheuerlein konzentrierte sich jetzt auf jedes Wort der Bauer, er wollte keine Nuance verpassen, dachte er.

„Wie sah der denn aus, hatte der irgendwelche besonderen Merkmale?“

„Besondere Merkmale – ach wissens, des ist doch schon länger her, das letzte Mal sicher vor ein paar Monaten – da kann ich mich an so etwas nicht erinnern. Aber groß war der, jedenfalls kommt mir das so vor. Aber das ist auch nicht schwer, bei meinen einssechzig. Ich verschätze mich da leicht. Dunkle Haare hat er gehabt. Sonst?“

„Sind Ihnen große, kräftige Hände aufgefallen?“

„Nein, darauf achte ich eigentlich nie. Erst wenn ich einen näher kennenlernen darf oder – muß. Dann schaue ich genauer hin. Aber der Gunda Ihre Besucher, die hatten mit mir ja überhaupt nichts zu tun. Das war eine andere Klasse“.

„Wer kam denn so, wenn ich fragen darf, überhaupt zu Ihnen?“

„Also das waren ganz normale Parteigenossen, so aus dem Viertel. Die waren schon verheiratet und so. Mit Kindern. Davon erzählten die dann danach. Manche hatten aber auch Vorstellungen, die sie daheim bei Hausmannskost nicht bekamen. (Scheuerlein, die wird frivol. Willst du das hören – du bist doch nicht bei der Sitte. Doch. Vielleicht hilft´s bei der Aufklärung. Nicht bei deiner, du!) So ...“. Sie grinste, sie hatte ihren Gesichtsausdruck verändert.

Das war jetzt nicht mehr die zarte, kleine ungerecht behandelte Putzhilfe mehr, das war jetzt eine andere. Metamorphosen einer Frau. Immer noch das unbekannte Wesen, Scheuerlein. Für Dich sowieso.

„Und was waren das für Ideen, die da manche hatten?" (Scheuerlein!)

„Naja, so mit Zöpfchen und den kleinen Marienkäferchen mit Haargummi zur Befestigung sollte ich hergerichtet sein. Und weißen Kniestrümpfen, wenn Sie wissen, was ich meine". Sie grinste wieder breit. (Scheuerlein, weißt du?)

„Gut. Ich will's gar nicht genauer wissen. (Lüge.) Für die Täterschaft kommen die eh nicht in Frage, denke ich mir".

„Nein, die sind eher harmlos, halt einfach ein wenig vernachlässigt, habe ich mir immer gedacht. Und unsicher waren die immer. Bei solchen kann ich mir nicht vorstellen, daß sie so etwas wie mit der Gunda tun würden".

„Na gut. Aber jetzt muß ich Ihnen etwas einschärfen. Sie dürfen niemandem etwas davon sagen, daß Sie hier waren, das könnte gefährlich werden für Sie, nicht nur für Ihren Arbeitsplatz. Gibt es sonst noch etwas, was ich wissen sollte, was wichtig in diesem Zusammenhang wäre? Nicht daß Sie noch einmal hierher müßten. Zumindest vorläufig", fügte er schnell hinzu, denn ihm war klar, daß ab jetzt immer die

Gefahr bestand, daß der Fall große Kreise ziehen würde, zumindest wenn er es wollte.

Denn die Prostitution, und so mußte man es nennen, war der Kern des Problems, darum drehte sich auch der Mord. Ein unzufriedener Kunde der Täter? Oder hatte die Mack ihr Wissen gebraucht? Als Vergeltung für den Mißbrauch an ihr?

„Ja, dann gehe ich jetzt. Nicht daß mich da jemand vermißt".

Sie erhob sich und reichte Scheuerlein die Hand. Er schüttelte sie und begleitete Martha Bauer zur Türe, öffnete diese für sie, ganz Kavalier. Sie lächelte zum Abschied, fast wie eine Tochter, die sich von ihrem Vater für den Abend verabschiedet.

Draußen begannen die Glocken von Sankt Elisabeth und Sankt Jakob zu läuten zu Ehren des Reichsparteitages. Jede Kirche steuerte ihr großes Geläut bei zum Ruhme des Vaterlandes und der Partei, da konnte man mal sehen, wie eng Staat und Glaube verbunden waren, Scheuerlein. Der Weg zur Hölle führt immer über die besten Absichten.

Er kehrte zum Schreibtisch zurück, blickte dabei abwesend aus dem Fenster zum Hof, der leer war. Alles weg, was Beine oder Räder hatte. Das war von Vorteil, mußte er doch sonst Schley etwas von den Erkenntnissen des Nachmittags berichten. Wollte er das?

Mittlerweile hatte sich sicher der Schwerpunkt der geregelten Massen hin zum Adolf – Hitler – Platz verschoben, einen Blick auf ihr Idol zu gewinnen bei dem Betreten des Rathauses zum großen Empfang des Führers und Reichskanzlers um sechzehn Uhr. Im großen Rathaussaal vor den Gemälden Dürers würde er sprechen von der Größe des Reiches, von Großdeutschland. Fanfare. Heil. Vom heiligen. Deutschland. Der Idee. Einzig. Zukunft für Volksgenossen und –innen. Durchdrungen. Bereit alles. Zu tun. Unerschütterlich. Heil. Fanfare. (Grüßte er eigentlich auch mit dem offiziellen Deutschen Gruß, also sich selbst, Heil Hitler'? Oder gab es da eine Ausnahmebestimmung. War doch sicher in irgendeiner Dienstanweisung der Reichskanzlei geregelt für Staatsbesuche oder so? Deutschland, deine Vorschriften, mit mindestens drei Durchschlägen und Anmerkungen. Scheuerlein, jetzt kannst du den Zibulla verstehen auf seiner Lok mit der Drahtbürste unter der Nase, oder?) Dürer als Kulisse. Der hatte besseres verdient.

Scheuerlein hatte das Programm der Festtage gelesen. Bei dem Empfang des Führers in „Anwesenheit der Vertreter der NSDAP (Dr. Martin war da sicher auch dabei.) und der Reichs- und Staatsbehörden" sangen sogar die Regensburger

Domspatzen. Hatte der Bischof von Regensburg seine Spatzen also ausgeliehen, quasi als Auswärtsspiel unterwegs in Sachen Heil. Waren die Heilsvorstellungen der beiden so ähnlich? (Scheuerlein, Blasphemie! Aber du bist ja evangelisch, die Evangelischen haben die Hölle abgeschafft. Bleibt nur das Böse, und das ist immer woanders.) Ist jetzt nur die Frage, was die da singen. Bis hierher hat uns Gott geführt? Oder: Jesus, unser Held, schreitet uns voran?

Kann ein katholischer bischöflicher Domchor das Horst – Wessel – Lied singen? Auf dem Programm stand's – so wird es sein. Unerschütterlich. Und die Kinder – konnten die fröhlich katholische Spatzen sein, gleichzeitig aber in der HJ? Statt Gott eine Prise Vorsehung zur Messe. Glaube ist machbar im neuen Großdeutschland, die Übergänge sind fließend von Heil zu Heil, dachte er. Ein Gott und der heißt Vaterland? Warum fiel das den Menschen nur so leicht, einfach die Kleider zu wechseln und zu glauben, mal an das, mal an den? (Vielleicht, Scheuerlein, liegt das daran, daß die Katholiken es gewohnt sind, an einen zu glauben. Und ihm zu folgen. Ob die Führernatur jetzt in Rom oder in Berlin sitzt, ist doch egal.)

Aber das, was die Martha Bauer zum Lebensunterhalt trieb, war Sünde, oder?

Er riß sich los von seinen Gedankenketten und zwang sich an den Schreibtisch zurück, über das Gespräch vorhin mit der Bauer mußte er ein Protokoll schreiben, das haßte er. Ein Formular war schnell eingespannt und Scheuerlein begann mit zwei Fingern seine Triumph zu quälen.

Der Zeiger seiner Taschenuhr, die er vor sich gelegt hatte, rückte auf fünf Uhr vor, seine Gedanken schweiften ab. Wie sollte er jetzt weiter verfahren? Raus in die Merkur mit zehn Mann und eine kleine Razzia auf der Suche nach dem Etui? Was bewiese denn das? Wem es gehörte? Kaum, nicht einmal mit Initialen drauf. „PH“ zum Beispiel. Peter Huber. Oder Paul Halbretter – wenn man so heißen möchte.

Nein, erst mußte er morgen mit Züge reden, sie mußten sich absprechen, dachte er. „Und nach dem Protokoll mache ich Schluß für heute. Festaufführung im Opernhaus, Sicherheit hin oder her. Ich habe den Nachmittag freibekommen zur Arbeit hier. Vom Abend hat keiner etwas gesagt, also Ende“, sprach er halblaut an die Maschine hin, als er sich wieder vertippt hatte (Selbstgespräche sind die besten, Scheuerlein, da widerspricht einem keiner und man hat immer Recht!). Das Schriftstück schob er in eine Akte aus dem Jahr 1932, in der ein gewisser Günzel wegen sexueller Belästigung angeklagt und zu eineinhalb Jahren Haft verurteilt worden war. Da suchte keiner dazwischen, hoffentlich.

Im Präsidium war wirklich keiner mehr außer ihm und dem Posten am Haustor. Die Telephonzentrale und der Funk sind sicher auch noch besetzt – aber sonst? Paradiesische Zustände, wenn man nicht irgendwie das Gefühl hatte, die Sache, der Fall liefe an einem vorbei, Scheuerlein?

Er grüßte den Führer in seiner Ehrenecke mit einem lässigen Klacken seiner Hacken, als er seine Lendenwirbel spürte, bereute er es gleich. Samstag war kein guter Tag gewesen, fiel ihm wieder ein. Aber erledigt war das für ihn noch nicht. Nach diesem Nachmittag noch weniger. Dieser Führer grüßte nicht zurück.

Ein kleiner Spaziergang am Abend kann die Gedanken ordnen und die Seele glätten, dachte er sich, konnte sich bei allen Vorbehalten aber die Route über das Opernhaus nach Hause nicht verkneifen. Man mußte es sehen, auch wenn der Alltag dadurch gestört wurde. Es lag an der Betrachtung: Begeisterung führte die einen zwanghaft hin zu den Veranstaltungen des Reichsparteitages, seine Rolle war eher die des Betrachters (Scheuerlein, du Voyeur?), sagte er sich, und stillen Kommentators. Er hatte das bisher jedes Jahr gemacht, von den Anfängen an. Damals waren auf dem Luitpoldhain noch Holztribünen mit drei großen Fahnen aufgestellt gewesen. Das sah dann eher nach einer Kirchweih aus, etwas improvisiert vom dörflichen Schützenverein. Da hatte man gehört, das dauert nicht lange, dann sind die wieder weg. Aber sie hatten gelernt, engagierten einen professionellen Architekten und dann diese Filmemacherin, Riefenstahl. Die machte einen Film, daß im nächsten Jahr, 1934 doppelt so viele Parteigenossen und andere kamen, die Bewegung verbreiterte sich noch und verschwand nicht. Da hatten sich viele linke Genossen aus der Gartenstadt und Gostenhof verrechnet.

Auf Zeit zu spielen war ein Fehler gewesen, gegen die blanke Gewalt (Denk an Zibulla!) und bei der Sehnsucht der Menschen nach Teilhabe an der Macht hatten die ehrlichen und mit einem Gewissen versehenen Menschen keine Chance. Aber der Trieb der einfachen Menschen, denen, die sie wirklich oder vermeintlich an Geist, Gewandtheit und Stellung überragten, auch einmal zu zeigen, daß sie wichtig waren, war stärker als jede Besinnung auf Bescheidenheit und Christentum. So einfach war das. Der Rausch der Macht, und sei sie noch so klein, beherrschte den letzten Zukurzgekommenen. Das war das Prinzip, und so wurde die untere Schicht nach oben gespült. Und das meinte er nicht in Bezug auf Einkommen, sondern auf Charakter.

Mit solchen Gedanken lenkte er seine Schritte weg vom Jakobsplatz, in der Fischküche Rackl war der Garten bei bester Stimmung rappelvoll, innen wird's nicht anders ausgesehen haben. Er gönnte es den Wirtsleuten.

Über den Kornmarkt nahm er die Vordere Karthäusergasse am Germanischen Museum vorbei, stieß direkt auf das Opernhaus und sah das hell erleuchtete Gebäude. Mit den vielen Lampen im Inneren wirkte es wie ein Überseeschiff auf hoher See. Auf dem Platz staute sich schon die Menge, die das Eintreffen ihres Führers vom Rathaus her erwartete, er hatte Verspätung, wie seine Entourage. Rufe wurden laut, die Masse wollte ihren Führer sehen, wenn sie schon nicht in das Theater durfte. Streng reserviert.

Aber Scheuerlein bezweifelte, daß die vielen Begeisterten eine Oper von Wagner überhaupt ausgehalten hätten, erstens die Länge und dann die Schwierigkeit, etwas vom Text zu verstehen. Warum mußten die immer singen, anstatt klar und deutlich zu sagen, was sie wollten, die Schauspieler, dachte er.

Die Unruhe nahm zu, der Platz für einen Menschen wurde enger, von hinten pflanzte sich der Druck neu hinzugekommener Massen nach vorne. Scheuerlein erlebte den gegenteiligen Effekt von heute Mittag, als er den Mengen entflohen war. Nun war er mittendrin, in einer Mischung beider Geschlechter, die Männer zumeist in Uniform. Und weil der Tag doch wieder warm gewesen war, die Körperwärme noch dazu kam, begannen einzelne um ihn herum langsam Schweißflecken auf ihren Uniformen abzuzeichnen. Direkt neben ihm wandelte sich eben das helle Braun der SA – Uniform in ein dunkles. Es roch. Entkommen war aber nicht, die Parteigenossen standen zu dicht und in einer Breite von bestimmt hundert Metern. Die Postenkette direkt vor dem Richard – Wagner – Platz hielt scheinbar, man hörte auch keine Verstärkung heranfahren.

Der SA – Rottenführer neben ihm sprach ihn in tiefem Schwäbisch an. „Was moinsch, wannr denn kommet? Da wartsch on wartsch... i hädd n so gere gsäha, abr i bin zu kloi!“ Scheuerlein bemühte sich um Hochdeutsch, er nahm nicht an, daß dieser Mensch aus den Tiefen des bayerischen Schwabens und wahrscheinlich aus einem dieser kleinen Orte von nicht mehr als zwanzig Einwohnern, aber dafür achtzig Kühen, ihn in Fränkisch verstehen würde.

„Ja soll ich Sie auf meine Schultern nehmen?“ fragte er, nicht gerade gelassen, die naive Wahrnehmung des Schwabens fand er unangemessen. War doch klar, daß hier viele Menschen sein würden, nicht nur einer auf der Dorfstraße. Der Schwabe schwieg. Wenigstens etwas, Scheuerlein, aber – schon wieder – Du hast es Dir selbst eingebrockt.

Über die Vordere Sterngasse mußte die Kolonne kommen, auch diesmal funktionierte das Parteitagsmeldesystem hervorragend. Die ersten Heil – Rufe brachen konvulsivisch hervor, erreichten den Platz gleich. Die Schreie brachen sich an der hohen Wand des Opernhauses, rasend erschien die Begeisterung, nicht anders als beim vormittäglichen Heilsbezeugen am Deutschen Hof. Der Schwabe neben ihm und die anderen Uniformierten hatten nur ein Problem, sie kamen sich mit den emporgereckten Händen teilweise in die Quere, kaum einer brachte so einen vorschriftsmäßigen Gruß zustande. Blicke trafen ihn, er grüßte nicht, wies mit einer kraftlosen Bewegung auf sein Gesicht.

Die Meistersinger wird es geben, manchmal dachte Scheuerlein in der Dienststelle, wenn er Schley sah, sogar an zwei Verse aus der Oper: „Auch laß uns beraten, wie wir uns des Beckmessers entladen". Warum aber nie Lohengrin oder Tannhäuser – das mußte doch langweilig sein, jedes Jahr dasselbe?

Wagentüren schlugen, der Führer nahm den Weg über den roten Teppich und ging schnell mit abgeklapptem rechten Arm (Hielt er wohl für seine Art des Deutschen Grußes?) zum Haupteingang des Opernhauses. Er lächelte nicht, nickte nur entschlossen. Scheuerlein blickte in die Gesichter der Umstehenden. Glänzende Augen und verzückte Münder. Auch bei Männern, die die fünfzig schon überschritten haben mußten.

Man muß glauben, dann hat man es auch so gut wie diese, nur, wo kann man das lernen, dachte er.

Der Sturm der Heils ebbte ab und verlief sich, man konnte sehen, wie sich die Masse lockerte, dabei hatte man das Gefühl, es sei ein einziger Körper, der gleich dachte, gleich sprach und rief, gleich sich bewegte. Gleichgeschaltet. Er blieb stehen, spürte aber, daß der Druck nachließ. Sein Hintermann suchte wieder Distanz zu ihm, war nicht einer von Röhms Getreuen.

Einzelne „Heil Hitler" Rufe verhallten noch, nicht nur von Männern gebrüllt. Dazwischen kreischten auch Frauen, manchmal waren diese Laute richtig unmenschlich, unweiblich sowieso. Interessant an dieser Stelle empfand Scheuerlein immer wieder, wie die sonst so bürgerliche Etikette bei den Reichsparteitagen fallengelassen wurde. Dies galt für alle Ebenen menschlichen weiblichen und männlichen Daseins. Züchtig bis zum Führer – aber dann. Es würde ihn nicht wundern, wenn sich viele Frauen ein Kind vom Führer wünschen würden. Oder gleich fünf, Mutterkreuz dabei.

Bei den Gedanken, denen er nachhing, fiel ihm wieder die Sitte ein, dann gleich auch die Merkur. Abgründe taten sich auf – wenn das der Führer wüßte? Gedanklich zitierte er diesen Satz, der immer gebraucht wurde, wenn die Parteigenossen ihre Illusionen nicht stören lassen wollten. Wie bei den Kreuzzügen – für Gottes Ehre. Glauben und Töten. Damals bezahlten die Einwohner Jerusalems, heute die Kommune und die Sozis. Ob der Führer das wußte?

Drinnen mußten sie bei der Ouvertüre sein, nach draußen hörte man davon nichts, zerstreute sich.

Scheuerlein drängte sich Richtung Spittlertor, am Plärrer würden die Straßenbahnen fahren.

Die wenigen Stationen wollte er sich gönnen, er war heute schon zu lange unterwegs. Sein Blick striff über die Fahnenmeere an den Fronten der Häuser mit ihren sandsteinverkleideten Erkern, die Licht im Schlagschatten nahmen, das Rot der Flaggen verdunkelte sich und die Reichsfahnen tendierten nun zu einem bewegungslosen Schwarz. Letzte Sonnenstrahlen fielen über die Szene, langsam sanken auch die Temperaturen. Wieder hatte der Deutschlandsender recht gehabt, zumindest in einem Punkt. Frostgefahr drohte gerade noch nicht, aber im Lauf der Woche Temperaturen weiter fallend.

Dienstag, 6. September, Vormittag

Mach weiter, Scheuerlein, Du bist dicht dran! Er hatte sich einen normalen Dienstbeginn gegönnt, war zu Fuß von der Sielstraße erst um halbsieben losgelaufen, passierte den Posten am Haupttor um kurz vor sieben. Dieser grüßte wie immer, legte die Hand an die blanke Stirn. (Im Gebäude Mütze ab!) „Heil Hitler" erklang gemurmelt, er nuschelte zurück, ein kleines Heil. Und heute? Heute mußte Schley seinen Bericht bekommen, zumindest einen kurzen Überblick, keine Details. Die Sache mit dem Zigarettenetui mußte weiterverfolgt werden, aber wie? Man könnte ja Schley um Rat fragen – Vorgesetzte fühlten sich immer wichtig, wenn sie entscheiden durften, was ihnen vorgegeben wurde, ohne daß sie es ahnten. Sie konnten nicht anders, als in den vorgezeichneten Bahnen denken, denn sie kannten nicht alle Fakten. Das machte sie verwund- und steuerbar. Aber sie denken, sie hätten das letzte Wort, scheinbar.

Zuerst mußte mit Züge gesprochen werden, der hatte die gestrigen Entwicklungen noch nicht gehört. Scheuerlein steuerte das Amtszimmer von Züge an, den kleinen Raum nicht weit von seinem. Erster Stock, schon viel los auf den

Gängen, immer wieder ein „Heil“, begleitet von „Morgen!“ Früher war das Grüßen auf den Fluren einfacher gewesen.

Die Türe zu Züges Büro war nur angelehnt, den Insassen sah man durch den kleinen Schlitz nicht. Er klopfte, um Züge nicht zu erschrecken. Ein knurriges „Herein“ erklang, Züge war nicht gut zu sprechen diesen Morgen, schien es.

Scheuerlein steckte seinen Kopf durch die Türe, die innen weiß lackiert war. Mit den Jahren hatte sich allerdings ein speckiges Gelb breitgemacht. Züge blickte auf, Scheuerlein grinste. Sein mittlerweile gelbes Gesicht kontrastierte kaum mit der Türe. Auch Züge mußte grinsen. „Na, schönen Nachmittag und Abend gestern gehabt?“ fragte er.

„Beine kurz wie ein Zwerg habe ich. Den ganzen Nachmittag stehen – und am Abend auch, vor dem Opernhaus. Alles voll da mit Berliner SD. Wozu sind wir dann da?“ Scheuerlein verkniff sich, daß er da auch gewesen war, wollte er Züge nicht frustrieren, mußte der nicht wissen, daß er trotz dienstfrei sich das angesehen hatte.

„Na, um denen aus Berlin zu zeigen, wie es richtig geht. Ganz einfach!“ feixte er. „Aber deswegen bin ich nicht hier. Ich hatte gestern Besuch von der Bauer. Die hat endlich etwas rausgelassen, der Wirt hat in der Nacht ein beim Opfer liegendes Zigarettenetui mitgenommen. Mit Monogramm oder ohne, ich weiß es nicht. Und sie auch nicht. Und jetzt brauchen wir das Ding – vielleicht hilft es uns weiter. Irgend einen Grund hat das bestimmt gehabt, daß der das mitgehen hat lassen. Der deckt jemand. Oder er hat gesehen, daß das Etui wertvoll ist. Aber auch damit kriegen wir den, wenn er es noch hat. Wegnahme einer fremden beweglichen Sache. Ist strafbar, und dann will ich das feiste Gesicht im Gericht sehen."

„Und wie kommen wir da ran? Schauen Sie sich doch einmal in den Spiegel! Chinesen haben eine gesündere Gesichtsfarbe! Auf Ihre Weise haben wir da draußen kein Glück, da müssen wir schon anders vorgehen".

„Wie auch immer", resignierte Scheuerlein , „wir müssen etwas tun. Notfalls mit Schley."

„Sehe ich auch so. Ohne den kommen wir hier nicht weiter. Und er muß seine Vorgabe, die Altfälle zu attackieren, uns gegenüber zurückstellen. Die tote Gasse, angefüllt mit Not und Arbeiterelend bringt die Lösung für die Mack nicht her".

„Gut. Dann hole ich jetzt schnell das Protokoll von gestern Nachmittag und wir treffen uns vor der Türe von Schley. Aber nicht reingehen, bis ich da bin, verstanden?" Tonfall und Wortwahl des letzten Satzes drückten Unbehagen aus, Züge hatte dies wohl gemerkt.

Dieser saß auf der Bank in der Mitte des Flures, genau im Zentrum zwischen Führereck und Lichteinfall. Der Führer mit seiner Installation und den Fahnen lag im Schatten, so daß man die Farben kaum unterscheiden konnte, das Braun der Büste mischte sich mit dem dunklen Rot der Reichsfarben. Hier wehte kein Wind – der Führer hatte immer freie Sicht. Daß nie jemand auf die Idee gekommen war, der Büste ein Papierhütchen aufzusetzen? Vierzehn Jahre Republik hatten nicht ausgereicht, die Angst bei und vor Majestätsbeleidigung zu dämpfen. In Bayern schon gar nicht. Wer hatte sich denn getraut, damals etwas bei Ludwig II. von Bayern zu sagen, als der in der rosafarbenen Grotte Jungen aus den umliegenden Dörfern seine Briefmarkensammlung zeigen wollte in Schloß Linderhof? „Thron“ schrieb man immer noch mit „h“. Wie Hochwürden.

Züge erhob sich und wies fragend zur Türe. Scheuerlein nickte: „Versuchen wir's.“

Er klopfte (Scheuerlein, nicht zaghaft, du mußt bestimmt sein und zeigen, daß du der Herr im Ring bist!) fest und kurz.

Von drinnen erklang ein gedehntes „Jaa!“ (Kein „Herein“, was die Situation entspannt hätte. Eher gequält, so wie ein Vater, der nicht schon wieder von seinen Kindern gestört werden wollte.)

Beide traten ein, Scheuerlein ließ Züge den Vortritt, der sollte das mißmutige Gesicht als erster abbekommen (Scheuerlein, das ist unfair.). Und richtig, Schley mit seiner Bürstenfrisur (Wie macht der das? Hat der so eine Hundehaarschneidemaschine?) sah verzerrt von seinem schwarzen Schreibtisch auf und zu ihnen beiden nach oben, fragte knurrig „Und?“ Hegel in Gips am rechten Rand des Tisches blickte auch nicht offener, wartete wohl auf den absoluten Geist – hatte der nicht Baruch Spinoza als Freund gehabt? Wußte das Schley nicht oder fand er’s gut? Dann konnte man auf den bauen, wider Erwarten.

Sie grüßten vorschriftsmäßig, strafften ihre Rücken gerade.

Schley ließ sie nicht zu Wort kommen, fragte sofort kalt nach Erfolgen bei den bisher Aufgefallenen aus den letzten Jahren. Man merkte seine Enttäuschung deutlich, als Scheuerlein zugeben mußte, daß da nichts sei. Und auch nichts im Werden.

„Aber wir haben da ein anderes Problem, es hat direkt mit der Gaststätte Merkur zu tun.“

Schley wechselte die Farbe, rötlich die Wangen, die Stirn grau. „Sie sollten doch...!“ schnarrte er.

„Haben wir. Aber es kam jemand zu uns, die Putzmagd der Wirtschaft. Und seither sehen die Dinge anders aus. Gar nicht schön nämlich. Der Schubert, der dortige Wirt, Sie erinnern sich, hat nach der Aussage der Bauer ein Zigarettenetui an sich genommen, das die Bauer bei dem Opfer gefunden hatte. Und jetzt müßten wir da nachhaken".

Der Vorgesetzte schwieg, blickte versteinert, begann zögernd zu sprechen. „Und wie stellen Sie sich das vor? Nur wegen einem Etui? Sollen wir da mit zwanzig Mann hingehen und sagen, daß wir das haben wollen? Am Ende alles durchsuchen? Nein, nein, das geht so nicht. Außerdem, und da brauche ich nicht zu verdeutlichen wie und warum, sind höhere Kreise durchaus interessiert, daß Ruhe herrscht in der Direktion Nürnberg – Fürth. Sie wirbeln mir da wegen einem womöglich wertlosen Etui keinen Staub auf, verstanden? Sicher, Sie haben den Täter noch nicht. Aber wenn ich Sie richtig verstanden habe, sind Sie mit den bisher aufgefallenen Tätern noch nicht ganz durch, oder?"

„Ja", „aber die bringen uns doch auch nichts, der Schlüssel liegt in der Merkur", versuchte Scheuerlein, „wir brauchen das Etui oder zumindest die Aussage des Wirtes dazu. Außerdem ... ", er überlegte, ob er die Katze ganz aus dem Sack lassen sollte, aber so konnte man Schley möglicherweise überzeugen, der ein sehr moralisches Weltbild hatte, gesangsbuchkatholisch eben, „außerdem ist in der Merkur gegen Geld, Sie wissen schon. Zwei Zimmer im vierten Stock". (Scheuerlein, jetzt hast du, wenn's dumm geht, die Martha

Bauer auf dem Gewissen. Die Gunda ist schon tot. Was spielst du?)

Schley stutzte, schaute irritiert. „Und das sagen Sie mir erst jetzt? 180er also? In der Partei?“ Er setzte sich zurück. Man konnte sehen, wie in ihm Weltbilder miteinander stritten. Kann ein Mitglied der NSDAP sittlich derart verkommen sein, Schley? Gerade diese. Aber so weit war dieser noch nicht.

„Schön, Sie bekommen die Aussage. Aber erst nach den Reichsparteitagen. Dann wird die Staubwolke nicht ganz so groß sein, vielleicht sehen die Leute dann mehr nach Osten ... Und: Der Wirt wird nicht weglaufen. Wenn er das Etui verschwinden lassen wollte, hat er das sicher schon getan. Überlegen Sie mal – seit Donnerstag. Heute ist Dienstag! Wir würden da ein großes unnötiges Risiko eingehen“.

Der hatte „wir“ gesagt. Drehte sich Schley? Scheuerlein war überrascht, ließ es sich aber nicht anmerken. Sein Blick war auf Züge gefallen, der hatte gezuckt.

Schley meldete sich wieder in den kurzen Moment der Stille, der entstanden war. „Bis dahin in dieser Richtung Ruhe. Das ist eine dienstliche Anordnung. Und außerdem – denken Sie beide bitte an Ihren Dienstplan für diese Woche! Heute, Herr Züge, sind Sie ab fünfzehn Uhr draußen am Valznerweiher, wenn ich mich recht erinnere. Und Sie, Herr Kommissar Scheuerlein, dürfen doch an der Kulturtagung ‚Europas Schicksalskampf im Osten' in der Norishalle teilnehmen, um die gleiche Zeit. Schönheit der Arbeit, nicht wahr?" Den letzten Satz hatte er wieder zynisch gesagt, ganz der alte Schley, Scheuerlein.

Die Angesprochenen, die die Besprechung im Stehen über sich ergehen lassen mußten, Schley hatte ihnen keinen Platz angeboten, wendeten sich nach einem „Heil Hitler" zur Türe und traten nach draußen. Schley rief Scheuerlein nach. „Ach, Herr Kommissar, wie war's denn gestern Abend vorm Opernhaus? Wer stehen kann, kann doch auch arbeiten, oder?"

Scheuerlein antwortete nicht mehr, schloß die Türe. Soll er doch denken, was er will, der -

„Gehen wir zu mir", sagte Scheuerlein und strebte in Richtung seines Büros.

Schon den Schlüssel in der Hand hatte es Scheuerlein eilig, er wollte weg vom Flur, in dem Beamte mit Uniform oder ohne hektisch umherliefen, man merkte, daß die Veranstaltungen zum Parteitag erst um elf Uhr dreißig beginnen sollten. Nun hatte der normale Beamte wenig Zeit am Vormittag, seine alltäglichen Pflichten zu erledigen. Man grüßte sich mit schnellen Heils, die stoßartig hervorgebracht wurden.

Der große Schlüssel in Scheuerleins Türschloß klackte, beide traten rasch ein und ließen sich auf den Stühlen nieder. Scheuerlein stöhnte, blickte nervös zu Züge. „Interessant, nicht wahr, wir bekommen grünes Licht, aber erst, wenn die Tage des Heils vorbei sind. Und wenn der Täter ein Gast war? Dann sind wir hinten – irgendwo im Reich kriegen wir den kaum. Aber positiv: Haben Sie das ‚wir' gehört? Aus Schleys Mund?"

„Was ist das wert? Das werden wir noch sehen, Herr Scheuerlein. Und wenn das nichts als eine Finte ist, uns wenigstens für diese Woche zu beruhigen?"

„Nein, glaube ich nicht. Haben Sie gesehen, wie Schley zögerte, als ich die Sache mit der kleinen Freudenanstalt eingeschoben habe?"

„Wenn das mal kein Fehler war, ich weiß nicht. Wenn der nicht dichthalten kann, hat die Bauer ein großes Problem".

„Ja, Sie haben Recht. Aber wie hätte ich ihn aus der Reserve locken sollen? Ich weiß, daß da ein Risiko ist. Und wir können die Bauer nicht schützen. Wenn da was schiefgeht, habe ich vor mir und meinem Gewissen ein Problem. Aber die Mack hat auch ein Recht auf Aufklärung. Und wenn wir einen Gauleiter persönlich erwischen, dabei". Er grinste. (Scheuerlein, nimm' den Mund nicht so voll, eher wanderst du den Weg des Zibulla. Sicher!)

Züge schwieg beredt, schaute auf seine schwarzen Schuhe. Er dachte sicher anders über Scheuerleins Spiel, hatte die Bauer auch gesehen und es täte ihm leid um sie, das muß man sagen.

„Wie haben Sie nun vor, den Rest des Tages, den wir zur vernünftigen Arbeit frei haben, also bis um zwei, zu gestalten? Was schlagen Sie vor?"

„Ich weiß nicht, Herr Scheuerlein, ich denke, wir sollten hier raus und uns unterhalten. In diesem Raum und auch den anderen geht das nicht. Wer weiß?"

„Machen wir, und, ich glaube, Sie haben schon recht. Aber ich wollte es wissen, wie er dann reagiert. Ein Fehler".

Gegen acht Uhr war die Sonne mittlerweile so hoch gestiegen, daß man sie über den roten Ziegelgiebeln sehen konnte. Beide liefen nebeneinander fernab der Touristenströme die Waizen – Straße hinunter zur Pegnitz, Richtung Unschlittplatz. Früher war hier das Zentrum der Kerzen- und Schuhwichseproduktion, Unschlitt ist Rindertalg, den man in Lichtern verbrannte. Keine gute Gegend also, es muß vor einem Jahrhundert hier noch recht ranzig gerochen haben. Ein paar Fahnen schmückten auch diesen, bei weitem aber nicht so wie in der Lorenzer Altstadt Richtung Hauptbahnhof und Adolf – Hitler – Platz. Der Morgenwind versprach einen schönen, milden Tag und ihrer beider Laune hätte steigen können. Scheuerlein konnte es sich nicht verkneifen, seinen Blick zur kleinen Gaststätte Bärleinhuter zu wenden. Dort war vor über hundert Jahren ein anderer gestanden und wußte nicht weiter. Am Schluß hatte man ihn ermordet. In Ansbach. Einer Stadt, die er gar nicht mochte, lauter Beamte, die nur ihrem Dienstplan folgten, kaum eine Seele war da dabei. So sah diese Stadt auch aus, hochnäsig geputzt und gepflastert. Ohne Bewußtsein für die Zeit, dort zählte nur der Moment. Ansbach war eine Stadt, so hatte er es immer empfunden, in der die Treppengemeinschaft flächendeckend herrschte, wie im ganzen Westmittelfranken. Dort, so hatte es der „Stürmer" berichtet, gäbe es auch die meisten Stürmerkästen. Wen wundert's? Kein Wunder also, daß Kaspar Hauser dort sterben mußte. Wenn schon nicht aus Langeweile oder Übelkeit, dann durch einen Unbekannten.

Züge schwieg.

Scheuerlein mußte einen Anfang machen, mußte Züge fordern: „Ja, gut. Ich habe doch schon gesagt, daß ich etwas falsch gemacht habe. Ich versuche bestimmt es im Griff zu behalten. Aber Ihnen ist doch auch nichts eingefallen, oder?"

„Aber eben nicht auf Kosten anderer", warf Züge etwas gallig aus.

Scheuerlein schwieg.

Sie waren beim Henkersteg angelangt, das Panorama der Stadt entfaltete sich furios, der Weinstadel leuchtete mit seiner frischen Renovierung, rechts buckelten die kleinen Häuser des Trödelmarktes. Da hatte Scheuerlein als Kind nie hin gedurft, da seien ungute Leute, sagte seine Mutter immer.

Mitten auf der Holzbrücke blieb er stehen, lehnte sich über das Geländer und sah in die Pegnitz. Das Wasser glänzte in der Morgensonne, kleine Strudel bildeten sich vor dem Wehr flußabwärts Richtung Kettensteg. Algen konnte man sehen, die sich wie im Wind unter Wasser bewegten, wie er von anderer Kraft.

„Herr Züge, was soll ich machen? Jetzt schmollen Sie doch nicht mit mir. Bitte".

„Ich schmolle nicht, Herr Kollege, ich überlege. Wie wir da wieder rauskommen. Aber ich habe nicht eine einzige Idee. Überall werden wir blockiert oder es ist in der Richtung sinnlos zu ermitteln. Also? Nur eines ist mir eingefallen: Wir könnten den Fall an Schley zurückgeben, pfeifen wir auf weitere Beförderungen, die haben wir uns am Donnerstag sowieso vermasselt, und aufhören".

„Aufhören?" fragte Scheuerlein verunsichert.

„Naja, es ist etwas gewagt, aber nicht ganz. Wir sagen Schley, daß wir aufgeben in Richtung Merkur, aber wir geben an die NSDAP einen Bericht über die Vorkommnisse dort von wegen Parteifreudenhaus und auch über Ihre Probleme vom Samstag. Im Kulturvereinshaus tagt am Freitag das gesamte Reichsrechtsamt der NSDAP, unter Leitung des Parteigenossen und Reichsrechtsführers Dr. Frank, der war bis 1934 unser Justizminister hier in Bayern. Und denen, so sagen wir Schley, leiten wir den Bericht zu. Zu verlieren haben wir nichts. Man muß nämlich bedenken, daß die in Berlin gar nicht wissen, was hier in des Reiches Schatzkästlein alles passiert. Überall hat der Streicher seine Finger drin. Und der Führer ist draußen. Benutzen wir doch die Widersprüchlichkeiten in der Hierarchie. Glauben Sie denn, hier ist ein rechtlich gesicherter Raum? Im übrigen Deutschen Reich zwar auch nicht, aber hier spricht nur einer Recht oder Unrecht, und das ist der. Spielen wir sie gegeneinander aus".

Scheuerlein pfiff, aber es klang nicht fröhlich. Er blickte sich um, und sie waren immer noch alleine auf der Brücke. So hatte er Züge nicht eingeschätzt. Der Mann war gut, sehr gut sogar. Strategisch gewieft und taktisch geschickt. Das war also der Grund, warum der noch nicht befördert war. (Nicht so plump wie du, Scheuerlein, der immer alles sagen muß, was er denkt!) Der Züge war eine Gefahr für jeden Vorgesetzten, er konnte denken. Und er war kritisch zum System.

„Meinen Sie nicht, daß wir da ein bißchen hoch einsteigen?"

„Sehen Sie einen anderen Weg?"

„Nein. Gehen wir wieder ein Stück. Aber danke, daß Sie sich mir geöffnet haben, ich bin oft zu impulsiv, ich weiß. Sprechen wir uns in Zukunft ab, oder besser, ich sage Ihnen, was ich vorhabe".

Ab dem Maxplatz wurde der Verkehr auf den Straßen dichter, man merkte das Hallertor, das das westliche Einfallstor zur Altstadt bildete. Viele Uniformen prägten jetzt wieder das Stadtbild.

„Lassen Sie uns über den Kettensteg zurückgehen, Herr Züge, bitte".

Straßenbahnen der Linien 6 und 6E mit Beiwagen schoben sich um die Bäume, die den Platz vor den spitzgiebeligen Fachwerkbürgerhäusern lebendig und verweilenswert machten. Eine Bahn nach der anderen läutete ab Richtung Rathaus.

Scheuerlein fühlte sich nicht gut. Er war zwar der Dienstältere und Ranghöhere, aber Züge hatte ihm Denkstrukturen gezeigt, die er bisher nicht kannte. Er war noch von der alten Schule, arbeitete ohne Winkelzüge, war ein Kind der zwanziger Jahre. Ermitteln, ja, gut, aber mit klaren Vorgaben und mit offenem Visier. Nicht so. (Scheuerlein, du bist veraltet. Lern dazu oder geh zu einer Fortbildung. Da triffst du die,

die das schon können, bleib‘ da ruhig und - nein. Das bist nicht du. Sollen die anderen so arbeiten, du bist so und bleibst dir treu. Wie pathetisch.)

Schön, wie das Kreuzgassenviertel sich entfaltete, im Unterschied zur restlichen Altstadt war es regelmäßig bebaut, mit geraden Gassen. Die niederen Häuser duckten sich teilweise windschief, lehnten sich mit ihrem schmucklosen Fachwerk aneinander an. Aber doch auch ein Quartier armer Leute, man konnte es an den Straßen erkennen, die kaum gekehrt waren. Und das zu Zeiten des Reichsparteitages. Kinder spielten auf dem Kopfsteinpflaster, schoben kleine Roller aus Holz, die quietschten. Auch wenn man in die Gesichter der Kleinen sah, wußte man, daß das Essen, das es heute geben würde, kaum reichhaltig würde. An einem Dienstag sowieso, aber Sonntag würde es wenig besser werden. Bis hierher reichte der nationale Sozialismus also nicht.

Züge räusperte sich nach der Weile des gemeinsamen Schweigens wieder. „Und, wie machen wir's? So wie ich gerade vorgeschlagen habe? Ist ein Risiko dabei, aber man kann ja mal so tun als ob“.

„Muß man sehen“, gab sich Scheuerlein wortkarg.

Sie stiegen die Waizenstraße bergan, näherten sich der Deutschhaus – Kaserne von hinten, bogen um die Ecke zur Ludwigsstraße, beide Kirchen begrüßten sie. Im Garten der

Fischküche war Frau Rackl gerade dabei, die Tische zu putzen. Noch nie hatte sich Scheuerlein dort einen Schmutzfleck an der Hose oder am Rock geholt, die Wirtin war peinlich darauf bedacht, alles immer wie neu aussehen zu lassen. Dafür konnte sie auch mißbilligend schauen, wenn jemand nicht nach Etikette aß.

Scheuerlein blickte Züge an. „Und wenn wir es noch einmal auf meine Art versuchen, dann können Sie ja danach immer noch die große Musik anlaufen lassen, so mit Reichsrechtswahrer und Rechtsverwahrer (Wird von einem solchen das Recht verwahrt, bis dies keiner mehr sieht? Und keiner mehr rankommt?). Ist ja auch ein schönes Wort. Fast wie Reichsverweser. Wer, frage ich mich manchmal, verwest denn dann da?“ Er grinste. „Aber ich wollte eigentlich ernst bleiben, bei dem Thema. Was wir brauchen, wenigstens um bluffen zu können, ist das Etui, das vermaledeite. Wenn ich nun einen Weg wüßte, wie wir dies bekämen? Würden Sie denn mitgehen?“

„Kommt drauf an, wenn er ähnlich aussichtsreich ist, wie Ihre Aktion am Samstag, dann bin ich weg, wie man beim Skat sagt. Ohne Buben spiele ich nie“.

„Ganz im Gegenteil, ich würde mit einem Buben spielen, zugegeben, es ist nicht der schönste. Und auch nicht der sauberste in meinem Blatt. Aber möglicherweise sticht er ja.

Können wir weg von der Straße? Vielleicht laufen wir noch ein Stück in die Rosenau?“

Züge nickte, sie schlugen den Weg über die Mostgasse zum Fürther Tor ein.

Unter den Nürnberger Stadttoren war das Fürther Tor das prächtigste im Sinne der Staatspartei, wenn auch nicht das höchste. Besonders große Lastwagen mit einer hohen Ladung konnten hier nicht durch, sie hätten hilflos im Bogen gesteckt, direkt unter der nach dem Bratwurstglöcklein bekanntesten Wirtschaft Nürnbergs. Die war auf dem Torbogen errichtet, nicht besonders groß oder gar schön. Aber wichtig in der Geschichte der Stadt – im Jahr 1922 war in der Gaststätte Ludwigstorzwinger die Nürnberger NSDAP gegründet worden. Von dem Schwaben Streicher. Sie liefen unter der Sandsteinverkleidung durch (Scheuerlein, nicht jede Wirtschaft hat eine gute Geschichte. Manchmal ist die deutsche Gemütlichkeit auch in Franken nicht das, was die Welt braucht. Frag‘ mal einen Tschechen dazu. Da trifft man sich nach dem Krieg im Kelch. Um fünf. Hier wohl vor einem Krieg und den ganzen Tag. Paß auf, der Züge will etwas von Dir!) und blickten auf die Spaliere von Hakenkreuzfahnen, die dort standen. Unwillkürlich verfielen beide in einen Gleichschritt.

Scheuerlein drehte seinen Kopf zu Züge, der ihn angesprochen hatte.

„Hören Sie mir überhaupt zu? Ich habe Sie gefragt, was denn jetzt der neue Weg sei, den Sie vorhin ansprachen".

„Nicht hier, hier haben doch sogar die Sandsteinquader Ohren. Und Augen. Bitte, laufen wir noch runter bis zum Springbrunnen im Park".

Züge wurde unwillig.

„Jetzt laufen wir schon den ganzen Morgen, keinen Schritt sind wir dabei vorwärts gekommen. Warum gehen wir's nicht einfach an?"

„Weil die Sache, die ich Ihnen jetzt dann vorschlage, nicht stubenrein ist. Kann uns – vor allem mich – den Kopf kosten. Aber nicht nur wörtlich. Ich will es aber versuchen, wenn es nicht klappt, können Sie ja mit den Reichsrechtsverdrehern, rein arisch natürlich, verhandeln, bitte".

Schweigend liefen Sie nebeneinander her, überquerten vor einer Straßenbahn, die wütend klingelte, den Spittlertorgraben und erreichten durch die kleine Gasse zwischen den vornehmen Blocks und Villen an der Prateranlage die Rosenau. Noch blühten Rosenrabatten um das Rondell in der Mitte, vereinzelt schoben junge Frauen ihre Kinderwägen über die gekiesten Wege. Jeder Schritt knirschte, so daß Leute, die sich annäherten, gut zu hören waren. Sehr praktisch, man konnte rechtzeitig das Gesprächsthema wechseln. Links glänzte der kleine Weiher unter der Sonne, zwei Schwäne hatten sich darauf niedergelassen. Lohengrin, fiel es Scheuerlein ein, Lohengrin hat aber diesmal eine braune Rüstung. Und nach dem Weg braucht man ihn nicht zu fragen, der redet so. Der sagt immer, was kommt, jeder Deutsche weiß es und hofft dann, daß es Wirklichkeit wird. Ein Volk von Mitwissern und Mitwollern... „Nie sollst Du mich befragen“, dachte er.

„Also“, begann Scheuerlein, „ich habe mir Folgendes gedacht: Ich kenne da jemand, der schuldet mir noch einen kleinen Gefallen von einer früheren Sache her. Und der könnte doch in den ersten Stock in dem Haus der Merkur gehen und etwas holen, was wir dringend brauchen. So als Erfüllungsgehilfe sozusagen. Ich würde den Kontakt allein aufnehmen, Sie blieben im Hintergrund. Und wenn's schiefgeht, wissen Sie nichts davon“.

„Und wer wäre das, der die Sache machen sollte?“

„Wollen Sie das wirklich wissen?“

„Naja, Herr Scheuerlein, wenn ich dann doch mit drin hänge, möchte ich wenigstens das Risiko einschätzen können!“

Scheuerlein blickte sich um. „Ich würde einen Herrn aus dem Milieu bitten...“

„Nicht Ihr Ernst?“

„Doch, das ist am sichersten. Und gerade, wenn man sich der Leute bedient, die an der Frauentormauer etwas zu schaffen haben, kann man sicher sein, daß eigentlich nichts herauskommt. Außer der Werth bekommt was mit, und ich denke, dies Risiko ist eher sehr gering".

„Und könnten Sie mir noch einen Namen anvertrauen?"

„Max Niemann. Genannt ‚Pomade'. Weil er das Haaröl literweise in seine Frisur schmiert. Der ist wendig ... hat an der Mauer gewisse Schutzfunktionen und ist ganz bestimmt kein Nazi. Sein Vater ist bei der Kommune und sitzt, wo, entzieht sich mir. Eine Strafakte über ihn gibt es bisher nicht, also der Mann für uns. Wird mich aber auch etwas kosten".

Züge schaute wenig begeistert und meinte spöttisch, „Sie geben sicher öfter etwas in der Gegend aus, wo der Mann zu Hause ist, oder? Aber auch so – wenn Sie meinen, daß es einen Versuch Wert ist, höher als mit den Rechtswahrern ist das Risiko auch nicht, denke ich".

Scheuerlein nickte beipflichtend.

„Und eines müssen wir sicherstellen, Züge, ein gutes Alibi sollten wir haben, falls etwas ist. Uns traut man so eine Aktion schon persönlich zu, aus gewissen Kreisen. Wie machen wir's? Die Frau ist als Alibi zu wenig, Herr Kollege. Und ich nur mit Ihnen – das ist zu dünn. Also?"

„Na, wir könnten doch zu dritt essen gehen, im Bratwurströslein. Gut aber billig dort. Die erinnern sich dann sicher an uns, ich gehe mit meiner Frau öfter dorthin – wie wär's?"

„Schön. Machen wir so. Morgen in der Früh kann ich Ihnen, denke ich, sagen, für welche Uhrzeit Sie dort einen Tisch bestellen".

Ganz wohl schien beiden nicht zu sein, fielen sie doch gleich wieder in ein tieferes Schweigen, leise knirschte der Kies weiter unter Ihren Schritten.

Zurück nahmen sie den gleichen Weg, bis zum Spittlertorgraben. Dort trennten sie sich, Züge Richtung Präsidium und Scheuerlein – nach einem unsicheren Blick zum Haus Kontumaz - Garten Nummer 49, dem ehemaligen Haus des Stellvertreters der Vorsehung, den diese aber in einem Moment verlassen hatte – ging zur Frauentormauer. Auf seinem Weg begleitete ihn das Hauptmotiv aus Lohengrin – die Spannung zwischen dem Hier und dem Überirdischen ließ ihn nicht los. Er pfiff leise.

Verlassen lag diese Szenerie, wieder mußten sich die Anwohner von der anstrengenden Arbeit des Vorabends erholen. Die Gasse schien frisch gekehrt zu sein, alles war aufgeräumt. Er klopfte an dem Haus, an dessen Türe gleich die Chefin des Betriebes erschien, sie grüßten sich freundschaftlich bekannt. Scheuerlein trat in den halbdunklen Flur und schob die Haustüre hinter sich zu. Die Besuchte sprach ihn gleich etwas vorwurfsvoll mit einem ebensolchen Blick an.

„Na, Georg, Du läßt Dich auch nur noch am Vormittag sehen, geht's Dir nicht gut? Schau – wir haben jetzt sogar Ostmärkerinnen, besonders charmant. Nicht so groß die Damen, dafür lustig. In jedem Sinn. Hast Du da kein Interesse?"

„Weiß Du, momentan ist mir jede Lust vergangen, außerdem, schau' mich an. Mir ist's nicht danach. Vorerst. Soll ich Deine Mädel erschrecken mit den gelben Augen?

Aber etwas anderes. Kannst Du dem Max sagen, daß er heute Abend bei mir daheim in der Sielstraße so um acht auf der Straße kurz pfeifen soll? Ich komm dann runter, ich muß dringend mit ihm reden".

„Was Schlimmes?"

„Nein, besser, Du weißt es nicht. Und Du hast mich jetzt schon wieder vergessen – das ist das Schönste bei Euch. Die Diskretion. Hier gibt es keine Menschen, Ihr kennt niemand und es kann sich niemand an Euch erinnern. Eigentlich ein schöner Beruf. So unabhängig".

Die Angesprochene verzog das einmal hübsch gewesene Gesicht. „Was weißt denn Du? Wenn man den ganzen Tag im Amt sitzt, sollte man nicht von Arbeit sprechen. Wir liegen meist. Und im Liegen wird mehr gearbeitet als im Stehen oder Sitzen. Das kann ich Dir versprechen".

„War doch bloß Spaß, reg' Dich ab. Ich mein's nicht so".

Sie schwieg eine Pause.

„Gut, ich richt es aus. Und wann sehen wir Dich mal wieder am Abend? So zur Schönheit der Arbeit, ganz im Sinne der Regierung?"

„Wenn der großdeutsche Zauber vorbei ist. Wenn sich alles wieder abgekühlt hat, normale Betriebstemperatur sozusagen. Auch bei Deinen Mitarbeiterinnen, dann komme ich wieder".

„Schon recht. Magst Du noch auf einen Kaffee bleiben?"

„Bohnenkaffee?"

„Wie denn – glaubst Du, wir haben Sonderzulagen? Wir sind die Zulage. Aber nicht als Heißgetränk".

„Nee, dann laß mal. Aber danke trotzdem – ich muß".

Er bewegte sich zur Türe, öffnete diese einen Spalt und blickte hinaus, nickte der Dame des Hauses zu und trat hinaus, erhob den linken Arm zum Gruß. „Bis bald mal, und danke!" rief Scheuerlein.

Selten, daß sich hier jemand so öffentlich verabschiedete, dachte die Angesprochene, meistens huschen unsere Besucher verstohlen um die Ecke. Könnte sie ja jemand kennen, eventuell aus der gleichen Ortsgruppe...

Scheuerlein nahm den Weg über die Färberstraße zurück in die Deutschhaus – Kaserne, in sich gekehrt. Ein Fehler, was er da vorhatte, überlegte er. Da muß man warten, Scheuerlein.

Seine Kienzle am Handgelenk zeigte zehn Uhr dreißig. Oder halb elf, wie man in seiner Stadt sagte. Zeit, sich etwas zu beeilen, er erreichte die Jakobstraße. Vom Eckhaus gegenüber lockte eine Tabakwarenhandlung. Sie war verziert mit Emailleschildern von Tadellöser und Wolff für Zigarren. Aber auch Zigaretten wurden beworben. Ein Schild faszinierte Scheuerlein besonders: „Rossa Zigaretten". Da warben drei Negerkinder für die Rauchwaren, gruppiert um einen Kerzenleuchter. Wie konnte das sein? Nach den Vorstellungen der Heilspartei waren diese doch keine vollwertigen Menschen. Aber zur Reklame durfte man sie einsetzen, das war kein Bruch, oder? (Das gilt auch für Sarotti, Scheuerlein! Schokolade ist nunmal eher schwarz, weiß kriegst du die nie. Merkte denn keiner die Fehler in der bescheidenen Logik? Den Gedanken kann man weiterspinnen, paß auf: Wie blond ist der Führer? Scheuerlein, sei still! Denk nicht!)

Lust hatte er keine, jetzt ins Präsidium zu gehen, dort dann eventuell noch eine Sonderaufgabe zu den großdeutschen Reichstagen zu bekommen. Immer in Deckung halten, nicht präsent sein. Alte Regel für Beamte – Nachmittag mit Ausstellungsbeginn zum „Schicksalskampf Europas im Osten“ würde es sicher früh genug werden.

Frau Rackl war in ihrem Garten nicht mehr zu sehen, irgendwann mußte ja mal alles sauber sein. Der Duft frisch gebratener Karpfen wehte herüber. Die Wirtin stand also schon in der Küche, die ersten Frühschöppler brauchten wahrscheinlich ihre Unterlage. Das Leben in dieser Stadt kann so schön sein, die Sonne scheint und wenn man keine Sorgen hat und alles macht, was einem vorgegeben ist, dann gibt es auch keine Probleme. Man muß sich nur einordnen, gleichschalten lassen wie eine Autobatterie. Aber, Scheuerlein, ist nach Rousseau nicht folgender Satz gültig: „Solange ein Volk gezwungen wird zu gehorchen und gehorcht, so tut es wohl; sobald es aber das Joch abwerfen kann und es abwirft, so tut es besser...“ (Vermutlich völlig veraltet, weißt du, das ist zweihundert Jahre her, daß er das gesagt hat, und wenn eine Lichtgestalt kommt, ist Denken nicht mehr gefragt!) Er wollte seinen Weg als Batterie nicht gehen, erinnerte er.

Mit solchen Gedanken betrat er das Präsidium, nicht ohne im Vorübergehen neidisch einen Blick in den Fahrzeughof mit den Hallen geworfen zu haben. Motorräder standen schwarz poliert und glänzend an der Seite, sogar große Zündapp 600. Nicht für ihn. Der Posten grüßte vorschriftsmäßig zackig, zwei „Heil Hitler“ kreuzten sich fast gleichzeitig. Hatte der nicht ein süffisantes Lächeln auf den Lippen? War er schon allgemeines Gespött und Faktotum? Der mit den alten Ideen und Methoden? Züges Anmerkungen treffen Dich, Scheuerlein, gib’s zu.

Werth hoppelte ihm die Treppe herunter und entgegen, lachte. „Treffer! Das war gut, was Du mir da als Tip gegeben hast. Die ganze Familie hängt mit drin. Aussagen habe ich schon, und zwar aus dem Haus gegenüber, die störte das Treiben schon lange. Ich denke die Dicke kommt jetzt in ein Arbeitslager. Der Vater kriegt Zuchthaus. Bestimmt! Danke nochmal!“

Mit diesen gehechelten Worten war er schon zum Eingangsportal hinaus und verschwunden. Arbeitslager? Für Liebesdienste – wenn auch charakterlich daneben? Wäre nicht eher der Meineid im Prozeß gegen Zibulla ein Thema, für das die Bagage bestraft gehört hätte? Die Justiz und die Polizei gingen Hand in Hand und hatten alle Augen verbunden, das muß man einmal sagen, Scheuerlein. Und Du mittendrin.

Er steuerte sein Zimmer an, nickte im Vorübergehen dem Bronzeführer zu. Jemand hatte Blumen in einer Vase vor das Podest gestellt, rote Rosen. Wenn sie verwelkten, würden sie sicher braun.

Sein Schreibtisch war leer bis auf den Stapel der Altfälle, den man aber als erledigt betrachten mußte, zwölf abgeschlossene Vorgänge. Sonst? Sein Magen regte sich, bis heute Abend würde man nichts bekommen, nur für teures Geld. Die erhöhten doch sogar an den Bratwurstständen die Preise während der Reichsparteitage, klar, Angebot und Nachfrage. Wucher inklusive – hatte man das nicht im Stürmer immer den Juden unterstellt? Der Arier lernt schnell.

Blieb die Kantine. Und dort mußte man flink sein, wollte man noch etwas Vernünftiges bekommen.

Er griff nach dem Telephon. Wählte mit der Scheibe Züges Nummer, der war auch gleich dran. „Und – wie, Hunger?" fragte er. Züge stimmte zu. „Am Gang, gleich".

Unglückseligerweise trafen sie beim Weg zur Kantine auf Kriminalrat Schley. Der hatte wohl Zeit für sie beide, befahl sie in sein Büro. „Heil Hitler, die Herren!" Klang das zynisch? „Nehmen Sie bitte Platz", richtig freundlich sagte er das, nachdem sie zu dritt das Dienstzimmer betreten hatten, Schley als letzter, die Türe aufhaltend. Ganz Form – der Herr zeigt den Weg. „Ich habe Sie beide heute Vormittag gar nicht gesehen, was hatten sie denn zu tun, Herr Scheuerlein, auch Herr Züge?"

Was jetzt, Scheuerlein? Willst Du sagen, ihr hättet die Strategie beraten und dies nicht im Haus, weil ihr befürchtet, ihr werdet abgehört? Da muß eine gute Erklärung her.

Züge war schneller. „Wir waren in der Südstadt, Humboldt Straße, haben uns umgehört in den Läden in der Gegend, wo die Mack eingekauft haben könnte. Vielleicht fällt ja was ab, dachten wir uns. Ganz unauffällig", log er.

„Und dazu läuft man über die Rosenau?"

Scheuerlein zuckte merklich. Schley bemerkte dies.

„Meine Herren, wenn Sie hier im Hause nicht die Ruhe finden zur Arbeit, dann suchen Sie sich bitte verschwiegenere Örtlichkeiten! Spaziergänge während der Bürozeiten fallen andernorts auf. Bitte".

„Wo, bitte, ist andernorts?" fragte Scheuerlein.

„Herr Kommissar, bitte nicht so, Sie haben doch selbst einen Verstand".

Da war also die GeStaPo sauer, dachte Scheuerlein, die wollten uns sogar überwachen und bekamen nicht mit, was wir beredeten. Ziel erreicht, prima.

Schley schnarrte weiter. „Wenn Sie schon frische Luft brauchen, warum dann nicht in der Luitpoldarena? Wissen Sie, mitten im Feld sieht man das Korn nicht so genau, verstanden?"

Sie nickten, Züge war seine kleine Unwahrheit sichtlich peinlich. Kleinlaut fügte er an: „Wie Sie meinen, Herr Kriminalrat“.

Schley war nicht fertig. In der Sprechpause hörte man das Ticken der Normalzeituhr. „Und Züge: Bis morgen nachmittag habe ich alle Protokolle der vergangenen Tage. Ist das machbar?“

Mehr als ein Nicken und Murmeln mit „Selbstverständlich, Herr Kriminalrat!“ war nicht von Züge zu vernehmen.

„Gut, dann können Sie gehen. Ihr Nachmittag ist ja geregelt, da brauche ich mir keine Sorgen machen. Viel Erfolg! Und wenn Sie, wie schon angedeutet, unter sich sein wollen, dann bitte nicht so wie heute! Heil Hitler!“

Mit diesen Worten entließ er sie herrschaftlich mit einer unterstützenden und unterstreichenden direkten Geste, als wollte der den Deutschen Gruß wie ein Tennisspieler aus der Hand schütteln.

Vorsichtig bewegten sich die beiden aus dem Büro, drehten jeweils vor der Türe noch einmal zum Deutschen Gruß um und zogen die Türe hinter sich zu. Züge hatte ein merkwürdiges Flirren in den Augen.

„Der Herr ist mit uns, Kollege“, flüsterte Züge. „Wo wir auch sind. Ich brauche etwas zu essen“.

„Kantine", stieß Scheuerlein nur hervor. Ganz wohl war ihm nicht. Es mußten sie beide jemand oder mehrere ständig beobachten. Er hatte nichts bemerkt. Nur vermutet. Von Anfang an. Wie sollte er das Treffen mit Max am Abend unbemerkt vonstatten gehen lassen, überlegte er.

Schweigend stiegen Sie die Stufen zum Kantinenraum hinab. Die Wirtin begrüßte sie fröhlich. (Man muß nur einfach gestrickt sein und nicht viel denken, dann kann man auch an solchen Tagen lustig zwitschern wie ein Vogel, Scheuerlein!)

„Na, was wolld ihr? Ich hob ned vüll heid. Nudeln mit Domadensoß. Odder Abfelschdrudel. Sundst nix. Dud mer leid. Obber ihr wissd ja. Gschbord werd überall".

(Nudeln, kein Fleisch? Eine Ehrbezeugung für Vegetarier im Heil oder nur einfach Versorgungs- und Fettlücken? Da nimmst Du noch ab, Scheuerlein. Viel zu verlieren hast Du an der Stelle aber nicht!)

„Ich nehme die Nudeln", entschieden beide gleichzeitig.

Dienstag, 6. September, Nachmittag und abends

Die Nudeln mit den Tomaten lagen ihm im Magen. Auch noch einiges anderes. So stand Scheuerlein etwas hilflos im Eingangsbereich der Norishalle, pünktlich um halbvier, kurz bevor die Persönlichkeiten des öffentlichen Lebens die Szene betreten sollten. „Europas Schicksalskampf im Osten" unter der Schirmherrschaft des Stellvertreters des Führers Parteigenossen Heß. Was Europa mit dem Osten wollte, war nicht aus der Veranstaltung und Ausstellung zu ersehen. Aber Deutschland. Mehr Raum, ganz wie in dem Roman „Volk ohne Raum". Daß da Leute wohnten, denen das Land gehörte, schien hier niemand zu interessieren. (Wenn man nun eins und eins zusammenzählte, Scheuerlein, dann ergibt Reichsparteitag Großdeutschland plus Europas Kampf im Osten ein Problem. Und zwar für alles, was östlich der deutschen Reichsgrenzen sich befindet. Und Du paßt drauf auf. Hier und jetzt.)

Verloren stand er an der Wand, Sicherheitsprobleme schien hier keiner zu erwarten, und spielte mit seinen Füßen auf den Fugen des Fußbodenbelages der Halle. Die Halle war zur Eröffnungsveranstaltung bisher halb belegt, Ausstellungen hatten ja auch kein Charisma, reden sollten Parteigenossen Dr. Ley und Dr. Rosenberg, der Chefideologe der NSDAP. Von Ley sprach man hinter vorgehaltener Hand allerdings nur als „Reichstrunkenbold“. Mal sehen, vielleicht hatte der ja schon einen in der Krone, wenn er gleich kommen sollte.

Mit diesen Gedankenspielereien vertrieb sich Scheuerlein die Zeit bis zum tiefen vielstimmigen Brummen der schweren Limousinen und Türenschlagen der Adjudanten mit zackigem Hackenknallen nach dem Aussteigen der hohen Herrschaften. Die Umstehenden nahmen es eher gelassen zur Kenntnis, kein Vergleich mit einem Auftritt der Vorsehung im Bunde mit dem Heil. Eine Gasse bildete sich trotzdem, vor Ley und Rosenberg paradierten drei Mann in SS – Uniform zum Podium. Gegen die Sonne, die vom Eingang her strahlte, blieben die Würdenträger dunkel, fast schwarz. (Scheuerlein, was jetzt? Du willst doch nicht zuhören, oder?)

Er hatte gefragt, wie lange die Eröffnung dauere. Ein Sturmbannführer aus Berlin, der den Nachmittag koordinieren sollte, meinte leidend, wenn Rosenberg spreche, könne das schon – dauern. Bei Ley eher kurz. Höchstens zehn Minuten, dann hätte der wieder Durst. (Na kolossal, da kannst du mal sehen, ein Alkoholiker und ein Filibuster. Die Führung des Deutschen Reiches. Ob die Vorsehung das absichtlich so eingerichtet hatte?)

Scheuerlein blickte nach seiner Uhr. Ley war tatsächlich nach guten zehn Minuten fertig geworden. Hatte gesprochen von deutschem Fleiß und Boden, Urbarmachung der Weiten, die vom Slawen kaum sachgerecht behandelt würden. Keiner fragte ihn aber, warum es dann in Deutschland derzeit immer zu wenig Butter oder Braten gäbe. Hat der Arier auch ein Problem mit der Behandlung seines Bodens? Vom Blut ganz zu schweigen.

Rosenberg gestaltete sich für den Zuhörer schon schwieriger, nicht nur wegen der geschraubten Sätze im Unterschied zu Ley, der nur Hauptsatz an Hauptsatz reihen konnte mit seiner roten Nase, die glänzte.

Jetzt aber dauerte es. Der Rosenberg sprach: „Die germanischen Charakterwerte sind deshalb das Ewige, wonach sich alles andere einzustellen hat". („Die Werte kannst Du in der Merkur besichtigen", wäre es Scheuerlein beinahe entfahren, Luft hast Du schon geholt, Scheuerlein!) Rosenberg wußte vom Leiden des Kriminalkommissar nichts, sprach weiter. „Ein Mann aber oder eine Bewegung (Gab's da draußen an der Harsdörffer viele!), welche diesen Werten zum vollkommenen Siege verhelfen wollen, haben das sittliche Recht, das Gegnerische nicht zu schonen". (Schau auf mein Gesicht, Du Philosoph!)

Fast jeden Satz hätte er sarkastisch kommentieren können, wenn er die Fahrkarte haben wollte. Doch was hätte es genutzt? So aber ertragen sich mit giftigen Gedanken zwei Stunden leichter, wenn sie ihm doch sehr schwer fielen.

Gut, dachte Scheuerlein, daß der Rosenberg um acht im Opernhaus sein muß und ich nicht. Da spricht er schon wieder, wahrscheinlich von germanischer Kultur. Und daß die Germanen und nordischen Rassen die Oper erfunden haben. Wetten? Aber auch seine Physiognomie entsprach nicht ganz dem Ideal der Partei und ihrer Rassenlehre. Ley sowieso nicht, der war sichtlich eingeschlafen. Mußte sich bestimmt auf den Abend vorbereiten.

Die Zeit ist eine Gnade, sie vergeht und heilt nicht nur Wunden. Wer freiwillig zu Eröffnungsansprachen geht, war in den Augen Scheuerleins sowieso behandlungsbedürftig – oder sollte der Methode Leys folgen. Zwei Seidla ins Nervenzentrum, und schon sähe die Welt anders aus. Aber leider nicht im Dienst.

Beifall.

Arme hoch!

Heil!

Hackenknallen.

Laufschritt zu den Wagen.

Ende. Durchatmen. Die Menge im Saal (Es waren nicht mehr geworden.) verteilte sich an die Plakattafeln, bestaunte Karten und die Größe des Ostens. Da muß man weit fahren, bis man in Sibirien ist, nicht wahr? Ob es da Tankstellen gibt, so alle dreihundert Kilometer – sonst bleibt man liegen. Noch dazu bei der sprichwörtlichen Kälte, die es da geben soll.

Auch Scheuerlein betrachtete kurz die Stellwände und Texttafeln, die auch auf Polen und den Korridor eingingen. Oberschlesien urdeutsch. Immer gewesen. In der Schule vor dem Krieg hatten sie allerdings noch gelernt, daß es deutsche Siedler im dreizehnten Jahrhundert gewesen wären, die da kolonisierten. Auf Bitten der slawischen Fürsten und zusammen mit den Slawen, allerdings nach Deutschem Recht für die Städte, besonders Nürnberger Recht. Deswegen hatte es auch den Kulturaustausch gegeben, den auch Veit Stoß nutzte, um in Krakau arbeiten zu können.

Von diesen Dingen kein Wort in der Ausstellung. Wie wirkte die auf die einfacher gestrickten Volksgenossen? Die Treppengemeinschaft? Eindeutig. Am deutsche Wesen soll die Welt... (Man stelle sich vor, Scheuerlein, das deutsche Wesen so schmierig wie der Wirt aus der Merkur. Da hätten dann alle ihre Freude daran.)

Er verließ die Ausstellung nach einer kurzen Anstandsfrist und ging über den Marientorgraben zur Straßenbahnhaltestelle. Eine fünf sollte es sein, mit der er bis zur Willstraße kommen würde. Er hatte Glück, die übernächste war es schon. Mit ihm schob sich eine Traube hellbrauner SA in den Beiwagen, fröhlich und laut. Diesmal Volksgenossen aus Norddeutschland, deren „s" überbetont bei manchen Worten wurde. Still stand er im Mittelgang, kein Schaffner kam zur Kontrolle. Das Personal war während der Reichsparteitage angehalten, zurückhaltend zu sein. Eine stille Beihilfe der Stadt zur Beförderungsfrage für die Massen. Die Folge war allerdings, daß kaum jemand noch die zwanzig Pfennig berappte.

Die Bahn rumpelte über die Weichen am Marientor Richtung Lorenzkirche. Über ihnen ergänzten die über die Straßen gespannten Hakenkreuzfahnen die roter gewordene Sonne in ihrem Sinken. Fast flammend liefen die Rottöne ineinander über, umrahmt vom warmen Braun der Sandsteinfassaden der Geschäftshäuser.

Am Lorenzer Platz konnte Scheuerlein einen HJ – Musikzug sehen, der Paukist prahlte mit seinen Schlegeln, seine hervorgebrachten tiefen Töne konnte man an den Scheiben der Bahn sehen, sie zitterten. Die Kinder in den HJ – Uniformen sahen glücklich, stolz und zufrieden aus. Alles war besser als Schule, nicht wahr? Nur, was lernte man am Lorenzer Platz? Latein? (Scheuerlein, alles Fragen, die nicht gefragt werden dürfen, du verstehst das nicht! Eine germanische Jugend muß nichts wissen. Nach Osten soll sie schauen – und dahin marschieren mit Pauken und Trompeten. Ob's ihnen daheim auch gefällt oder nicht. Da ist es unwichtig, daß diese Kinder aus HJ und BDM vielleicht ihren Unterricht versäumen. Zur Lektüre des Stürmers langt's schon – wer denkt, verliert. Schau' dich an, gelbes Gesicht!)

Nächste Willstraße, aussteigen aus der Bahn. Genug Schweiß gerochen und Begeisterung gesehen.

Die paar Meter zur Sielstraße waren eine Erholung bei der kühler werdenden Luft. Er trat das Pflaster aus Betonsteinen, spielte unbewußt das Spiel aus Kindertagen: Wenn Du auf eine Fuge triffst, hast Du verloren. Der Preis kann festgelegt werden – sie kriegen mich nicht. Keiner von denen ist da nachher, wenn der Max pfeift in einer Stunde. Wenn er's einrichten konnte.

Ängstlich blickte sich Scheuerlein um auf den letzten Metern – wo war die typische Ledermantelfigur? Sie müssen ihn ja gar nicht verfolgt haben, sie können ja hier auf ihn warten. Am Eingang zum jüdischen Friedhof zum Beispiel – da übersieht man die ganze Straße und steht im Schatten der weit ausladenden noch grünen Bäume. Dazu kann man den mosaischen Friedhof schon brauchen, dachte er. Er wollte nach oben gehen, in seine Wohnung.

Durch die Wärme des Sonnenlichtes, das den halben Tag in seine Wohnung gefallen war, roch es muffig und nach Staub. Spart Heizkosten, hatte seine Mutter immer gesagt, „machs Fenster zu!"

Aus dem Speiseschrank in der Küche nahm er die Tüte mit den Haferflocken (Muß du mal wieder besorgen, Scheuerlein!) und rührte sie mit etwas Leitungswasser an. Den Griff zum Radio versagte er sich, obwohl ihn die Nachrichten um sieben Uhr schon interessiert hätten. Andererseits waren diese auch ausrechenbar. Erste Meldung. Nürnberg. „Bei den Feierlichkeiten zum Reichsparteitag Großdeutschland verkündete der Führer... Er lobte die Deutsche Jugend für ihren unermüdlichen Einsatz auf allen Gebieten des nationalen Fortschrittes." Vielleicht sogar ein Bericht von Ley. Mögliche Meldung dazu: „Der Reichsorganisationsleiter Dr. Robert Ley dankte im Namen der Volksgenossen für die Erhöhung des Bierausstoßes der deutschen Brauereien". Scheuerlein, das Radio kannst Du auslassen. Zeitung brauchst Du auch nicht zu lesen. Was der Führer beim Zeit sparen helfen kann. Man muß es nur richtig betrachten.

So setzte er sich in den Lehnstuhl, versuchte zu entspannen bei geöffnetem Fenster. Warten und nicht eindösen, nahm er sich vor. Den Pfiff von Max Niemann wollte er nicht überhören. Und wenn die GeStaPo doch auch ihn hier überwachte? Dann war die Aktion zu Ende, bevor sie angefangen hätte. Oder nahm nachher ein sehr dickes.

An der Türe läutete es. Er blickte aus dem Fester auf die Straße, seinen Hauseingang konnte er einsehen, den, der dort stand, kannte er nicht. Er beschloß nach unten zu gehen, rief „Bin gleich da" und trabte den Weg durch seinen kleinen Flur die Treppen hinab.

„Wer sind Sie denn?" fragte er grußlos unten angekommen, nachdem er die Haustüre einen kleinen Spalt aufgezogen hatte.

Der salopp gekleidete Herr (Übertrieben, Scheuerlein, der hatte Proletarierkluft mit einer Schiebermütze drauf an!) grinste und meinte nur, er solle schöne Grüße bestellen. Der erwartete Besuch komme pünktlich. Sprachs und drehte sich wortlos um, schlenderte die Straße hinab am jüdischen Friedhof vorbei. Scheuerlein nickte und nahm die Stufen nach oben eher einzeln und bedächtig.

Auf halbem Weg hörte er die Türe zum Hintereingang des Hauses knarren, offen wie diese immer war. Keiner ölte sie, der Hauswart hatte dazu wohl weder Lust noch Öl. Mangelware. Die Türe lag unter dem Niveau der Diele im Parterre, führte der Weg rechterhand von dieser auch gleich in den

Keller. Leise pfiff es, gefolgt von einem „Bulle, komm her, Du willst doch etwas von mir!“

Scheuerlein drehte um, versuchte so leise wie möglich zu sein. Eine neue Erfahrung für ihn im eigenen Haus. Die Gefahr war überall, machte schon gar nicht vor den Haus- und Wohnungstüren halt. Jetzt mußte er vorsichtig sein, stand schon auf der gleichen Seite wie der unglückliche Zibulla. Er traf Max Niemann vor der Kellertüre lässig an die Wand gelehnt. Dessen Haar glänzte wie immer tiefschwarz.

„Wieso kommst Du von hinten?“

„Methode Röhm heißt die Parole in diesen Zeiten. Und außerdem, man weiß nie, wer sich auf der Straße herumtreibt. Ich habe auch erst einmal die Lage peilen lassen. Gar nicht verkehrt, wenn man Dein Gesicht betrachtet“.

„Dann war das eben ein Kollege von Dir oder wie?“

„Erraten. War übrigens kein Fehler, den geschickt zu haben. Der nette Herr in dem hellen Stoffanzug, der auf der Bank vor dem Eingang zum Judenfriedhof saß, der folgt meinem Bekannten jetzt zu Fuß bis nach Fürth die Pegnitz entlang. Da wird er viel Freude haben. Ein zweiter steht übrigens mit seinem Wagen an der Ecke zur Fürther Straße. Bekommst Du eigentlich überhaupt etwas mit?“

„Gleich zwei? Für so interessant habe ich mich nicht gehalten. Hast Du aber klasse gemacht, danke“.

„Was hast Du denn nun verbrochen und vor, daß Du mich brauchst, Georg?"

„Das ist delikat. Und Du mußt entscheiden, ob Du's tun willst. Es geht gegen die Vorsehung. Und ich mittendrin, bei Ermittlungen bin ich auf schwierige Zusammenhänge getroffen und komme nicht weiter. Außer ich gehe freiwillig nach Flossenbürg. Steine klopfen für das Reichsparteitagsgelände. Dir ist auch wirklich niemand gefolgt, auch nicht hintenherum?"

„Wofür hältst Du mich? Wir waren schon immer besser als die Bullen. Doch raus mit der Sprache. Was willst Du? Wir können nicht ewig hier im Treppenhaus stehen. Irgendwann kommt jemand".

Scheuerlein begann, sein Problem zu umreißen, beschrieb die Situation in der Gaststätte Merkur und erläuterte eindringlich, daß er das Zigarettenetui brauche. Sonst nichts. Aber wenn Max einen Lohn für die Tat nehmen wollte, sei dies gar nicht schlecht. Sonst wäre das Ziel der Aktion zu eindeutig für die Volksgenossen. „Und das fällt auf mich zurück, Max. Machst Du's? Übrigens erst morgen abend, nicht vor acht und nicht nach zehn, dann bin ich weg von der Straße und kann das belegen".

„Einverstanden. Alles für mich, außer dem Etui. Auf dem Nachtschrank? Ob's da noch liegt? Aber egal, wir werden sehen. Oder ich. Daß ich das noch erleben darf, ein Bulle bittet mich um einen Bruch. Herrliche Zeiten!“

„Zyniker!“ stöhnte Scheuerlein.

Max nickte ernst und nahm die Klinke zur Hintertüre in die Hand. „Wie soll ich Dir’s bringen? Noch einmal komme ich nicht her, das Risiko“.

„Gib einen Handkoffer auf der Bahn in der Gepäckaufbewahrung auf meinen Namen ab. Den Schein übergibst Du mir übermorgen vormittag vor der Lorenzkirche, rempel mich an. Oder schick jemand, der's tut.“

„So konspirativ? Ich wollte Dir den Schein ins Präsidium bringen“, flachste er.

„Und Max. Nochwas. Siehst Du Chancen, daß irgendwer, am besten mehrere, zwei guten Kameraden aus der Saufabteilung die Visagen verziert?“

„Dein Gesicht?“

Scheuerlein nickte, „zwei am Abort in der Merkur. Aus dem sächsischen Sturm, der dort ißt und vor allem säuft. Nur ein Problem. Ich kann die nicht identifizieren, kann mich da doch nicht mehr sehen lassen, weder dienstlich noch privat. Privat schon gar nicht. Sieht man doch“.

„Das kriegen wir. Die Herren prahlen doch gerne. Und reden dabei zuviel von ihren Heldentaten gegen Wehrlose. Uniformen haben wir auch. Und ein SAler darf doch wohl mal in der Merkur eine Halbe trinken gehen, oder? Mach' Dir keine Sorgen. Die werden ihr Heil am Freitagabend recht unscharf sehen".

Grinste, drückte die Türklinke nach unten und war um die Ecke. Die Türe fiel ins Schloß.

Mittwoch, 7. September, Vormittag

Halt es aus, Scheuerlein, auch wenn Du Angst hast. Beklemmung, daß da heute abend etwas schiefgeht, daß Du mit Deiner Sturheit die Züges mit reinreißt. Und auch den Max und seine merkwürdigen Leute. Im Zweifelsfall hilft Dir keiner. Der Schley verneigt sich nach oben und sieht euch nicht! Um halb acht ist Dienstbesprechung für alle Beamten und die Auswärtigen aus München und Berlin. Versuch ein aufgeräumtes Gesicht zu machen! Telephonier nicht, auch wenn Du möchtest. Sprich mit Züge nachher übers Wetter und von mir aus über Fußball. Den Ruhmreichen könntest Du doch zum Thema machen auf dem Flur. Wie der Club Meisterschaft um Meisterschaft holt, zumindest bis 36. Dieses Jahr hat ja überraschenderweise Hannover 96 gewonnen – ein Wunder. Das ist ein Thema. Da können Sie zuhören, die Lauscher. Ärgert Dich schon, daß die Dienstautos haben, zum Teil mit Fahrer, und Du nicht? Bist heute schon wieder ins Präsidium gelaufen und nicht gefahren, nicht einmal Straßenbahn. Aber das Sprichwort vom aufrechten Gang, der der schwerste ist, kommt nicht vom Fahren. Außerdem sieht man zu Fuß mehr. Und jetzt laß' Deine Küchenphilosophie, machs Radio an.

Scheuerlein stand auf und drehte das Radio an. Das Volk empfing in diesem Moment – Marschmusik. Er erkannte den „Hohenfriedberger Marsch“. Der Text, erinnerte er sich, begann mit „Zu Ansbach Dragoner“. Typisch für eine Garnisonsstadt. Ansbach, dort änderte sich nie etwas. Klein, geordnet und irgendwie begrenzt in jedem Sinn. Sonntags in die Kirche – Gumbertus (das klang schon so dumpf, nach Keller) – und die Woche über buckeln und tun, was die Vorgesetzten sagen. Wenn ein Chef kommt, tiefer bücken. O Onolzbach, fängst aa mit Oo, hörst auf mit Ach. Es änderte sich nie.

Der Marsch war zu Ende. Ein SA – Chor beglückte die Hörer als nächstes. „Ännchen von Tharau“ – singen die nicht nur Kampflieder? Überzeug Dich.

Das Wetter: „Im Süden nachts klar, tagsüber sehr sonnig und warm. Trocken. Besonders im Nürnberger Raum“. Könnte es nicht einmal während der Reichsheiltage regnen, Scheuerlein? Der Führer und alle pitschnaß? Nicht mit der Voorrsehung im Bunde. Aber wahrscheinlich würde das auch nichts helfen, im Umdeuten war die Partei mit ihren Volksgenossen Meister. Dann würde es heißen, der Führer hielte heldenhaft den Wolkenbruch aus, trotze den Elementen germanisch fest. Und Wasser sei schon immer ein Symbol und Zeichen des nordischen Lebens und Werdens gewesen. Hatte er so bestellt, bei der Vorsehung, mit der er im Bunde ist.

Die Nachrichten brauchst Du nicht zu hören, mach Dich lieber fertig zur Dienstbesprechung in fünf Minuten. Schade, daß Du nicht rauchst, sonst könntest Du noch eine – so als Gnadenfrist. Nein?

Heute nimmst Du aber Deine Luger mit. Nimm Sie raus aus der Schublade und überprüfe, ob da überhaupt Munition drin ist!

Scheuerlein fummelte den Schlüssel aus seiner Hosentasche, sperrte die Schublade auf. Die Waffe lag zerlegt darin. Lauf und Schloß getrennt, sechs Patronen extra.

Man machte sich ein Spiel mit ihm. Wir kriegen Dich überall, Scheuerlein, wenn wir nur wollen. Seine rechte Hand zitterte. Auch die Rippen waren plötzlich wieder zu spüren – das Atmen fiel schwerer. Nie werdet Ihr wieder frei sein, ich lasse Euch nicht wieder los, Euer ganzes Leben lang. Das hatte das Heil beim HJ – Tag gesagt, fehlte bloß das Amen. Und die Kinder hatten geschrien vor Begeisterung und Jubel. Sie wußten nichts. Sie würden es erfahren, Scheuerlein. Bald. Sie übten schon fleißig Segelfliegen und Motorradfahren.

Er setzte die Waffe zusammen, der Verschluß klemmte nicht, die Waffe war in Ordnung. Nur ein Zeichen also. Aber wirkungsvoll, Scheuerlein – du kannst Dich nicht wehren. Die Patronen mußt Du austauschen, Zündplättchen sieht man nicht an, ob sie taub sind.

Im Sonnenlicht glänzten die sechs wie Murmeln, er schob sie ins Magazin, verstaute die Luger im Halfter und schnallte es im Aufstehen unter seine Joppe.

Auf dem Flur war inzwischen geschäftiges Treiben ausgebrochen, er lief zum Zimmer von Züge, klopfte und war schon drin. Ein Schwung, diese Bewegung, bei Schley konnte man das natürlich nicht machen. Züge hob den Kopf, zeigte sich ob der stürmischen Art, sein Zimmer zu betreten irritiert, schwieg aber.

„Na, was hat der Dienstplan mit Ihnen heute vor? Appell RAD auf der Zeppelinwiese? Oder erst später Marsch des RAD durch die Stadt? Spalierobst also? Da darf ich mitmachen, ab halb eins bauen wir uns auf, am Allersberger Tunnel."

„Ich habe die ganz große Karte gezogen. Ein Besucher würde sicher viel Geld ausgeben, ich stehe mir dafür die Beine in den Bauch. Ab neun Zeppelinwiese und dann gleich Sicherheit hinter der Postenkette im Raum Nibelungen- und Wodanstraße. Und sonst? Gestern noch einen schönen A-bend gehabt?"

Scheuerlein nickte. „Ein bißchen von der hellen Zukunft in Deutschland geträumt. Und ich glaube, meine Wünsche gehen in Erfüllung... gehen wir heute abend essen?“ fragte er blumig.

Der Angesprochene grinste. „Dann wollen wir mal. Ich freue mich schon auf die Besprechung. Dem Benno Martin fällt sicher wieder etwas Passendes ein“.

Sie erhoben sich, Züge sperrte sein Zimmer nicht ab, und gingen den Weg zum großen Konferenzraum. Kühle umfing sie, der Rest der Beamten war schon versammelt, sie schienen die letzten zu sein. Schley verzog die Mundwinkel unter seiner gräulichen Bürstenhaarfrisur, der Präsident fehlte aber noch. Also kein Problem.

Laut und eckig betrat Dr. Martin in schwarzer Uniform den Raum, die Beamten erhoben sich militärisch und grüßten laut den Deutschen Gruß zurück, den der Polizeipräsident entboten hatte. Es gab keine Ausnahmen. (Rituale sind dazu da, daß man sie mitmacht, Scheuerlein. Schon mancher ist vom Volksgenossen zum Volksschädling mutiert. Denk‘ an den Zibulla!)

Martin begann mit seinem kurzen Referat, das den Tagesablauf beinhaltete. Zehn Uhr: Appell der Reichsarbeitsdienstes auf der Zeppelinwiese. Genauer Ablauf. Dreizehn Uhr dreißig: Abrücken zum Marsch durch die Stadt. Wegbeschreibung: Von Zeppelinwiese durch die Stadt bis zurück ins Lager Langwasser. Lager der Werkscharen. Zwölf Uhr: Tagung des Hauptamtes für Kommunalpolitik in der Kongreßhalle. Sechzehn Uhr: HJ – Führertagung im großen Rathaussaal (Der arme Dürer!). Zwanzig Uhr bis einundzwanzig Uhr dreißig: Standkonzert am Adolf – Hitler – Platz.

Keine Pausen, die Volksgenossen wollen unterhalten werden, Scheuerlein. Wer zur Ruhe findet, könnte nachdenken. „Ist nicht gewünscht, meine Herren“, blendete sich der Höhere SS-Führer Dr. Martin wieder in die Gedankenwelt von Scheuerlein ein. Was? Nicht gewünscht? „Ich meine die Nachlässigkeiten, die sich beim Einzug des Führers in das Opernhaus eingeschlichen haben. Nicht jeder von Ihnen war da auf seinem Posten, wurde mir berichtet. Nehmen Sie sich ein Beispiel an der GeStaPo, die ist immer vorbildlich – ohne sie... Und: Wenn manche unter Ihnen meinen, sie könnten angesichts dieser großen Tage ihre kleinlichen Ermittlungen in irgendeiner Sache weitertreiben, so sei denen gesagt: Ein deutscher Beamter gerade aus der Stadt der Reichsparteitage hat immer an das Große, Heilige zu denken, an den Führer und unser aller einzige Idee! Heil Hitler, meine Herren!“

Das war deutlich, von ganz oben. Zuerst die Sache mit der Waffe und jetzt die Warnung durch den absoluten Chef, den

Polizeiführer Nürnberg aus der SS. Scheuerlein blickte zu Züge, der zu ihm, mach weiter, dachte er, hoffte Züge fühlte gleich.

„Heil Hitler!“, entgegnete die Zuhörerschaft aufgesprungen und bewegte sich nach Martin und seinen zwei Adjudanten zum Ausgang, an dem ein Stau entstand. Schley näherte sich von hinten, klopfte Scheuerlein auf die Schulter, zischelte: „Haben Sie's gehört? Ruhe jetzt in meiner Abteilung. Scheuerlein? Normaler Ausnahmedienst mit Sonderschicht. Übrigens – sie fahren mit raus auf die Zeppelinwiese! Abmarsch neun Uhr, ohne Widerrede und auf dem Mannschaftstransporter, klar?“

Scheuerlein zuckte mit den Achseln und fügte sich. Wie auch anders? Mit von Obernitz, dem Vorgänger von Dr. Martin, hätte er an der Stelle mehr Probleme gehabt, der hätte auf der Stelle losgeprügelt mit seiner Landsknechtsmentalität. Der, so raunte man, sei selbst mit in den Folterkeller am Kornmarkt gestiegen. Und hätte seine Freude dran gehabt.

Züge und er liefen nebeneinander her. Züge lächelte.

„Was gibt's zu lächeln, Herr Kollege?“

„Ach, jetzt fühle ich mich heute vormittag nicht mehr so allein unter hunderttausend Uniformierten, das ist alles“.

Scheuerlein grunzte, ihm war nicht gut, bei dem Gedanken an die politische Polizei und Dr. Martin. Sie erreichten die Türe, traten ein.

„Sperren Sie nicht mehr ab, Herr Kollege?“

„Wozu? Hier kommt doch eh rein wer will, oder? Dann sehen oder glauben die vielleicht, daß bei uns nichts zu holen ist. Hoffe ich. Die Warnung gerade hat mir wieder gereicht“.

Scheuerlein pflichtete bei und erwähnte die Sache mit der Luger im Schreibtisch.

„Na bitte“, sagte Züge lakonisch (den konnte scheinbar nichts mehr aufregen – wie machte der das?). „Heute abend gehen wir erst einmal essen. Ich lasse meine Frau einen Tisch bestellen für sieben – ist's recht?“

„Ich freue mich, danke – da feiern wir dann die Arbeit und den gelungenen Tag“.

Züge spielte nervös (Also doch?!) mit einem Bleistift. Passend zur Zeit war der, grün lackiert, wie die Farbe der Polizei, und mit der Aufschrift „Propaganda“. Eigentlich waren diese Kopierstifte für den Gebrauch in der Presse gedacht, aber aus unerfindlichen Gründen war eine größere Lieferung im Polizeipräsidium gestrandet. Oder mit Absicht. Züge kaute mittlerweile an diesem, dafür war die Qualität ausreichend, „Nürnberger Tand geht in alle Land“, hatte es mal geheißen. Das galt auch für Kopierstifte. Züge schwieg.

„Herr Kollege, werden Sie schweigsam?“ fragte Scheuerlein in die Leere.

„Nein, das nicht, aber was machen wir bis um neun? Wirklich zu tun haben wir nichts. Die Leiche in der Merkur müssen wir als erledigt betrachten, da kommen wir nicht weiter, geben wir den Fall zu den Akten, was meinen Sie?“

Scheuerlein schaute verblüfft. Von Züge solche Worte, hatte der kalte Füße? Irritiert nickte er und fügte trocken bei: „Wie Sie meinen; ich denke auch darüber nach“.

„Na denn“, war alles, was Züge dazu verlauten ließ, „wir haben auch wichtigeres zu tun“.

Züge schüttelte den Kopf bedächtig, blickte leer und fast teilnahmslos; anders als gestern bei dem ausgedehnten Spaziergang. „Wir haben uns verrannt. Sehen wir das bitte ein“.

Jetzt war es an Scheuerlein, zu schweigen. Aber verständnislos. Er nickte wieder und stand langsam auf, schaute sich im Zimmer um und machte Anstalten zu gehen. Enttäuschung stand deutlich in seinem Gesicht, fühlte er sich doch verraten. Er deutete einen Gruß an und ging an die Türe, öffnete sie und verschwand auf dem Flur. Er zog sie hinter sich nicht zu.

Die wenige Zeit bis neun Uhr verbrachte er in seinem Dienstraum, teilnahmslos hinter seinem Schreibtisch (Du hast ein gelbes Gesicht, Scheuerlein, und das war ganz umsonst oder eben vergebens!)

Vom Hof hörte er das Rangieren der Lastkraftwagen, die in Reihe stehen mußten, wie alles im Großdeutschen Reich. Schwaden von Autoabgasen drangen in sein Büro, die Luft im Hof war bläulich. Es roch nach Benzin und verbranntem Öl. (Da kannst Du gleich nach unten gehen, Scheuerlein, hier braucht Dich keiner. Du bist alt, Deine Methoden sind überholt und auch Dein Verständnis von Gerechtigkeit. Geh. Stell Dich in den Hof, schau' in die Sonne und warte auf den offenen LKW, mit dem Du abgefahren wirst. Mehr ist nicht zu tun, mehr wird von Dir nicht mehr erwartet. Du bist allein, Du hast es immer kommen sehen. Jetzt ist es soweit – ob sich das Essen im Röslein noch lohnt? So sieht es aus, wenn jemand außerhalb der Gemeinschaft steht.)

Der Kolonnenführer gab den Befehl zum Anlassen der Motoren, dazu hatte er diese merkwürdige Bewegung mit der Kelle in der rechten Hand gemacht, als wollte er seinen Magen umrühren. Die Motoren dröhnten, die Luft hinten auf der Pritsche war schlecht. Schon das Aufsteigen über die kleine Klappe aus Metall war für Scheuerlein eine Schwierigkeit gewesen, er fühlte sich klein und hilflos. Andere verfügten nun über die Strecke und das Ziel, man war nur noch Teil. Ein Teil, das sich einzufügen hatte, das warten mußte, bis die Plane am Ende des LKWs hochgehoben wurde und man herausspringen mußte. Eine Hilflosigkeit machte sich in ihm breit. So also fühlte man sich, wenn die LKWs einen abholten. Schon beim Aussteigen hörte das auf, was als Individuum definiert wurde. Die Fahrer der Opel Blitz wußten das. Die standen selbstsicher vor ihren Fahrzeugen, breitbeinig. (Auch wenn du Kommissar bist, das hilft dir jetzt nichts, du verschwindest hinter der grünen Plane. Bis der Wagen anhält, Scheuerlein.)

Die grüne Plane des Polizeimannschaftstransporters war in Bahnen über die Spriegel der Pritsche gelegt, sodaß bei Scheuerleins Platz ein Schlitz verlief, der es ihm ermöglichte, einen kleinen Ausschnitt des Draußen zu erkennen. Ein kleiner Lichtstrahl des Draußen war sichtbar. Da ging das einfache Leben seinen Gang, er konnte Kinder erkennen, die auf den Bürgersteigen hüpften; Frauen beim Einkauf und SA, die in geschlossener Formation marschierte. Sie hatten die gleiche Richtung, da war er sich sicher. Die Erinnerung an den Transport seiner Einheit in einen Wald in Flandern regte sich, das Grollen der Front war für ihn hörbar. Die Ungewißheit, ob der Transport zurück auch der seine sein sollte, regte sich wieder; er sehnte sich nach der Geborgenheit der Küche seiner Mutter. Der Geruch von warmer Milch und Eiern drängte sich ihm auf. Scheuerlein verkroch sich in seinen Anzug, knöpfte den obersten Hemdknopf zu.

Die anderen Insassen und auch er wurden vom rüden Fahrstil durchgeschüttelt, der Mensch mutierte hier zur Ladung. Es gab Halteschlaufen, die man sich mühsam suchte. Der Blick nach draußen entschwand. (So also ist es, wenn du abgeholt wirst, Mensch.)

Die Kolonne nahm den Weg über die Karolinenstraße zur Lorenzer Straße, die Strecke war gerade und ruhiger; nur das Kopfsteinpflaster dröhnte. Er konnte wieder die kleine Wirklichkeit, die der Spalt freigab, erkennen. Es war eine Wirklichkeit, daß die „Deutsche Frau wissen muß", daß die Firma Karlauf nunmehr ganz arisch sei, wie es ein Plakat verkündete. Auch das Wäschehaus Gantikow schloß sich an. Zu schnell huschten die Plakate vorbei, als daß er sie ganz hätte lesen können. Nur die Überschriften, aber die genügten – wo waren die Vorbesitzer der eingeführten Geschäfte geblieben, dachte er.

Dunkelheit umgab die Insassen des Pritschenwagens, als die Bahn im Marientunnel unterquert wurde. Keine Woche war es her, daß er die Strecke mit der Ardie gefahren hatte. Jetzt wurde er transportiert.

Scheinbar wurden sie durch jede Straßensperre durchgewinkt, die Kolonne hielt nicht einmal während der Fahrt an, verlangsamte sich aber, kam zum Stehen. Die Motoren liefen im Leerlauf. Kommandos ertönten, die Plane wurde mit einer Holzlatte nach oben gestoßen. Sonnenlicht blendete, ließ den Bahnhof Dutzendteich schemenhaft erkennbar werden. Fehlte bloß noch, daß sie sich in Reih und Glied aufzustellen hätten, dachte Scheuerlein. (Das hattest du hinter dir, hast du geglaubt?)

Breite Kolonnen belegten die Straße, an deren Rand sie gehalten hatten. Schräg gegenüber war die Gaststätte Bahnhof Dutzendteich zu sehen mit ihren rot – weißen Sonnenschirmen sehr verlockend. Wenn man nicht dienstverpflichtet war. Die weißen Steingebirge der Zeppelintribüne leuchteten, Feuerschalen aus Bronze standen auf ihnen, aber erloschen. Bei dem gleißenden Sonnenlicht hätte dieses Feuer auch niemand gesehen. Züge konnte er erkennen, der strebte schon seinem Einsatzpunkt zu, er wußte noch nicht wohin, stand am Wagen. Schley näherte sich, war einem Mercedes – Streifenwagen entstiegen, vornehm im Fond. Er winkte, sichtlich gelöst. „Schön, daß Sie hier sind, Scheuerlein!" (Fehlte bloß noch der Zusatz, daß er's hatte einrichten können, Zyniker.) So verändert im Auftritt? Freundlich? „Sie bekommen einen besonderen Platz, bei den Einlaßkontrollen an der Rückfront der Zeppelinwiese am dortigen Haupttor, sie machen das schon". Sehr umgänglich, der Schley.

Die einzelnen Blöcke der Tribünen waren mit Fahnen geschmückt, diese bewegten sich im lauen Wind so gut wie gar nicht. Für Filmaufnahmen würde diese Szene nicht taugen. Scheuerlein sah einen grauen Übertragungswagen des Deutschen Fernsehrundfunks, Berlin. Er hatte davon gehört, daß der Reichsparteitag in Berlin in den Fernsehstuben zu sehen sein würde. Gegen Eintritt konnten die Volksgenossen zusehen, wie hier in Nürnberg schon vor den Auftritten des Führers und seiner Gefolgsleute die Helfer die Szenerie bereiteten. Scheuerlein stellte es sich spannend vor, gegen Eintritt beobachten zu dürfen, wie Kameraleute der Wochenschau Leitern durchs Bild trugen oder die Stadtreinigung die Straßen kehrte. Einen privaten Empfänger hatte kaum jemand in Berlin und Potsdam, kostete der doch so viel wie ein Mittelklasse – DKW. Interessant fand er die Sache mit dem Fernsehen schon, wenn da auch Spielfilme zu sehen wären und nicht nur Singstunden. Aber nach Berlin mit dem Bildfernsprechen einmal zu telephonieren, das hätte ihn schon gereizt. Man könnte sehen, ob der Kollege dort gerade in der Nase bohrte oder so. (Willst du das wirklich, Scheuerlein? Nein, nur interessehalber.)

Die Allee führte um das Geviert der Zeppelinwiese herum, spendete Schatten für die Mengen, die Einlaß begehrten. Auch der RAD versuchte auf dem Rasen bereits, seine Formation zu finden, aus den Lautsprechern tönten Kommandos und Markierungen bedeckten den Boden wie bei den Reichsjugendspielen. Unbeteiligt stellte sich Scheuerlein in die Nähe der Ordner, trat von einem Bein auf das andere. Den Ablauf eines solchen Appells kannte er, glichen sich doch die Reichsparteitage seit 34 immer. Sieben Tage brauchte die Partei, die nationalsozialistische Welt zu erschaffen, dann würde der Führer wieder gen Himmel und Berlin entschweben. Apotheotisch wie vor zweitausend Jahren. „Heil Imitator", dachte er.

Zuerst würde der Führer eintreffen, begleitet von Fanfaren, dann Vorbeimarsch und Einmarsch des RAD, Meldung, Feierstunde und Ansprachen. Zuerst vom Reichsarbeitsführer (Merkwürdig, den hast du noch nie mit einem Spaten gesehen.) Generalmajor Hierl, einem Parsberger Oberpfälzer, Bayern eben, nicht Franken. Daß die den in Berlin verstanden? Dann „Der Führer spricht". Scheuerlein fragte sich immer wieder, wer denn dem die ganzen Reden schreiben sollte oder wollte?

Jemand klopfte ihm auf die Schulter, er drehte sich um. Züge stand hinter ihm und grinste. „Na – den Glauben an die Welt verloren? Wollte ich nicht. Aber haben Sie gemerkt, wie fröhlich auf einmal Schley war? Ich wollte es wissen. Wissen Sie, in meinem kleinen Detektorradio, habe ich mir selbst gebastelt und von zu Hause mitgebracht, kratzte der Empfang, wie ich es mir gedacht hatte."

„Und? Kaufen Sie sich ein neues!" gällte Scheuerlein, der die Frustration des Morgens noch nicht überwunden hatte.

Fanfaren ertönten, er blickt auf die Uhr: zehn. Vielstimmiges Heil erklang fortwährend.

Halblaut fuhr Züge fort. „Sie verstehen es nicht. Gut, Sie sind ja auch ein paar Jahre älter. (Scheuerlein, der nimmt dich schon wieder hoch!?) Sie haben zu Hause aber doch auch eines. Kracht es da manchmal, wenn eine Straßenbahn vorüberfährt? Ja? Das ist der gleiche Effekt. Ein Impuls oder irgend etwas, das einen solchen aussendet".

Scheuerlein dämmerte es. „In Ihrem Dienstzimmer?"

„Ja, und wohl auch in Ihrem. Tut mir leid heute früh. Aber ging nicht anders. Haben Sie Schleys Änderung bemerkt? Jetzt haben wir etwas Luft, hoffe ich. Und das kleine Mikrophon finde ich auch noch, möglicherweise im Telephon. Und was da knackt dann im Radio, das ist der Verstärker oder Sender in einem Nebenzimmer, kann auch im Schrank im Putzmittelraum untergebracht sein. Also dachte ich mir heute morgen, verabschieden wir uns offiziell von dem Fall. Man muß die Taktik des Gegners für sich benutzen".

„Und ich dachte schon..."

„Nein, nein. Wir bleiben dabei, keine Frage. Wo kommen wir dahin, wenn jeder anderer Menschenleben in die eigenen Hände nimmt und wegwirft".

„Danke, Herr Kollege". Scheuerlein schwieg, er hätte den Verrat Züge zugetraut, wie jedem in Deutschland seit fünf Jahren, er schämte sich etwas.

Der Vorbeimarsch des RAD hatte längst begonnen, Tausende zogen in die Arena ein und nahmen Aufstellung wie mit dem Lineal gezogen, den Spaten geschultert. Warum eigentlich ein Spaten, dachte er, und nicht ein Beil oder die Sense. Das wäre doch ein passendes Symbol für den neuen Staat gewesen, hunderttausende Sensenmänner. Dann wüßte endlich auch der dümmste Leser des Völkischen Beobachters Bescheid, Scheuerlein.

Die Meldung erfolgte, das Heil (Die New York Times ehrte das Heil dieses Jahr besonders. Mit dem Titel „Man of the year", Scheuerlein. Siehst Du das nicht ein?) übernahm die Veranstaltung. „Heil Arbeitsmänner!" „Heil ..." „Spaten über!" ertönte der Befehl zur Präsentation. Auf eine Sekunde schulterten die RADler ihre Spaten, die sie abnehmen hatten dürfen. Präzision und Gleichschaltung wie mit der Schublehre wurden deutlich. Keiner der RAD – Leute verzögerte, alles klappte, Beifall brandete auf. (Wofür eigentlich, Scheuerlein, dafür, daß 50000 Männer gleichzeitig einen Spaten auf die Schulter nehmen? Ist es das, was den Menschen ausmacht? Wozu lernen wir dann lesen und schreiben?) Ansprache des Führers. Scheuerlein träumte sich weg, beobachtete den Himmel und zählte die flockigen weißen Wolken, die mit dem Rot der Veranstaltung und dem Grün der Bäume ein wunderbares Bild malten. Nur das helle Braun wollte sich nicht einfügen in das Spiel der Grundfarben mit ihren Nuancen.

„Jetzt hämmern wir ein Volk aus Stahl und schmieden es zum Mann...", zwängte sich ein Satz der Vorsehung in seine Gedanken, ließ ihn nicht los. (Was für ein Glied dieses Mannes sollte er wohl sein? Der Arm. Und wer wäre dann der A.? Scheuerlein! Mach dich nicht lustig, auch wenn die Heilsfigur merkwürdige Vergleiche gebraucht. Du zahlst am Ende doch.)

Ein Teppich aus Heil wehte über die Arena, verwob sich mit den letzten Worten des Redners auf seiner mit der Standarte geschmückten Kanzel vor den Säulenreihen des Altars der Vorsehung. Scheuerlein drehte sich um und versuchte, sich vor den aus der Zeppelinarena herausströmenden Massen in Sicherheit zu bringen. Er drückte sich in den Eingang eines der kleinen Zwischentürme, die die Fahnen trugen, aus diesen stank es heraus wie aus den Bahnhofstoiletten. Es waren auch solche, alle zwanzig Meter trutzige Türme gefüllt mit Fäkalgerüchen. Das wäre doch eine Metapher für das neue Großdeutschland, Scheuerlein.

Mittwoch, 7. September, Nachmittag und abends

Abteilung um Abteilung des RAD zogen an Scheuerlein vorbei, er hatte seinen Platz direkt an der Allersberger Unterführung zugewiesen bekommen, innenstadtseitig. Vor ihm erhob sich der halbrunde Bau der Paketpost mit seinen vielen Fenstern; er zählte sechs Stockwerke. Dieses Gebäude faszinierte ihn immer, dunkel drückte die Fassade herunter, spendete aber an einem Tag wie heute Schatten. Er vertrug es einfach nicht, den ganzen Tag in der Sonne zu stehen, Helferinnen der NSV waren noch nicht vorbeigekommen mit ihrem unvermeidlichen Früchtetee, er hatte Durst. Langsam schob er sich zum Schatten des Tunnels, fühlte die kühle Luft, die ihm entströmte. Wie konnten die Zuschauermengen nur diese Begeisterung empfinden, bei immer der gleichen Darbietung? Die Marschkapellen spielten auch immer die gleichen Märsche, ein Einerlei. Und dafür bezahlten die eigenen Partei- und Volksgenossen nun Eintritt.

Eine Gruppe von Diakonissen hatte es ihm angetan. Ganz aus dem Häuschen schrien und jubelten sie, für diese jungen und älteren evangelischen Schwestern gab es scheinbar nichts Heiligeres als die Partei und ihre vorbeiziehenden Formationen (Scheuerlein, denk‘ doch mal: Wie viele Männer auf der Höhe ihrer Kraft sehen die sonst schon? Und der Nationalsozialismus ist männlich, einfach und zweckorientiert. Das ist es, was die so aufputscht wie ein Röllchen Pervitin.). Man konnte die Verzückung in ihren Gesichtern lesen. Weit aufgerissene Münder hielten die Schwestern in die Sonne – sicher würden sie gleich eine Hostie auf die Zunge gelegt bekommen. Den Leib ihres Herren wollten die sicher auch noch sehen. Was würden diese Diakonissen der Schwester Oberin berichten? Wir haben das Heil gesehen – und es war nicht in der Kirche? Und hing auch nicht am Kreuz, aber einen Gottesdienst feierten wir trotzdem gemeinsam mit der Vorsehung?

Die weißen Hauben bewegten sich heftig, Scheuerlein entfernte sich, das Geschnatter der Betschwestern war ihm zu viel. (Eine Frage noch: Glaubst Du, daß die Diakonissen für den Führer beten wie die Katholiken für ihren Papst, Scheuerlein?) Er mußte an Martha Bauer denken. Diese Karriere in Neuendettelsau hatte sie abgelehnt, doch was hatte sie dafür bekommen?

Zwanzig Meter vor, zwanzig Meter zurück, das war die Laufbahn Scheuerleins für vier volle Stunden. Er fühlte sich wie ein Eisbär im Käfig mit genau bestimmten Laufwegen. Der allerdings hatte eine bestimmte Fütterungszeit, er nicht. Die Augen Scheuerleins suchten die Bahnhofstraße nach den olivgrünen Fahrzeugen des Hilfszuges Deutschland ab, hofften auf eine Gulaschkanone, doch gefehlt. Wo waren denn die sechzig Waggons Kartoffeln oder die zwanzig Waggons Hülsenfrüchte (Das gibt eine Luft, Scheuerlein!), von denen im Deutschlandsender berichtet worden war? Er hatte noch nicht ein derartiges Fahrzeug gesehen.

Wenn man Durst hat, können Helferinnen der NSV wie Engel erscheinen.

Der letzte Verband des RAD zog durch den Tunnel, die Massen schoben schon Richtung Hauptbahnhof weg. Der Gleichschritt der Formationen hallte nach. Zeit zu den geparkten LKWs zu gehen, er meldete sich beim Kolonnenführer ab, zeigte Dienstschluß an; Schley saß im Mercedes bei offener Tür und nickte. „Na Scheuerlein, nicht auf dem Planwagen zurück ins Präsidium? Lieber laufen?“ Er zuckte mit den Schulter und drehte sich mit einem angedeuteten Deutschen Gruß um.

Seine Pflicht war für heute getan. Nun kam die Kür.

Züge hatte einen sehr guten Tisch im Bratwurst – Röslein reservieren lassen, fehlte aber noch mit seiner Frau. Scheuerlein saß am Fenster, konnte auf den Rathausplatz blicken, der um diese Uhrzeit noch mit zahlreich passierenden Uniformierten besucht war. Das vorherrschende Braun mischte sich mit dem Tiefschwarz der SS und dem dunkleren Grün des RAD. Erste Verbände hatten sich wohl auflösen dürfen und verteilten sich in der Stadt auf der Suche nach Trinkbarem.

Der für ihren Tisch zuständige Kellner sagte zu, noch mit der Bestellung des Essens bei Scheuerlein warten zu wollen, ein Bier für ihn konnte er aber schon notieren. Es war das zweite an diesem Nachmittag, nach dem Postenstehen an der Allersberger Unterführung war Scheuerlein in einen Biergarten an der Wöhrder Wiese gegangen, der versteckt unter Bäumen lag, nicht im Zentrum der Besucherströme, ganz ähnlich wie das Wundersgärtla.

Von seinem Platz aus konnte er gut beobachten, wie sich das Lokal füllte, meist eine gehobenere Gesellschaft in Anzügen, die Damen im Kleid. Die Nähe zur Machtzentrale der Stadt war zu spüren, hier direkt am Rathaus. Einen Oberbürgermeister Liebel oder seinen Duzfreund Streicher wollte er heute abend aber nicht sehen, dachte er. Scheuerlein verfiel ins Grübeln, überlegte, was es denn nun brächte, das Etui zu bekommen? Man könnte herumfragen, wer ein solches denn benutze oder wer es schon einmal gesehen habe. Dazu durfte es aber keine Massenware aus vernickeltem Blech sein. Und dann? Mal sehen. Die bestürzende Erkenntnis, daß er und Züge überwacht wurden, sogar abgehört, ließ ihn vermuten, daß sie ganz nahe dran waren, das

Ziel aber nicht sahen – es war wie verhext. Und wenn man von vorne begänne? Nochmal mit den Akten anfinge? Die Altfälle? „Möchtens noch eins?“ fragte der Kellner in seine Gedanken.

„Aber sicher, der Tag ist doch recht warm geworden in der direkten Sonne, dankeschön Herr Ober!“ sagte er und reichte dem Kellner sein Glas hin.

Vor Züge, erkannte er von seinem Platz aus, lief eine recht hübsche, nicht zu große Frau her. Das mußten sie sein. Er erhob sich und deutete eine Verneigung an. Züge wies auf seine Frau. „Darf ich vorstellen: Meine Frau Gerlinde, schönen Abend Herr Kollege!“

Scheuerlein schob den Stuhl ihm gegenüber zurecht, bot ihn der Frau des Kollegen an. „Danke, schön daß ich Sie einmal kennenlerne. Ich habe schon viel von Ihnen gehört, Herr Scheuerlein“.

„War's schlimm?“ fragte der Angesprochene zurück.

„Nein, bis auf manches eher amüsant“.

Was erzählte der bloß zu Hause, ging es Scheuerlein durch den Kopf; Züge blickte geradeaus, grinste aber dabei.

In die entstandene kleine peinliche Pause hinein begann das Standkonzert am Adolf – Hitler – Platz, etwas zu früh. Die Unteroffiziers – Lehrabteilungen der Wehrmacht spielten sich warm mit Preußens Gloria.

„Schön, wenn ich für gute Laune sorge", meinte er lakonisch trocken, „was essen wir? Ich hätte es gerne traditionell, ich bevorzuge ein Schäufele, schön rösch ofenfrisch mit Kloß. (Scheuerlein, Dein letztes ist Dir nicht bekommen – erinnere Dich, besser nicht!) Im übrigen wollte ich Sie beide heute abend einladen. Sie gestatten, Herr Kollege?"

Züge zierte sich ein wenig, stimmte dann aber doch zu. Das Ehepaar bestellte zweimal zwölf mit Kraut dazu Bier, außergewöhnlich schnell kamen die Speisen; das Personal arbeitete perfekt. Man dankte es mit gutem Appetit.

Schwierig an dem Abend war nur das eine, eine Unterhaltung zu führen, und den dienstlichen Bereich nicht zu berühren. Scheuerlein beschloß, sich mit noch einem Bier mehr zu belohnen, er fühlte sich trotz leichter Gewissensbisse, die Dame ihm gegenüber als Alibi ohne deren Wissen zu gebrauchen, wohl.

„Und was machen Sie in Ihrer Freizeit, Herr Scheuerlein?" fragte diese. „Haben Sie ein Hobby?" Sie hatte sich ihm ganz zugewendet, versuchte die merkwürdige Situation zu überspielen, die immer entsteht, wenn bei drei oder mehreren Leuten, die zusammen ausgegangen waren, der auf der Toilette ist, über den die Gruppe sich kennt.

„Nicht direkt, ich gehe viel spazieren. Lese. Sonst nichts. Aber in letzter Zeit erscheinen nicht mehr so viele Bücher, die mir gefallen. Kästner habe ich gerne gelesen, sagte er halblaut mit etwas Trauer in der Stimme, oder Döblin. Aber die werden nicht mehr verlegt, wie Sie ja sicher wissen".

„Oh, da kann ich Ihnen helfen. Meine Mutter hat damals 34 im Mai einen ganzen Handkarren quasi aus dem Verkehr gezogen, der von HJ – Buben Richtung Hauptmarkt gezogen wurde. Sie sagte einfach zu den Buben und dann zu deren Eltern, daß es doch sicher sinnvoller wäre, die Bücher zum Anschüren im Winter zu nehmen, sie hätte ja nicht viel Geld. Die HJler halfen ihr sogar beim Hochtragen in die Wohnung. Da sind einige Sachen dabei, die Sie interessieren könnten. Kommen Sie doch einmal vorbei" sprach sie beiläufig eine Einladung aus, auf die sich Scheuerlein freuen konnte.

Kriminalassistent Züge hatte auf dem Weg zu den Toiletten einen geschäftigen Kellner nach dem Weg gefragt, war mit einer eiligen Bewegung in den hinteren Teil des Gebäudes geschickt worden. Ein weißes Emailleschild mit der Aufschrift „Abort" zeigte sein Ziel an. Er entspannte sich und drückte die Schwingtüre nach innen auf. Direkt nach der Türe stand ein gut gekleideter Herr, wusch sich die Hände, faßte Seife an der Seifenbirne, die an der Wand verschraubt war, nach. Züge nickte ihm zu und wandte sich an die Wand. Über den Spiegel fühlte er sich von dem Herrn im Leinenanzug beobachtet, leicht wendete Züge seinen Kopf, um aus den Augenwinkeln sehen zu können, was geschieht. Der andere ließ sich Zeit, kämmte sein nicht mehr ganz volles Haar.

Nicht stören lassen ist eine der Devisen auf der Herrentoilette. Aber was kann man tun, wenn einem während von hinten ein Kuvert in die Innentasche des Rockes geschoben wird? Es knisterte. Züge dachte an Geld oder eine Warnung, fuhr herum und konnte gerade noch sehen, wie der distinguierte Herr mit einem Lächeln auf den Lippen zur Schwingtüre hinausging. „Für den anderen!“ sagte der noch.

Er fühlte nach seiner Brusttasche, sie war dick. Für einen Moment dachte er daran, dem Herren folgen zu wollen, faßte sich aber und stufte dieses Vorhaben als aussichtslos ein. Langsam drehte er sich und ging auf die Waschgelegenheit zu. Er war verwirrt.

Genau diesen Eindruck mußte er auch gemacht haben, als er wieder durch das Lokal zum Tisch zurückging. Er stolperte fast über eine auf dem Boden abgestellte Handtasche. Scheuerlein blickte ihn irritiert an, fragte mit den Augen.

Unmerklich schüttelte Züge den Kopf.

„Schatz, fehlt Dir was?“ Auch seine Frau sah, daß etwas nicht stimmte. Aber Züge schwieg, begann ein Gespräch über den schönen Schmuck in der Altstadt. Auch der Christkindlesmarkt sei ja schön, so wieder auf dem Adolf – Hitler – Platz. Wie die Partei das in so kurzer Zeit so perfekt gestaltet habe, Respekt.

Scheuerlein sah Züge durch sein Bierglas hindurch an, die verzerrte Perspektive gefiel ihm. Er wurde nicht schlau aus seinem Kollegen – vormittags der Schreck im Dienst, jetzt das – vielleicht war ihm der Druck zu groß? Mühsam versuchte er, das Gespräch weiter in Gang zu halten. Irgendwann erschöpfen sich aber auch die detailfreudigsten Bemerkungen über Stadtschmuck und Beleuchtung, er hatte die Lust an dem Abend verloren, dem Paar Züge erging es ebenso. Zeitlich war es möglich, die Veranstaltung aufzuheben, die Zeiger der Pendeluhr, die in ihrem Eck in der Wirtschaft stand, zeigten halb elf. Alles war hoffentlich erledigt, dachte Scheuerlein. Max war raus.

„Drehen wir noch eine Runde über die Burg," fragte Züge, „nach dem schweren Essen ein bißchen Bewegung könnte doch nicht schaden, oder?" Scheuerlein nickte, winkte dem Ober zum Zahlen, tat dies und sie gingen über den Fünferplatz die Burgstraße hinauf.

Die Straßen leerten sich langsam, es mußte sich unter den Reichsparteitagsbesuchern herumgesprochen haben, daß die Straßenbahn völlig überlastet war und man sogar teilweise laufen mußte. Das war kein Spaß bis Ziegelstein, Scheuerlein. Es soll sogar schon Prügeleien vor Haltestellen gegeben haben, weil die Trauben an Uniformierten zu groß waren. Blanker Sozialdarwinismus, wie von der Partei gefordert, setzte sich da durch, das Recht des Stärkeren. Auch zusätzliches Personal aus München und Berlin half da wenig. Der Parteitagsnazi begriff und ging früher nach Hause, so hat die Überlastung der einen Vorzüge für die anderen.

Unterhalb des Burgfelsens war die mit Katzenkopfsteinpflaster belegte Straße völlig leer, und in einem Anflug von Anlehnungsbedürfnis hakte sich Züge bei Scheuerlein unter. Der liebte Derartiges überhaupt nicht, schob seinen Oberkörper zur Seite, gerade besonders, als er spürte, daß Züge ihm in die Jacke faßte und etwas hineingleiten ließ. „Für Sie", sagte er nur, machte eine längere Pause, „für Sie mache ich sogar Sonderdienste, Herr Kollege". Scheuerlein blickte verständnislos, was aber keiner sehen konnte, die wenigen Gaslaternen erhellten die Szenerie unterhalb der Burg kaum. Schwarz lag die massige Festung über ihren Köpfen, aus der zur Unterkunft für HJ umgebauten Kaiserstallung schallten Lieder, „Wir Jungen tragen die Fahne" verstanden sie. Auch das Wort „Feuer" war aus dem Lied mehr laut als schön herauszuhören. Sie bogen um die Ecke zur Kaiserburg, Scheuerlein schnaufte, steil war der Weg, er spürte seine Rippen.

Oben auf der Freiung fröstelte die Dame, Züge bat um Dispens, sie nach Hause bringen zu dürfen. „Danke für den schönen Abend“, sagte sie. „Bis morgen denn“, schob Züge hinterher, „schönen Abend noch!“

Scheuerlein blickte den beiden hinterher, er winkte noch zum Abschied. Eine nette Frau, dachte er, aber was war das in der Innentasche? Er fühlte, es war eckig, leicht und stabil. Kein Buch also.

Mit den neuartigen Straßenlampen hätte er Glück gehabt, nachsehen zu können, was darin war, so mußte er sich gedulden (Das ist aber nicht gerade Deine Stärke, Scheuerlein!).

Er machte sich an den Abstieg, nahm den Weg über den Ölberg zum Albrecht – Dürer – Platz, hinab die gleichnamige Straße. Auf halber Höhe bemerkte er ein stark erleuchtetes Fenster, sicher eine Küche, das Personal mußte beim Spülen sein. Darauf steuerte er zu, blickte sich um. Er war allein. Sicher? Am Abend hatten keine betont unauffälligen Männer ihren Weg begleitet. Sicher.

Der Griff in die Rocktasche folgte dem Lehnen an die Wand, als wollte er verschnaufen. (Scheuerlein, das ist dumm, hier in der Öffentlichkeit, aber du kannst nicht anders, du weißt es.) Ein Umschlag. Leicht. Er riß ihn auf, es glänzte leicht am Grund des Kouvertes. Ein Griff, und er hielt ein Zigarettenetui in der Hand. Das Etui. Woher hatte das Züge jetzt? Das war der Grund, warum der auf einmal so merkwürdig gewesen war. Er war von der Toilette gekommen. Da mußte es ihm ein Bote zugesteckt haben – Max war noch durchtriebener, als er vermutet hatte.

Die ziselierten Linien zeigten ein schräg zum Rand verlaufendes Muster, in der Mitte von einem leeren Feld durchbrochen. Kein Monogramm, dachte Scheuerlein enttäuscht. Umsonst. Auf der Rückseite auch nicht, schade.

Er wollte es öffnen, drückte auf den kleinen Verschluß, es klickte. Ein Zettel lag darin. „Schöne Grüße, willst Du nicht mit dem Rauchen wieder anfangen?" Unwillkürlich schüttelte Scheuerlein den Kopf. Diese Dummheit nicht noch einmal. Mit spitzen Fingern zog er das kleine Blatt aus dem gewölbten Deckel. Auch der war verziert, aber kein Linienmuster. „HG" prangte in großen Schmuckbuchstaben und mit goldener Farbe nachgezogen. „HG".

Donnerstag, 8. September, Vormittag

Durchhalten. „HG“ – Scheuerlein saß in seinem Büro und brütete seit einer Stunde. „HG“, was konnte das heißen, für wen standen diese Initialen? Heinz Geier? Harald Gantenschlager? Und wer sagte, daß das „H.“ der Vorname sein mußte? Das war zwar so üblich, aber wer wußte das schon? Man könnte auf's Einwohnermeldeamt gehen und alle „H.“, männlich im besten Alter heraussuchen lassen; Vorname „G.“. Dann blieben vielleicht noch fünfzig übrig. Oder hundert. Der zuständige Beamte würde ihn verfluchen und alle seine Nachfahren, wenn es welche gäbe. Und das würde dauern, und viel Staub aufwirbeln, nicht nur im wirklichen Sinne. Züges Irreführung für die GeStaPo wäre dahin. So also nicht.

Aber einen Versuch wäre es doch wert. Und die Geheimen? Würden die das zulassen? Nie. Zeit hatte er auch nicht, jedenfalls fehlte diese ihm die nächsten Tage immer noch. Mit Glück hatte der Dienstplan von ihm heute bis abends (Fackelzug der Politischen Leiter) abgesehen, Schley sein Exempel statuiert. Richtig freundlich war der am Morgen gewesen, hatte sich nach dem Abend erkundigt, war freudig gewesen, als Scheuerlein gesagt hatte, daß er mit Züges im

Röslein gewesen war. „Und war's gut?" zeigte Schley sogar scheinbares Interesse und ging weiter in Richtung seines Büros. (Diese Aufgeräumtheit, Scheuerlein, der freute sich, daß sie zu Protokoll gegeben hatten, aufhören zu wollen. Wetten? Bestimmt war auch schon versucht worden zu recherchieren, wo er oder Züge gestern abend gewesen waren – hatten die Geheimen einen Fehler gemacht, dachten die, es sei vorbei? Tun wir weiter so, als ob.)

Er kam sich vor wie ein Schachspieler, der zwar seine Züge kennt, aber nicht die des Gegenspielers, den kannte er nicht einmal. Aber die Partei war interessiert, das hatte sie bewiesen. Und nicht nur die SA.

Einen Zug konnte er jetzt tun, den die Partei nicht vorher wissen konnte.

Sanft strömte kühle Morgenluft durch das geöffnete Fenster, er fühlte sich wohl, konnte in frischer Luft besser denken. Auch im Winter war das Sprossenfenster seines Büros immer einen Spalt geöffnet. Besucher beschwerten sich gerne, sie holten sich einen Schnupfen. Und wenn die Partei mit der GeStaPo sich schon derart engagierte, möglicherweise lag's ja nicht nur daran, daß der Wirt von der Merkur ein alter Kämpfer war? Rechtfertigte der den Einsatz der Technik im eigenen Haus? Und das Personal raus bis zur Sielstraße? Da war mehr. „HG".

Er wollte das eigene Archiv nach „HG“ befragen, vielleicht – ein Strohhalm – sicher hatte es schon einmal einen „HG“ gegeben. Ladendiebstahl, 1897. Sehr hilfreich. Aber vielleicht?

Scheuerlein stand auf, ging zur Türe und zog diese hinter sich zu. Er sperrte ab. Nicht zu offensichtlich nachlässig werden. Die haben auch ein Hirn, wenn auch ein braunes. Auf dem Flur nickte er dem im morgendlichen Halbdunkel schwarz gewordenen Kopf des Führers zu.

Das hauseigene Archiv befand sich im Keller, die Akten stapelten sich dort bis zur Decke, Scheuerlein war schon öfter da gewesen. Akten noch aus der Zeit, als die Stadt ein eigener Staat gewesen war, nur dem Kaiser untertan. Freie und große Reichsstadt eben, Franken. Frank und frei, wie sein Vater immer gesagt hatte, sind wir. Und das wollen wir bleiben. Der Vater hatte das immer gegen die Bayern gerichtet, diese hielt er alle für geschichtslose Bauern. Wenn der geahnt hätte, daß Berlin Nürnberg auch noch beherrschen würde... Er klopfte an der Doppeltüre aus Stahl, feuerfest und erst vor kurzer Zeit eingebaut. (Scheuerlein, das sollte Dir zu denken geben. Die neuen Häuser an der Ödenberger haben alle eine Stahlbetondecke über dem obersten Stockwerk und einen Feuerlöschteich im Hof. Nur an Parteigenossen der NSBO beim Kabelwerk oder so wurden die ausgegeben. Sogar Luftschutzkeller mit Gasschleusen hatte man da eingerichtet. Und in der Sielstraße? Gewölbekeller aus Ziegelsteinen waren da die Norm. Wer nach Großdeutschland und dem Osten ruft, rechnet wohl mit Luftpost?)

Quietschend schob sich ein Flügel auf, der Diensttuende war ihm bekannt. Es mußte Ende der zwanziger Jahre gewesen sein, daß der, na der, also der Sichler (Also!) da herunter versetzt worden war. Dienstunfall, aber was... „Guten Morgen, Heil Hitler, Herr Kommissar! Sie wollen doch nicht etwa zu mir?“

Schon, gerade. Würde er sonst im letzten Winkel im Keller stehen, bei der Luft, dachte er. „Doch, Herr Sichler. Ich habe da ein Problem. Ich suche, aber gehen wir erst einmal rein -“, dabei zog Scheuerlein die schwere Türe hinter sich zu, „ich suche etwas Spezielles. Vom Namen habe ich nur die Initialen, ‚H.G.‘, kommen wir irgendwie an eine Liste aller Namen, die diese Buchstaben führen und deren Träger bei uns schon einmal aufgefallen sind? Wie auch immer?“

„Au, das macht Arbeit. Da müßten alle Bücher aus der Registratur durchgearbeitet werden, welchen Zeitraum bräuchten Sie denn?“

„Na, so 1910 bis jetzt“, druckste Scheuerlein, war sich der Belastung für den Mann da unten in der Schimmel- und Staubhölle wohl bewußt, schämte sich fast für sein Ansinnen. Erschrocken schaute ihn der schmal gewachsene Mann an.

„Geschätzt sind das ungefähr zweihundertachtzig Bücher mit jeweils hundertzwanzig Seiten. Sie müssen Zeit haben! Für Sie sollte ich doch letzte Woche schon alte Fälle heraussuchen, sie haben doch da einen Fall von Notzucht mit Todesfolge, oder! Haben's die siebzehn schon durch? Bevor Sie hier neue Arbeit machen und holen, wissen's?"

Scheuerlein wurde grau.

„Ist Ihnen nicht gut? Ich weiß, die Luft ist nicht die beste. Aber die Lüftungsanlage wird erst nächstes Jahr geliefert. Das gibt dann wieder eine Sauerei mit dem Einbau..."

Scheuerlein hörte nicht zu. Der hatte siebzehn gesagt. Er hatte zwölf bekommen. Zwölf zum Teil Gerechte wie den Zibulla. Die anderen mußten irgendwo auf dem Weg zu Schley oder dann zu ihm verloren gegangen sein? In welchem Aktenschrank lagerten die? Er wußte nur eines, da kommst du nie ran. Wenn's die Akten überhaupt noch gibt. Wahrscheinlich eher nicht.

Der Sichert schob ihm einen Stuhl zurecht, er sah bestimmt wenig gut aus, mit der immer noch gelblichen Gesichtsfarbe und den rötlichen Augen. „Da, setzen Sie sich doch. Ich hol Ihnen gleich ein Wasser, zu Essen hätte ich Kekse, Xox von Bahlsen. Die nehm ich immer, wenn ich ein bißchen schwerfällig bin. Hilft meist. Traubenzucker gibt's ja nimmer, hab gehört, daß der fast ganz an die Wehrmacht geht".

„Danke", Scheuerlein winkte ab, „aber, wenn die Akten von Ihnen hier rausgehen, schreiben Sie sich das auf? Also, daß Sie wissen, was gerade draußen ist?"

„Aber sicher. Mit Aktennummer und Vorgang. Steht alles in der Ausgangskladde. Die liegt auf meinem Schreibtisch hinten. Soll ich sie holen? Aber, wozu brauchen Sie die überhaupt? Sie haben doch Ihre Akten!"

Im letzten Satz war etwas Mißtrauen hörbar geworden, Scheuerlein, jetzt mußt Du vorsichtig werden, sonst läßt der Dich nicht reinschauen!

„Schon, aber die eine Hälfte hat der Kriminalassistent Züge bekommen. Ich hätte aber gerne eine Übersicht, fällt mir gerade ein, wenn ich schon da bin. Ich leite den Fall schließlich".

„Ja – so".

Der Herr des Papiers schaute etwas verwundert, bewegte sich dann aber schlurfend nach hinten, verlor sich zwischen den gelblichen Aktengebirgen in den Regalreihen. Ein unangenehmer Geruch lag im Keller, ähnlich dem, den er als Kind in der Kellerwohnung vor dem Krieg bei und an Verwandten gerochen hatte. Eine Mischung aus verbrauchter Luft und Stockflecken. Bei denen war ihm dieser Duft ganz natürlich vorgekommen, die mußten so riechen. Waschen hilft da nichts, sagte seine Mutter immer.

Das Schlurfen kam wieder zwischen den Wänden hervor, Meter um Meter zwängte es sich durch die unendlichen Mengen aus menschlichen Schicksalen, die hier gebündelt und mit Zahlen versehen vermoderten. „Ich hab's", hörte er.

„Da, ich schlag' Ihnen die Seite auf, das war doch letzte Woche, oder?" Mit diesen Worten reichte die graue Gestalt ihm das Buch hin, eine speckige Pappmappe mit einem abgegriffenen Kunstledereinband war das.

Scheuerleins Augen flogen, „Z" wie Zibulla stand auf der Seite unten. Er las die Namen durch, im oberen Drittel der Liste sprang ihm gleich der Anfangsbuchstabe „G" in die Augen. „Grafenberger". „Heinrich". Verurteilt für Vergewaltigung zu zwei Jahren, das war 1928 gewesen. Nur zwei Jahre, Scheuerlein? Da hatte aber einer gnädige Richter gehabt – oder gute Beziehungen. Aktennummer, Ausgabedatum und Uhrzeit. Alles.

In seinem Inneren war Scheuerlein ärgerlich über sich selbst. Auf die Idee hätte er schon früher kommen können, ja müssen. Daß die ihre PGs schonen und nur Kommunisten und Sozialdemokraten als Täter in Frage kommen lassen, hätte ihm spätestens nach dem Besuch bei Zibulla klar sein müssen. Also war da noch ein Rest. Und den sah er jetzt.

War nur die Frage, wer dieser Grafenberger sei, daß der vor ihm abgeschirmt werden sollte. Wie die anderen vier auch.

Aber die hatten andere Initialen. Nicht „H. G."

Was willst du jetzt tun, Scheuerlein? Bedank' dich erst einmal artig, errege kein Aufsehen und sage nichts. Wenn die GeStaPo sich solche Mühe gibt, dich zu überwachen, dann mußt du jetzt noch vorsichtiger sein. Du weißt zu viel.

„Danke für's helfen, Herr Sichert. Jetzt sehe ich klar, was ich noch zu tun habe. Einen schönen Tag noch!"

„Ist Ihnen wieder gut, Herr Scheuerlein?"

„Ja, danke nochmal und Heil Hitler!"

„Heil Hitler und guten Tag!"

Damit war Scheuerlein aus der Unterwelt entkommen, sein Besuch dort hatte sich aber gelohnt – über den Styx hatte er nicht gemußt – aber das konnte ja noch kommen.

Er steuerte Züges Büro an. Der war über alles ja noch im Unklaren, ob der sich schon von dem Schrecken gestern Abend erholt hatte, mußte man sehen.

Scheuerlein klopfte vorsichtig an Züges Büro, er bemühte sich zumindest auch das „Herein" abzuwarten, grüßte und benickte den Gegengruß. Züge saß hinter seinem Schreibtisch, zwinkerte mit den Augen, wackelte auch verneinend mit dem Kopf. Nicht reden. Jetzt nicht. Scheuerlein griff zum Bleistift, der da in Grün lag, auch auf dem stand „Propaganda“ drauf (Ein Produkt der „Lyra“ – Bleistiftfabrik Nürnberg) und angelte sich ein gelbliches Blatt Papier. „Etui drin. Initialen ‚HG‘ – Archiv, fünf Fälle Ehemalige unterschlagen! Ausgabeliste! ‚H.G. dabei – ‚Grafenberger‘ Vergewaltigung. Schon gehört?“

Züge schüttelte mit dem Kopf und griff in die oberste Schreibtischschublade. Er zog das „Amtliche Fernsprechverzeichnis für Nürnberg – Fürth“ hervor, blätterte und blieb mit dem Finger unter dem Namen Grafenberger, Heinrich stehen. Er reichte das Buch über den Tisch, Scheuerlein sah die Adresse: Eichendorffstraße 15. Erlenstegen also. Gute Gegend für Leute mit Geld und Einfluß. Da lohnte ein Ausflug, Scheuerlein, er schrieb „Fahren wir!“.

Auf das Paßamt zu gehen war sinnlos, das wußten beide, sie würden keine Auskunft bekommen, die Unterlagen lagen sicher woanders.

Sein Gegenüber grinste und erhob sich. Scheuerlein folgte und Züge sperrte wieder ab – den Zettel hatte er mitgenommen, das Telephonbuch im Schreibtisch verstaut.

Die Linie 6E pendelte vom Hallertor nach Erlenstegen und zurück, sie galt als eine Arbeiterlinie, zumindest bis zum Eisenwerk Tafel, in das Tausende am Morgen zur Arbeit gingen und abends wieder nach Hause. Der Zweischichtbetrieb seit letztem Jahr brachte einen Wechsel der Belegschaft um drei Uhr nachmittags. Da würden die Triebwagen wieder sehr voll sein, jetzt war die Fahrt angenehm, denn auch die Großveranstaltung des Reichsparteitages, der „Tag der Gemeinschaft" begann erst um drei Uhr.

Angenehm mußt du relativieren, Scheuerlein, der Wagen ist proppenvoll, nur stehen mußt du nicht, das ist alles. Trotzdem spürst du in dem Anhänger, den die Stadt Leipzig für diese Wochen ausgeliehen hat, wie die Wärme aus den gelbbraunen Uniformen aufdampft, gemischt mit dem Bierdunst des vergangenen Abends. Ruckig fuhr der Wagenführer (Überall Führer in Deutschland, jeder Deutsche ein Führer, Scheuerlein. Irgendwann müssen die Deutschen sich neue Menschen besorgen, wenn jeder Deutsche führen will. Nur, wer wollte sich führen lassen? Gut, die Ostmärker. Und die Sudetendeutschen – den Franzosen täte es vielleicht gut. Aber wollten die das? Das wird knapp, da bleibt nicht für jeden was. Scheuerlein führ' du dich. Das langt.) seinen Triebwagen über die Kreuzung am Laufer Tor. Der war auch nicht von hier, das hatte man schon bei der Durchfahrt am Laufer Schlagturm gemerkt, viel zu schnell war der gewesen, Scheuerlein, du bist an die Scheibe geknallt. Der ist wohl? Dein Schweißabdruck an der Scheibe ist noch zu sehen. Trotzdem ist die Linie gut, die direkteste Verbindung nach Nordosten. Und quer durch die Altstadt kann man fahren, Rathaus, Adolf – Hitler – Platz, Blick auf die Burg – prima für Touristen, nicht nur im September.

Vor dem Stumpfgleis an der Endhaltestelle in Erlenstegen hielt die Bahn. Die Fahrt hatte doppelt so lange gedauert, wie im Fahrplan veranschlagt. Nichts hatte es genutzt, daß der Fahrer – Führer oft lange geläutet hatte, wenn wieder so eine SA – Abteilung aus der Provinz mitten auf den Gleisen marschierte. Von beispielloser Arroganz waren die, als dürften sie diese Stadt besetzen. Den Begriff Besucher kannte die SA nicht. Noch weniger die SS, das waren Eroberer in Viererreihen, dicht geschlossen bis in den Tod.

Die Reihe stattlicher dreistöckiger Villen begann gleich hinter der Ringbahnbrücke, das einzige, was in dieser Gegend an eine Großstadt erinnerte, waren die Güterzüge, die lautstark über diese Brücke rumpelten. Sonst säumten schöne weitläufige Gärten die Straße, in diesen standen nicht etwa Nutzbäume; Zierbäume und Eichen gemischt mit Linden waren hier für die Ewigkeit gesetzt. Es roch nach Rasenschnitt und Rosenbeeten. Der Großbürger oder Neureiche hier draußen hielt sich mit dem Garten für herrschaftlich und die anderen Menschen vom Leibe.

Züge schwitzte, machte einen matten Eindruck – der hatte sicher noch einen anstrengenden Abend gestern gehabt. Oder zu Hause noch zwei Bier verdrückt.

Sie liefen die wenigen hundert Meter bis zur 15 die Steigung hinauf. Hinter ihnen läutete die Bahn ab. Mit dem Fuß schlug der Fahrer die Glocke rhythmisch. Scheuerlein glaubte den Rhythmus von „Die Straße frei..." zu erkennen. Der Schlager dieser Tage, wenn auch nicht melodiös.

Ein großes Haus, die Nummer 11, rotes Dach, Erker im Nürnberger Stil, aber weiß verputzt. Ein Millionenbesitz war das.

„Na, denen geht's gut", murmelte Züge, als sie davor standen und das Anwesen bewunderten, alle Fenster waren geschlossen, die Haustüre, die man über den Rasen in gut zwanzig Metern sah, stand angelehnt offen. Der Glaseinsatz der Türe spiegelte.

„Und wos wolln denn Sie?" fragte eine sehr gut gebaute Frau aus der jetzt geöffneten Haustüre heraus. Sie schwang einen Eimer leicht mit der linken Hand. Offenbar die Putzfrau.

„Nichts, eigentlich. Wir schauen bloß. Eigentlich wollen wir zur Nummer 15. Entschuldigen Sie, wenn wir Sie belästigt haben!" fragte Scheuerlein, nicht zu laut, aber für die Türwächterin doch hörbar.

„Bei der fuffzenn wolln Sie. Des könna Sie sich schborn. Do is niemand dahamm. Der Herr Sturmbannführer is doch aff Erberd. Der is doch baa die Geheimen, wissens?"

„Ja, danke, schönen Tag noch!" fügte Züge schnell bei, drehte sich um und ging schnell ansatzlos wieder den Berg hinunter. „Machen Sie schon, Kollege, bis die sich unsere Gesichter gemerkt hat. Obwohl es für die ‚Geheimen' nicht schwer sein wird, draufzukommen, wer hier heute war. Die Sache wird rund. Bei den Geheimen ist er also. Darum die aufwendigen Aktionen".

Scheuerlein folgte ihm, geriet außer Tritt, blickte sich um, ob er reden könnte, unsicher. (Was hast du dir da bloß eingerührt, die Rippen melden sich.)

„Hilft uns alles immer noch nichts, was wir wissen. Der SA - Wirt aus der Merkur hält dicht, das Etui, naja, und Zeugen haben wir sonst keine. Und daß der Grafenberger schon einmal aufgefallen ist, das ist für diesmal auch kein Beweis. Aber Indizien".

„Wo hat der bloß so ein Haus her?" fragte sich Züge sichtlich neidisch. Offenbar verschwendete er keinen Gedanken an die Tätigkeit dessen hinter dem sie her waren.

Der scheint völlig gefaßt, Scheuerlein.

„Nehmen wir bis Plärrer die nächste, Herr Züge?"

Dumpf dröhnte ein Zug über ihnen, jedes Rad schlug am Schienenstoß.

Donnerstag, 8. September, mittags

Der Anhänger der Linie 6E spuckte beide am Plärrer mit einer Traube Menschen aus. Die Rückfahrt war lästig gewesen, der Verkehr hatte angefangen sich zu verdichten. Da sie zwar an der Endhaltestelle eingestiegen waren, hatten sie beide einen Sitzplatz nebeneinander, doch ab der Haltestelle Winzelbürgstraße waren Unmassen Parteitagsgänger in die Wagen gedrückt, zivile von den Großparkplätzen für Kraftwagen rechts und links der Sulzbacher Straße. Meistens Paare im mittleren Alter mit quengeligen Kindern. Eines hatte im Stehen direkt neben Züge seinen Lutscher auf dessen Hose fallen lassen. Er nahm's mit Fassung „Kann schon mal passieren!" Das Kind im Alter von zehn Jahren entschuldigte sich nicht einmal, würdigte Züge keines Blickes. Die Eltern waren daneben gestanden, als ginge sie das nichts an. Die Zeiten änderten sich, die Erziehung ließ, allem Anschein der Uniformen zum Trotz, nach. (Und, Scheuerlein, bloß weil die in Uniform ihre Freizeit verbringen, heißt das noch nicht, daß sie erzogen werden. Es ist höchstens eine Art des geordneten Verwilderns. Was lernen die kleinen Pimpfe denn da? Einem Juden gehört die Schaufensterscheibe verschmiert oder eingetreten. Wenn Du da klaust, ist das gut für die Volksgemeinschaft. Warum soll sich der Junge also bei Züge entschuldigen? Es war doch normal, für ihn zumindest. Wie verhalten sich diese Kinder, wenn sie erwachsen sein werden, der Zehnjährige, Scheuerlein, also mit vierzig, 1968? Und erst als Rentner – werden die dann auch so rücksichtslos? Man sagt ja, daß im Alter die Untugenden der Kindheit wieder hochkämen. Da kann sich Deutschland aber auf seinc Rentner im Jahr 2000 freuen... Eine unglaubliche Zahl für einen Kalender, nicht wahr?)

Scheuerlein zog seinen Rock aus, die Hose war für den Tag wieder falsch gewählt, so dunkel wie sie war. Er hätte schon gerne auch eine helle Hose gehabt, die gab es aber so einfach in den Läden länger nicht mehr. Außerdem waren schon einige der ehemals jüdischen Bekleidungsgeschäfte geschlossen, deren Besitzer ausgewandert oder nach Berlin übersiedelt, wie die Firma Joel. In so einem jetzt rein arischen Geschäft wollte er nicht unbedingt kaufen.

Die Ludwigstraße entlang erreichten sie den Jakobsplatz, von dem aus sie die Deutschhaus – Kaserne und an der Jakobskirche vorbei die Fischküche Rackl erkennen konnten. Trutzig die eine, lieblich verlockend mit Garten die andere. Aus dem Schornstein der Rackls rauchte es schon wieder, Fischgeruch, Karpfen gebacken, lag über dem Platz. (Wollt ich nicht?)

Aus dem Schatten einer der Säulen von Sankt Elisabeth winkte ihnen ein Mann, steuerte langsam auf sie beide zu.

Scheuerlein erkannte ihn auf zehn Meter, es schien Drabke zu sein. Was wollte der? Er blickte Züge an, doch der fixierte ihr beider Gegenüber nur. Sie steuerten auf Drabke zu, erst als er nahe bei ihnen stand, stellte er sich wieder vor.

„Heil Hitler, Sie erinnern sich, Drabke mein Name. Sie haben mich befragt nach der Gunda Mack, im Deutschen Hof, letzte Woche. Ich war grad drüben im Präsidium, habe nach Ihnen gefragt, aber Sie waren nicht da".

„Telephonisch auch?" fragte Scheuerlein.

„Nein, nur jetzt gerade mündlich. Der Posten am Portal fragte mich nach Namen und Ausweis, den mußte ich abgeben. Dann durfte ich passieren. Er hat mir Ihre Zimmernummern genannt, die fand ich auch, aber beide waren verschlossen. Ein dicker Herr auf dem Flur sagte mir aber, daß Sie beide sicher bald wieder kämen, Sie hätten Einsatzbesprechung in einer Stunde für den Nachmittag und den Fackelzug heute Abend".

„Sonst hat Sie niemand angesprochen?"

„Nein, auch beim Rausgehen war alles in Ordnung. Ich bekam meinen Ausweis wieder und seither warte ich hier auf Sie".

„Das war klug, danke, Herr Drabke, sehr umsichtig".

„Also, weswegen ich überhaupt komme, es ist folgendes: Sie fragten mich doch neulich, es war Freitag, oder? Sie wollten doch damals wissen, wer der Herr war, mit dem die Gunda öfter und so. Ich kann sie immer noch nicht vergessen, wissen Sie? Sie war doch so nett und ich hätte gerne näher mit ihr..." Tränen standen in seinen Augen, der traurige Mann bildete einen seltsamen Kontrast zu den klatschenden Menschen des Spaliers aus Passanten, das sich beidseits der Ludwig – Straße gebildet hatte, als eine SA – Kapelle mit klingendem Spiel vorbeimarschierte. (Prima, Scheuerlein, stell' Dir vor, der Platz wäre außer euch leer, dann müßtet Ihr weg, man sieht euch vom Präsidium aus.) Mit festem Tritt marschierte die Truppe, der Tambourmajor trug ein Pappschild mit der Aufschrift „SA - Sturm 26 Düsseldorf", die Männer hinter ihm spielten den Badenweiler Marsch, der Vorsehung liebster. Man hatte gehört, daß manche Leute zu dem Marsch sogar versuchten Gymnastik zu machen. Die NSV bot solche Kurse für ältere Parteigenossen an. (Bewegung im Alter ist wichtig, nicht nur politisch, Scheuerlein. Da bekommen die alten Kämpfer sicher glänzende Augen, wenn eine junge Vorturnerin von der NSV oder sogar vom BDM die Grätsche macht. Was glaubst Du, warum der „Tag der Gemeinschaft" auf der Zeppelinwiese so beliebt ist?

Zehntausend junge BDMlerinnen im knappen Turnanzug, da bewegt sich was!)

Züge meldete sich.

„Also, was wollten Sie uns denn mitteilen, ewig können wir hier nicht stehen, wissen Sie? Ich halte es außerdem für besser, wir gehen in das kleine Café in der Schlehengasse, bevor wir weiterreden. Kommen Sie!“

Er zog Scheuerlein am Ärmel und zu dritt gingen sie die wenigen Meter bis zu dem kleinen Ruhepol in der lauten Gegend, die Schlehengasse lag eher in einem toten Winkel der Altstadt, deren westliche Zufahrt an der Stadtmauer endete.

Die Klingel an der Türe klang melodiös, ein Dreiklang ertönte über ihnen. Fast alle Tische waren frei, nur eine alte Frau saß im hinteren Drittel und blickte über ihren Illustrierten Beobachter weg, als die drei sich an der Frontscheibe mit Blick auf die Straße einen Platz suchten. Durch die gut geputzte Scheibe konnte man auf das Kopfsteinpflaster sehen, negativ silbern las man auf ihr: Café Engel. Feinste Kaffeesorten. (Du glaubst doch nicht, Scheuerlein, daß du hier einen Bohnenkaffee bekommst? Versuch‘ es!)

Züge und Drabke bestellten Mineralwasser und ein Stück Kuchen, momentan war Butterkuchen im Angebot, er lag in zwei großen Rädern auf Holzbrettern hinter der Theke. Das wollte er auch haben, dachte er. „Und ein Kännchen Bohnenkaffee, haben Sie?"

Manchmal ist das Unwahrscheinliche wahrscheinlicher als das Unmögliche, die Bedienung, wohl gleichzeitig die Besitzerin des Cafés, nickte. Sie nickte! „Ein Kännchen Kaffee, der Herr". Erstaunt sah Scheuerlein sie an. „Sie haben?" „Ja, was denken denn Sie? Steht doch an der Scheibe! Wir haben fast immer einen".

Er wollte gar nicht wissen woher, das konnten nur schwarze Kanäle sein. Die Wirtin half ihm aber bei der Aufklärung seines Rätsels.

„Wissens, an Auswärtige geb' ich keinen aus. Aber Sie sind doch von da. Also?"

Damit drehte sie sich um, um hinter der Theke die Bestellungen herzurichten.

Züge wandte sich Drabke zu.

„Also vorhin, da wollten Sie uns etwas berichten über den Mann, der mit der Mack öfter mal nach oben gegangen ist im Deutschen Hof. Jetzt haben wir Zeit und Ruhe dazu. Bitte".

Etwas unglaubwürdig sah das schon aus, denn als er das sagte, blickte er auf seine Uhr und veränderte kurz seinen Gesichtsausdruck, es blieben nur noch gut vierzig Minuten bis zur Einweisung, bei der sie beide gefordert waren.

„Gut", begann der Angesprochene, „der Mensch war also wieder bei uns im Restaurant, in Begleitung von Dr. Martin und anderen Parteigrößen, ich glaube der Holz war auch dabei. Die speisten fürstlich, viel Importware war dabei, auch Weinbrand aus Frankreich haben die bestellt. Also alles, was gut und teuer ist".

„Ja gut, weiter!" Züge hetzte, die Wanduhr mit ihrem Ticken schien ihn zu irritieren.

„Ja, und dann kamen da vier schwarzgekleidete Herren von der SS, hohe Tiere scheinbar, aber ich kenne mich mit den Rangabzeichen von denen nicht so aus. Alle erhoben sich, streckten zackig den rechten Arm mit dem Deutschen Gruß heraus. Brüllten den sich gegenseitig an die Köpfe, als wären es Beleidigungen. Manchmal denke ich, der Deutsche Gruß ist kein solcher, sondern eher die Möglichkeit sein Gegenüber anzuschreien. Aber das wollte ich Ihnen ja nicht erzählen. Dann stellten sie sich gegenseitig vor. War eine gute Szene."

Die Bedienung brachte die bestellten Getränke und den Kuchen. Gerade dieser duftete nach Mandeln und Butter, gleichzeitig machte sich der Geruch von warmer, frischer Hefe breit. Scheuerlein senkte seine Nase über das Kännchen Kaffee. Schon lange hatte er den Duft nach Welt und Frieden vermisst. Erdteile lagen darin, die er nie sehen würde. Züge und Drabke nippten an ihrem Wasser, Fachinger, des Heiles Lieblingswasser.

Züge blickte Drabke weiter an, die Zeit brannte ihm unter den Nägeln. Dieser fuhr fort.

„Aus jeder Gruppe heraus gab es einen, der es übernahm, die jeweils andern einzuführen. Als der Mann, der mit der Gunda..., da paßte ich gut auf, ich war nicht weit weg, mußte am Rand stehen, Wünsche der Gäste abwarten, vorgestellt wurde, hörte ich seinen Namen: Sturmbannführer Heinrich Grafenberger, Kriminalrat bei der GeStaPo. Die anderen knallten mit den Hacken, eine leichte Verbeugung wie von preußischen Offizieren schloß sich an".

„Und das war ganz sicher der Mann, mit dem die Mack öfter Verkehr hatte, Schach werden sie ja nicht gespielt haben oben auf dem Zimmer im Deutschen Hof?" fragte Scheuerlein, dessen Gesicht sich leicht gerötet hatte. Es paßte schließlich alles zusammen, das Etui, die Bekanntschaft und die Vorstrafe.

„Er war es, ganz sicher. Einen Schwur hält das aus, was ich zu sagen habe. Nur – ein Problem habe ich schon dabei, das ist doch ein recht hoher GeStaPo – Mann, bekomme ich da keine Schwierigkeiten?"

„Wir werden Ihre Person nur nennen, wenn es zu einem Prozeß kommt. Und da sind Sie dann geschützt". (Scheuerlein, du lügst doch schon wieder, denk an die Martha Bauer. Wer soll diese Menschen denn alle schützen? Du vielleicht?)

Beruhigt nickte Drabke. Seinen Kuchen hatte er verzehrt, wie die anderen beiden auch. Züge hatte sich merkwürdig während der ganzen Aussage zurückgehalten, geschwiegen. Jetzt meldete er sich, wischte zuerst die Kuchenkrümel aus seinen Mundwinkeln.

„Herr Drabke, wir danken Ihnen, auch für Ihren Mut. Eine Frage hätte ich noch: Konnten Sie dem Gespräch der Herren etwas folgen? Ich meine, bevor die Berliner kamen?"

„Nein, man hört zwar etwas, aber das sind dann auch nur Wortfetzen, keine Sätze oder Zusammenhänge. Die haben von ihrer Arbeit gesprochen, so viel habe ich mitbekommen. Daß sie ihre Probleme schon lösen würden. Und leider der Spaß irgendwann ein Ende habe, mehr verstand ich nicht".

In Scheuerleins Gesicht arbeitete es. Hatte das mit ihnen zu tun? (Nicht überall sind Gespenster, weißt du!)

„Ich danke Ihnen auch, Herr Drabke, Sie hören eventuell von uns. Sprechen Sie bitte mit niemanden über das, was Sie uns erzählt haben. Erzählen Sie bitte auch niemand, daß Sie hier mit uns waren. Wenn wir Sie brauchen, setzen wir uns mit Ihnen in Verbindung. Oder andersherum sie mit uns. Einen schönen Tag noch und Heil Hitler!"

Damit gab er das Zeichen zum Aufbruch, winkte nach der Bedienung, daß sie zahlen wollten, Drabke lud er ein. Das kolossale Kännchen Kaffee hatte nur achtzig Pfennig gekostet – er hätte auch gerne mehr bezahlt.

Nacheinander verließen die drei Herren das Kaffeehaus, eher ein Häuschen war es. Drabke wendete sich nach links, über den Plärrer wollte er seine Arbeitsstelle erreichen. Züge und Scheuerlein gingen gestreckt den Weg zurück ins Präsidium, viel Zeit bis zur Einweisungsbesprechung, die ihnen beiden immer wieder wie eine Vergatterung vorkam, blieb nicht.

Die Verkehrssituation auf dem Jakobsplatz war ruhiger geworden, immer noch gab es zwar Marschierer, aber kein Standkonzert mehr. Ein paar Meter begleitete sie eine Straßenbahn, die – wieder einmal – nicht an einer Kolonne vorüberkam. Der Fahrer klingelte und schimpfte so laut, daß man ihn aus seinem Wagen heraus hören konnte. „Bremsklötze, braune!“ war noch das Harmloseste.

Vor dem Präsidium waren zwei Posten vor Gewehr aufgezogen links und rechts des Portales. Scheuerlein schaute verwundert, auch Züge war nicht klar, was das bedeuten sollte. Die Posten waren von der SS und sahen stur geradeaus. Die waren doch mal groß und blauäugig, ganz im Gegensatz zu ihren Vorgesetzten. Wahrscheinlich Ostmärker, dachte Scheuerlein.

Den Pförtner innen in seinem Glaskasten fragte er gleich, warum die beiden denn da stünden..

„Ja, wissen Sie denn das nicht? Der Chef der Deutschen Polizei ist doch im Haus. Wegen der Besprechung gleich – Sie werden die letzten sein. Beeilen Sie sich lieber.

Als Züge und Scheuerlein den dunklen Raum betraten, war dieser tatsächlich schon zum Bersten voll. Nicht nur Nürnberger Polizei war versammelt, scheinbar hatte der oberste Chef (ein Münchner, der Himmler Heinrich, was sonst, Scheuerlein?) seinen persönlichen Stab mitgebracht. Schley verdrehte die Augen, als er beide sah, deutete auf die Uhr: Noch fünf Minuten, was wollte der denn?

Die Einweisung begann wie üblich: Strammstehen, Heil, Dr. Martin, besondere Aufgabe heute, Ehre, Politische Leiter ganz wichtig, Kernzelle der Partei, alte Kameraden... Einen Unterschied gab es aber zu sonst. Dr. Martin sprach irgendwie unter Druck, schnell und nicht mit der sonst so gewohnten Klarheit. Der Grund wurde gleich deutlich. Himmler trat ans Mikrophon. Seine merkwürdig schnarrende Stimme (Imitiert der seinen Herrn und Meister? Oder sprechen alle Oberbayern, wenn sie sich wichtig fühlen, so? Aber dann die vielen Ähs. Und das interessante Kopfrucken nach jedem

Satz. Auch wenn nicht viele davon vollendet wurden, Scheuerlein.) erfüllte den Raum. „Heil Hitler, Parteigenossen, Nürnberger Polizei!“ Antwort des Saales. „Heute bin ich persönlich zu Ihnen gekommen, um nochmals darauf hinzuweisen, daß, auch wenn die Bewegung von Tag zu Tag stärker wird, unsere Feinde nicht nur im Ausland sitzen. Nein auch hier (Scheuerlein, Dir wird heiß. Die Luft ist schlecht?) ist die unermüdliche Wühlarbeit der Kommune und des internationalen Judentums immer bei der Arbeit. Das geht sogar so weit, daß nicht einmal Angehörige der Polizei und der mit besonders vertrauenswürdigen Aufgaben betreuten GeStaPo vor Verunglimpfung und übler Nachrede sicher sind. Sie können sicher sein, daß ich mit deutscher Treue zu Ihnen stehe und die Verräter, wenn diese auch aus den eigenen Reihen des Deutschtums stammen unnachgiebig verfolgen werde ... Stehen wir alle zusammen gegen den gemeinsamen Feind: Alljuda und seine Verhetzungen! Heil Hitler!“

Wie eine Schlange reckte er seinen Hals aus seiner kurzen Figur heraus (Gardemaß hat der nicht, sieh‘ ihn dir an!) und rückte ihn nach vorne in Richtung seiner gefangenen Zuhörer. Scheuerlein ließ seine Augen durch die Reihen der Anwesenden wandern. Viele kannte er nicht, gerade mal die Angehörigen der zivilen Nürnberger Kripo waren ihm vertraut. Werth grinste verstohlen zwei Reihen rechts vor ihm, als er bemerkte, daß Scheuerlein ihn fixierte. Sonst? „Die für den Nachmittag Eingeteilten rücken jetzt ab, danke, meine Herren. Heil Hitler!“ drängte sich wieder der Dienstplan mit Dr. Martin in seine Gegenwart. Links neben ihm stand Züge, erstarrt und regungslos. Was mochte der wieder ausbrüten? Die Kollegen und anderen drängten schon zum Ausgang zu, dessen zwei Türhälften heute ganz geöffnet wurden, Züge löste sich und drehte seinen Kopf nach hinten, beiläufig zu einem SS – Mann, womöglich vom SD, den er noch nie gesehen hatte. Züge mußte dabei nach oben sehen. „Gestatten: Hager. Sind Sie aus Berlin?“ „Jawohl, Dienststelle Prinz – Albrecht – Palais! Und?“ „Kennen Sie einen Sturmbannführer Grafenberger?“ „Sie etwa nicht? Der ist doch von hier, GeStaPo -Außenstelle Fürth! Da drüben steht er – soll ich Sie zu ihm bringen?“ Züge winkte schnell ab, nachdem er sein Ziel verstohlen fixiert hatte. „Danke, nicht nötig.“

Nun hatte er ein Bild zum Vorgang. Endlich war ihr Gegenüber nicht mehr nur ein anonymer Gegner.

Scheuerlein hatte die kurze Kontaktaufnahme mitbekommen und versuchte, vom Befragten Abstand zu gewinnen, zog Züge hinterher. Er zischelte „Haben Sie noch alle Tassen im Schrank?“, nachdem sie außer Hörweite des SD –

Mannes waren. Er steuerte Schley an, der im Gespräch mit einem anderen im Stau vor der Türe eingekeilt war. Zwischen ihnen drängten die Kollegen zum Ausgang. Sie blieben hinter ihm, auch als alle vor ihnen und sie selbst durch die Türe waren. Schley trennte sich von seinem Gesprächspartner auf dem Flur, der andere ging treppab. Schley steuerte sein Zimmer an. „Herr Kriminalrat Schley! Warten Sie!" Schley blieb stehen und drehte sich zu beiden um. Das war der Moment, gleich würden sie es wissen, ob sie die Akte gänzlich schließen mußten. „Herr Kriminalrat", sagte Scheuerlein eher leise als halblaut, „wir bräuchten dringend einen Termin mit Hegel. Er muß aber nicht unbedingt dabei sein, wenn wir über ihn und die absolute Erkenntnis sprechen".

Schley wurde unsicher, „ich habe heute keine Zeit mehr. Ich muß mit zur Zeppelinwiese, wie Sie auch, Herr Züge, wissen Sie das noch? Warum kommen Sie denn immer zu spät, Sie blamieren mich doch!" Der letzte Satz klang schon hilflos. Er schlug vor, daß, nachdem er kurz in seinem Dienstraum gewesen wäre, sie ihn ja in den Hof begleiten könnten. Dort würden sicher gleich die Motoren angelassen und –

Erstickender Qualm strömte aus den Motoren der Mannschaftstransporter, nicht nur die Nürnberger standen hier auf dem geräumigen Hof, auch graue Diesel – LKW mit der Nummer der SS standen dabei. Im Dunst fiel das Atmen schwer, Scheuerlein mußte husten. Sie hatten sich hinter die Fahrzeuge gestellt, der Lärm machte eine Verständigung fast unmöglich.

„Es geht um die Mack. Wir wissen jetzt fast alles. Den Täter könnten wir identifizieren. Aber es ist schwierig, wissen Sie sowieso, wir stehen hier ja alle nicht bequem. Aber wir müssen Ihnen den Fall darlegen. Wann könnten wir?“

„Es gibt nur eine Möglichkeit. Heute Abend, wenn der Fackelzug der Politischen Leiter am Deutschen Hof vorbei ist, könnten Sie sich absetzen. Da ist es unübersichtlich genug. Und ich kann das auch. Dann sehen wir“.

„Treffen wir uns in meinem Büro, um zehn Uhr?“ schlug Züge vor.

Schley stutzte, auch Scheuerlein schaute verblüfft, nickte dann aber. „Herr Scheuerlein, Sie haben heute Nachmittag Zeit, alles zusammenzuschreiben. Ich erwarte absolute Präzision! Herr Züge, auch für Sie ist es Zeit!“ Mit diesen Worten wies Schley auf einen Transporter und ging zu seinem schwarzen Mercedes, der in zweiter Reihe vor den nebeneinander aufgefahrenen LKWs geparkt war.

In das fragende Gesicht von Scheuerlein sagte Züge nur „Sehen Sie dann schon!“ und wendete sich zum Gehen um.

Ein Mensch konnte nicht lange in diesen Abgasen überleben, dachte Scheuerlein beim Hinaufsteigen der Stufen zum Hintereingang der Deutschhaus – Kaserne.

Donnerstag, 8. September, abends

Die Deutschherrenwiese leuchtete. Links neben der Pegnitz gelegen spiegelten die Lichter herunter vom Stadtteil Kleinweidenmühle, dahinter blinkte Sankt Johannis mit seinen Hesperidengärten. Scheuerlein dachte an die Figuren in den Gärten, die von einer sehr reich gewordenen Bürgerseligkeit kündeten. Freiheit versprachen sie und Phantasie. Vor dieser Kulisse spielte die Szenerie, das Ritual dieser Nacht, dieses Abends. Kühl stieg feuchte Luft von der Pegnitz herauf, lagerte sich am schon weichen Boden über den Wiesen an. Dieser Septemberabend besaß einen hohen Himmel, Sterne leuchteten aber noch nicht, die vielen Fackeln strahlten zu hell. Qualm und Prasseln des Pechs an diesen erfüllte die Luft. Kommandos ertönten, nach SA – Sturm und Herkunft geordnet stellten die Politischen Leiter sich auf, zertraten den Rasen (und andere Ideen, Scheuerlein!) unter ihren Füßen. Die meisten von denen wußten sicher nicht, daß dieser Rasen, diese Wiesen an der Kleinweidenmühle für die Geschichte der Stadt eine andere Bedeutung hatten als für sie.

Hier hatte der 1. Fußballclub Nürnberg seine ersten Spiele ausgetragen, am Anfang noch wenig organisiert. Fußball war am Ende des letzten Jahrhunderts eine Sportart gewesen, die

„man" nicht spielte, die nur Proletarier taten, wie jede Art von Körperlichkeit. Die herrschende Schicht des großen Bürgertums pflegte Konversation und ihre Gärten. Wenig Platz gab es in der Natur für den Arbeiter, nur eben die Deutschherrenwiese, die diese Fackelträger nun unter ihre Stiefel nahmen. Und nicht nur diese Wiese, auch das neue Trainingsgelände des Club in Zabo dient jetzt den NS – Kampfspielen, dachte er.

Vor der Marschkolonne nahm ein Spielmannszug Aufstellung, intonierte zuerst das Deutschlandlied, dann das von Horst Wessel. (Scheuerlein, schlossen sich diese beiden nicht eigentlich aus? Das eine spricht von Freiheit, das andere verkündet die Herrschaft einer Partei?) Die Fackeln zischten. Manchmal hörte man ein Fluchen, wenn eine schlecht gewickelte Fackel heißes Pech auf die Hand eines Parteileiters tropfte. Scheuerlein betrachtete die Gesichter genauer, die am Rand der abmarschbereiten Kolonnen standen. Meist aufgeschwemmte rundliche Gesichter vom Land. „Bauernköpf!" hatte seine Mutter immer gesagt, wenn sie auf dem Markt derer angesichtig wurde. Einer faszinierte ihn besonders. Der Hals quoll in Falten über das Braunhemd, die stumpfen Augen blickten regungslos geradeaus. Was konnte so ein Mensch denken? Dicke, hängende Backen ließen seinen Mund klein erscheinen, diese erzitterten im eintönigen dumpfen Marschtakt.

Der Zug setzte sich in Bewegung, in langsam trippelnden Schritten nahmen die Politischen Leiter den Marsch auf, fanden langsam zum Gleichschritt. Scheuerlein hatte die Aufgabe, bis zum Abmarsch der letzten Formationen auszuharren und an der Absperrung zur Praterstraße Wache zu halten. Immer wieder hatten nämlich begeisterte Frauen von Teilnehmern versucht, ihre Männer zu begleiten, was zu erheblichen Störungen im Ablauf geführt hatte. Das Heil soll darüber gar nicht begeistert gewesen sein, mußte es doch beim Reichsparteitag 1936 statt zwei geplanten Stunden drei Stunden den Arm gestreckt halten. (Am nächsten Tag, Scheuerlein, das kannst du bestätigen, sah er sehr müde aus. Kann aber auch an den nicht genehmigten Standkonzerten vor dem Deutschen Hof bis spät in die Nacht gelegen haben. Das hatte die Polizei zum Unmut der Volksgenossen dieses Jahr verhindert.)

Im Gleichschritt der marschierenden Kolonnen (Mit festem Tritt, Scheuerlein!) wogten die Fackeln mit, als zöge eine Karawane durch die Straßen. Ein Schwanken war sichtbar, es könnte aber auch die Müdigkeit der SAler gewesen sein, die dieses Schwanken verursachte. (Oder der Restalkohol von gestern abend, Scheuerlein. Daß du hier überhaupt um neun noch stehst, weißt du überhaupt, wem du das zu verdanken hast? Dem Dr. Göbbels mit dem Klumpfuß. Das war nämlich seine Idee, die Politischen Leiter nachts marschieren zu lassen. Warum? Weil am Tage jeder sehen konnte, wie arisch und blauäugig diese nicht blonden Herren sind. Und nicht selten mit einer Fahne versehen, und die war nicht aus Stoff. Kennst du, denk' an Deine Freunde aus Sachsen in der Merkur. Jetzt hat es Dich wieder eingeholt, Du bist bei Deiner Angst vor den nächsten Tagen. Laß' Dich doch noch ablenken, eine halbe Stunde?)

Gelb leuchteten die Gesichter der Zuschauer an Scheuerleins Position, Beifall klatschend rief die Menge „Heil!" oder „Heil Euch!" Das Klirren des Marschgepäcks der Schutzabteilungen untermalte metallisch die Anfeuerungen der Masse. Den Takt gaben die Tritte der Stiefel dumpf vor.

Wo wollten diese alten Männer mit ihren Ranzen denn noch hinlaufen, dachte Scheuerlein.

Die letzten Marschblöcke zogen an ihm vorüber, auch die Zuschauer begannen sich zu verlaufen. Meist versuchten diese, über nicht gesperrte Nebenstraßen in den Bereich des Hotels Deutscher Hof zu gelangen, um einen Blick auf ihre Heilsfigur zu erhalten. Da war die Stimmung auch besonders prächtig, Musik spielte dort fortwährend, die SAler strafften sich vor ihrer Vorsehung noch einmal, bevor sie in die Südstadt weiterliefen, beherrschten ihre Mienen, denn die mittlerweile heruntergebrannten Fackeln begannen die Hände anzugreifen. Die Wirtschaften würden voll sein heute Nacht, nicht wenige der Teilnehmer würden heute Nacht wieder versuchen, ihre Brandblasen mit Bier zu kühlen. Traditionell war dies die Nacht der politischen Bierleichen, mancher Deutsche Gruß würde in fränkisch nur mehr „Haal Hiddller, Gmerad!“ lauten.

Scheuerlein verließ den Dienstort, meldete sich beim Einsatzführer vor Ort nicht ab, begann zum Westtor zu laufen und über die Waizenstraße die Höhe zum Jakobsplatz zu ersteigen. Eine an die Wand gemalte Reklame war hell beleuchtet, sie warb für „Deutschen Weinbrand“. Auf ihr war ein blonder Mann zu sehen, der sich ein Glas bräunliche Flüssigkeit einschenkte. Dieser lächelte.

Scheuerlein bewegte sich in Mengen von Zivilisten und Uniformierten, die bester Laune ins Zentrum strömten. Ab dem Weißen Turm mußte er gegen den Strom laufen, drehte sich dabei um, um zu sehen, ob ihm jemand folgte. Hier hätte er es eindeutig gesehen. Was Züge mit dem Treffen in dessen Zimmer wollte, war ihm nicht ganz klar. Warum sollte man seine Karten auf den Tisch legen, bevor man diese spielte?

Verwundert nickte der Posten am Eingang des Präsidiums, sah auf mit einem Deutschen Gruß und bemerkte: „Sie sind der dritte um diese Uhrzeit. Das Licht in den Gängen ist schon aus! Wenn Sie's anmachen, löschen Sie es bitte wieder, Herr Kommissar! Guten Abend!"

Ob man nach den Schaltern an jeder Treppe und in zwei Fluren, die Scheuerlein zu durchqueren hatte, suchte, oder gleich im Dunkeln nach oben ging, war einerlei. Es dauerte deutlich länger als am Tag und barg die Gefahr, ohne Zähne oben anzukommen. In der Dunkelheit sah man den Führer in seiner Ecke überhaupt nicht. Man könnte doch Kerzen über Nacht hinstellen, dann leuchtete das Heil immer, dachte er.

Kurz klopfte er an Züges Zimmer. Ein leises „Herein" ließ ihn eintreten. Kalt fühlte sich die Klinke in der Hand an. Auch sonst fröstelte ihn.

Die beiden anderen saßen schon, hatten sich scheinbar aber nicht unterhalten. Eine schwierige Situation für Züge, mit einem viel höheren Vorgesetzten kann man nicht einfach über den Alltag oder das Wetter plaudern. Ein dritter Stuhl war da, einer, im Zweifelsfall Züge, mußte diesen geholt haben. Er grüßte zivil.

Scheuerlein setzte sich, nachdem Schley ihn mit einer Handbewegung dazu eingeladen hatte.

„Fangen wir an?“ fragte Züge. Schley und Scheuerlein blickten eher unbeteiligt, zweiterer deutete auf seinen Mund und machte eine fragende Geste.

„Das hat schon seine Richtigkeit“, nickte er, sichtlich in der Hoffnung, die beiden anderen ließen sich darauf ein. Stumm stimmten Schley und Scheuerlein zu. (Züge wollte spielen, wollte die anderen aus der Reserve locken, so viel war klar, man kann es versuchen. Morgen muß man sowieso öffentlich inoffiziell damit heraus. Also, warum nicht, Scheuerlein?)

Züge faßte zusammen. Sie hätten ihn, Grafenberger, Kriminalrat und Sturmbannführer. Von der Indizienseite her – ein direkter Tatbeweis fehlte. Aber normalerweise reichte das für eine Anklage, außerdem darf man nicht vergessen, daß das Etui schließlich neben der Ermordeten gefunden worden war. Und er war einschlägig vorbestraft, der Aktenverweis war da. 1928, zwei Jahre. Züge sprach von der Differenz der gelieferten Akten. „Wo sind denn eigentlich die fünf bei uns nicht aufgetauchten Vorgänge geblieben? Wieso haben Sie, Herr Kriminalrat Schley“ – Züge betonte den Titel besonders – „diesem Vorgehen zugestimmt auf Druck der GeStaPo?“

Schley räusperte sich, sichtlich verlegen. „Erstens: Grafenberger war bei mir, bat mich darum, ist ja schließlich auch ein Kollege. Sprach von damaliger ‚Systemjustiz' und Willkür. Er sei unschuldig gewesen. Ich sagte mir, wäre er sonst bei der Polizei, wenn auch bei der politischen? Also habe ich ihm die fünf Akten später zukommen lassen. Und zweitens: Eine Ermittlungsserie gegen Parteigenossen und sogar in der GeStaPo hätten wir, so meine damalige Ansicht, so kurz vor einem Reichsparteitag nicht brauchen können. Gerade nicht durch Sie beide. Dann aber, als Sie erste Ergebnisse brachten, besonders nachdem Sie, Herr Scheuerlein, die Sache mit § 180 in der Merkur erwähnten, war mir klar, daß ich da einen Fehler gemacht habe. Seither habe ich Ihnen freie Hand gelassen, haben Sie das nicht bemerkt? Sie taten mir aber leid, mit Ihrem Gesicht, Herr Kollege Scheuerlein!"

Scheuerlein blickte an beiden vorbei durch die Wand. Wenn er sich fest vorzustellen versuchte, wo die Kabel endeten, die sie alle jetzt begleiteten, sah er in ein tiefes Schwarz. Sicher hatten in diesem Gebäude schon vor ihm viele derart gefühlt.

„Doch, schon. Aber was die GeStaPo anbelangt, da hätten wir einfach mehr Rückendeckung gebraucht".

„Ich dachte nicht, daß Sie beide noch zu einem Erfolg kommen, Herr Züge, Herr Scheuerlein". Auch er betonte die beiden Namen deutlich.

„Gut“, schaltete sich Scheuerlein ein, „wie verfahren wir jetzt weiter? Mein Vorschlag: Wir warten, bis der Reichsparteitag vorüber ist, dann ist die Sache übersichtlicher. Und aus Berlin ist dann auch niemand mehr da“. Dabei zwinkerte er. „Genaueres könnten wir morgen früh besprechen. Um neun bei mir im Büro? Ich bin entsetzlich müde“.

Die beiden anderen stimmten zu. Alle drei standen auf und reichten sich die Hände. „Eine gute Nacht noch, die Herren!“ Schley verließ als erster Züges Büro, schloß aber die Türe nicht hinter sich.

Der Weg nach draußen durch die Flure war genau so beschwerlich wie vorhin. Kein Licht. Dem Pförtner nickten beide zu, das Portal schloß sich schwarz und bei der Kühle ohne Quietschen, lautlos.

Kurz vor dem Plärrer begann Scheuerlein zu reden.

„Warum mußte das unbedingt bei Ihnen im Büro sein, Herr Züge? Diesmal hätten Sie mich aber in Kenntnis setzen können, oder?“

„Warum? Jeder von Ihnen hätte doch protestieren können, wenn das Risiko für zu groß empfunden worden wäre. Man kann ja reden. Oder vorhin einfach nicht. Und außerdem erhoffe ich für uns, daß die GeStaPo jetzt reagiert. Jetzt sind wir zum ersten Mal richtig vorne. Die müssen etwas tun. Grafenberger an den Kragen, Selbstreinigung also, wenn sie einen Skandal vermeiden wollen. Es wissen zu viele davon, und das ist ein Risiko für sie".

„Sie haben eines vergessen, Herr Kollege: Die Martha Bauer. Ohne die ist das Etui gar nichts wert. Die ist jetzt wirklich in Gefahr".

„Nicht vor morgen. Grafenberger ist jetzt wer weiß wo, und die Bauer ist sicher in der Merkur".

„Glauben Sie, daß der nicht schon Meldung hat, beziehungsweise in den nächsten Stunden bekommen wird? Wir müssen da jetzt hin. Man muß wenigstens warnen, meine ich".

„So dringlich? Glauben Sie?"

„Züge, sonst denken Sie doch immer voraus! Warum jetzt nicht?"

Dieser nickte und lenkte wortlos seine Schritte zur Straßenbahnhaltestelle mitten auf dem Plärrer. Das kalte Neonlicht des Plärrerschnellimbiß leuchtete, aus diesem stieg der Dunst von altem Bratenfett – der Pechgestank hing aber auch hier noch in der Luft und mischte sich mit dem Qualm aus dem Imbiß. Zwischen den neugotischen dunklen Geschäftshäusern fing er sich und zog nicht ab. Es könnte einem schlecht werden, überlegte Scheuerlein, obwohl man Hunger hat.

Die Sperrung des Frauentorgrabens war mittlerweile aufgehoben, die Politischen Leiter waren durchmarschiert. Eine leere Linie 2 wartete auf Fahrgäste.

Donnerstag, 8. September, nachts

Mit einem Abläuten ruckte die Bahn an, gezahlt hatten sie nicht, dem Schaffner genügte die Dienstmarke. So in Zivil hätte man sie beide auch für Geheime von der anderen Polizei halten können, nur die bei denen beliebten schweren Ledermäntel fehlten. Dementsprechend war der scheue Blick des Schaffners auch gewesen. Sie konnten sich auf den Längsbänken einen Platz aussuchen, die Zeit für diese Fahrt war gut gewählt. Rückzu würde es voller sein.

Quietschend schob sich der Triebwagen über das Geflecht aus Weichen und Kreuzungen, die im Gegenlicht der Straßenlaternen die Schienenstränge silbern glitzern ließen. Schläge der Übergänge fühlte man im nahezu ungefederten Wagenkasten aus dröhnendem Holz. Der Elektromotor des allein fahrenden Wagens heulte, als dieser die freie Strecke erreicht hatte bis Jakobsplatz. Hier einzusteigen wäre kürzer gewesen, aber nicht schneller. Viele Fenster in der Ludwigs Straße waren erleuchtet, sie spiegelten sich in den Fensterscheiben des Wagens und überlagerten sich gegenseitig. Dazu konnte man durch sie auf die Szenerie auf den Bürgersteigen und der Straße blicken. Wie in einem Kaleidoskop kann man so die Welt wahrnehmen, dachte Scheuerlein. Aber welche Ansicht ist die richtige?

Von vorne ragte das Gebirge der Lorenzkirche durch die Frontscheiben und Schiebetüren auf sie zu, der Fahrer läutete an und bremste, die Bahn jaulte auf. Fahrgäste stiegen zu, niemand aus. Die Wagentüren knallten, kurz bevor der Schaffner in seiner blauen Uniform an der durch den Wagen laufenden Schnur zog und abläutete. Die Leuchtreklamen der Karolinenstraße mit ihren Farbenspielen lagen hinter ihnen. Züge schwieg, es gab nichts zu bereden.

An den Fachwerkbauten der Lorenzer Straße, hinter der Peunt vorbei konnte man schon die Beleuchtung des Schlageter – Platzes sehen, fahnengeschmückt umkränzt zeigte der sich in der Nacht. Das Gauhaus wirkte trutzig mit kleinen Fenstern aber dicken Simsen, da nützte der grüne Schmuck nichts. Waren das Birkenstämmchen? Unter der Bahn durch den Marientunnel über die Kirchen Straße sollte der Planlauf der 2 weiter gehen, wurde aber an der Kreuzung Scheurl Straße gestoppt. Betrunkene Parteitagsgänger in Uniform standen auf den Gleisen mit erhobenem Arm und begehrten Einlaß in den Wagen. Wollte der Fahrer widersprechen, hätte er fahren müssen. So aber öffnete der Schaffner die Türen und verzichtete angesichts der Trunkenheit der Mitfahrer auf zwanzig Pfennig Entgelt. Es schien ihm nicht recht zu sein, seine Miene spiegelte Unwillen. Die Lautstärke im Wagen stieg, die neuen Passagiere unterhielten sich dröhnend über ihren Marsch durch die Stadt. Dabei wurde ein Selbstbewußtsein deutlich, als wären sie nicht nur marschiert, sondern hätten die Stadt erobert. Sie freuten sich schon auf das nächste Jahr.

Dunst legte sich im Wagen auf die Passagiere, eine Mischung aus Bier und Zwiebeln hatten die Träger der braunen Hemden mitgebracht. Scheuerlein hatte den Eindruck, als vernebelten die Ausdünstungen die eher schon dürftigen kleinen Glühbirnen an der Decke des Triebwagens. Enge machte sich breit, im Sitzen blickte er direkt auf Stiefel und Hosen eines vor ihm stehenden SA – Mannes und erhoffte das Anläuten der Bahn an der Peterskirche.

Beim Anbremsen auf diese Haltestelle blickten Scheuerlein und Züge über ihre Schultern hinaus auf die Gaststätte Merkur, die in ihr Blickfeld fuhr.

Schon auf der Verkehrsinsel bemerkten sie den Lärm, der aus der Wirtschaft drang. Der bekannte SA – Sturm feierte scheinbar seinen erfolgreichen Marsch durch die Innenstadt.

„Wie machen wir's?“ fragte Züge.

„Vorne durch, Flagge zeigen. Die werden es nicht wagen. Nur nicht auf den Abort gehen“, fügte Scheuerlein hinzu.

„Noch eine Frage: Wo ist eigentlich das besagte Etui? Nicht daß Sie das im Präsidium deponiert haben?“

„Halten Sie mich für...? Ich hab es immer bei mir. In der Brusttasche meines Rockes“.

Die Glocke von Sankt Peter schlug halb zwölf, für beide das Signal zum Überschreiten der Straße, die ruhig und fast ohne Verkehr dalag. Scheuerlein ließ noch einen DKW passieren, atmete kurz dessen markanten Duft aus verbranntem Zweitaktöl und war an der Türe zur Wirtschaft, Züge direkt hinter ihm. Er drückte sie nach innen auf.

Das erste, was er durch die aufgehende Türe sah, war das verblüffte Gesicht des Wirtes hinter der Theke in seiner Uniform. Schubert schwitzte wieder, die dunklen braunen Flecken auf der Uniform leuchteten geradezu. Riechen konnte man diese weniger, der ganze Raum war stark mit billigem Zigarettenqualm gefüllt.

(Die ersten Schritte, Scheuerlein, sind die schwersten, immer im Leben. Geh sie fest und laß dich nicht aufhalten!)

Durch den Windfang hindurch standen er und Züge schnell in der Mitte der Wirtschaft. Es wurde still. Alles wendete sich ihnen zu. Der Wirt setzte sich hinter seiner Theke, hörte auf, Bier zu zapfen. Gespannt warteten alle auf ein Ereignis.

„Heil Hitler, Kameraden!" ließ sich Scheuerlein vernehmen. (Das war gut, auch wenn Du das nicht wolltest. Sie müssen grüßen als Parteigenossen.)

Der Sturm grüßte wieder, im Chor. Das funktionierte immer mit Präzision, auch wenn die PGs müde oder besoffen waren.

Scheuerlein und Züge steuerten auf einen Platz an der Theke zu, nickten eher am Wirt vorbei. Direkt aus der Ecke, in der früher einmal ein Kruzifix gehangen haben mußte und jetzt ein Führerbild geschmückt prangte kam die erste Bemerkung.

„Na, immer noch nicht genug?" Die anderen feixten, es begann das gleiche Spiel wie vor fünf Tagen. Scheuerlein spürte seine Rippen wieder. Diesmal nicht. Er grinste und trat nach, hatte er doch seine beiden Peiniger erkannt, wenn diese auch deutlich Schwierigkeiten haben mußten ihn zu sehen. Einer trug den Arm in der Schlinge, der andere hatte einen Verband um den Kopf mit einer roten Stelle. Die hatten aber zugelangt, dachte er.

„Und die beiden da hinten, haben die schon alles, was sie brauchen?"

Der Sturmführer Holz wollte sich erheben, doch mit einem Blick sorgte der Wirt für Ruhe. Holz blieb sitzen, Scheuerlein grinste.

Züge war inzwischen an der Theke vorbei zum Spülbecken gegangen, das in einen Anbau zur Zapfanlage eingelassen war. Dort stand Martha Bauer, wie erstarrt. (Eine Frau unter dreißig Halbwilden, Scheuerlein. Das kann nicht gutgehen, auch weil alle wissen, was die als Nebenerwerb macht. Ihm fiel ein Schlagertitel ein, der gerne im Deutschlandsender gespielt wurde: ‚Das ganze Tanzorchester ist verliebt in eine kleine Frau'. Ob die hier Versammelten alle mitspielen durften?) Halblaut fragte Züge sie, ob sie kurz nach draußen gehen könnten, hinter die Gaststätte durch die Gassenschänke in den Biergarten. Sie nickte und Scheuerlein folgte den beiden nach.

Er schloß die Türe zur Wirtschaft, setzte sich auf einen Stuhl, der von der Nachtkühle schon feucht war. Kalt drückte das Eisen der Lehne in seinen Rücken, gerade an einer gebrochenen Rippe. Leise atmete er aus, bevor er begann.

„Frau Bauer, wir haben den Täter. Sie haben den entscheidenden Hinweis gegeben mit dem Etui..."

„Ja, das ist weg. Hier war die Woche über ein großer Aufruhr, daß etwas fehle. Ich hab' mir schon gedacht, daß das Etui fehlt. Sie brauchten es ja. Aber ich hab' nichts gesagt. Auch nicht, als mir der Schubert Schläge angedroht hat".

„Sehen Sie, das ist der Punkt. Unserer Ansicht nach sollten Sie hier weg. Gehen Sie nach oben und packen Sie. Erst einmal auf den Hauptbahnhof und dann den ersten Zug nach Neuendettelsau über Wicklesgreuth. Sie werden dort schon aufgenommen und Schläge gibt es dort auch keine. Sicher". Er verschwieg, daß die Gelegenheit in Neuendettelsau ein roter Backsteinbau war, das „Heim für gefallene Mädchen". Aber man konnte dort einen guten Beruf erlernen, Krankenschwester zum Beispiel. Pflegerisch war die Bauer ja erfahren, Schwester spielte sie sicher nicht zum ersten Mal.

„Heute noch? Aber dann ist doch mein ganzer Lohn für den Monat verloren. Das will ich nicht!"

„Frau Bauer. Sie sind in Gefahr. Sie sind der einzige Mensch, der bezeugen kann, daß das Zigarettenetui bei der Leiche der Gunda Mack gefunden wurde. Sie können es als einzige zur Tat in Beziehung bringen! Fahren Sie!" schaltete sich Züge ein.

Scheuerlein stand auf. Er war müde und abgekämpft. Die Bauer würde schon wissen, was sie wollte. Sonst war sie ja auch nicht gerade zimperlich in der Wahl ihrer Lebensumstände, dachte er. Einmal wollte er es noch versuchen. Trotz der feuchten Kälte hier draußen.

„Wissen Sie, Sie sollten hier weg. Nicht nur wegen der Gefahr, auch sonst, Sie sind doch ein ganz nettes Mädchen. Sie haben etwas besseres verdient..."

Aus der Wirtschaft dröhnte der Ruf nach Bier, verstärkte sich zu einem Chor.

„Ich muß rein, danke für den Hinweis, Sie beide. Ich denke drüber nach! Auf Wiedersehen".

„Aber nicht länger als bis morgen Mittag, hören Sie?" sagte Scheuerlein laut. Sie tat ihm leid.

Die Bedienung wendete sich um und erhob den rechten Arm zu einem kleinen Winken, drückte die Klinke der Türe nach unten, lehnte sich gegen sie, um diese zu öffnen, ein leises Scharren war vernehmbar, und verschwand im Inneren der Wirtschaft.

Züge und Scheuerlein hörten Pfiffe und Anfeuerungsrufe.

Eine Straßenbahn quietschte metallisch singend um die Biegung zur Hainstraße, im Hinterhof verfing sich der hohe Ton und brach sich in den Ecken.

Freitag, 9. September, Vormittag

Bring's zu Ende, Scheuerlein. Aber wie fängst Du's an? Grafenberger wird mittlerweile informiert sein. Eine Reaktion muß kommen, notfalls über dessen Dienstvorgesetzten, Dr. Benno Martin. (Mach' Dir nichts vor, Scheuerlein, der weiß um das Problem schon lange. Erinnere Dich an die Einweisung vor ein paar Tagen. Deutlicher ging's nicht. Red' mit Züge.)

Er griff zum Telephon und klemmte den schweren Hörer zwischen Kinn und Schulter ein, wählte Züges Nummer, die Leitung knackte, da schaltete sich jemand zu. Wo saß der andere? Scheuerlein hörte die elektrischen Impulse der automatischen Anwahl, die Relais klickten, als sich die Arme der Gruppenwähler nach denen der Vorwähler ruckweise bewegten (Scheuerlein, das ist die einzige Art von Wahl, die es in Deutschland noch gibt. Statt Gruppenwähler haben wir hier Gruppenführer!). Diese moderne Anlage gab es noch nicht lange, sie war aber von großem Vorteil, man mußte nicht immer der Vermittlung angeben, mit wem man sprechen wollte. Da hatte es die andere Polizei noch einfacher gehabt. Inzwischen brauchten die dafür Spezialisten, die eigens ausgebildet wurden.

„Kriminalassistent Züge am Apparat!“ meldete sich dieser vorschriftsmäßg.

„Scheuerlein hier. Und? Irgendwas gehört?“

„Nein, nichts“.

„Dann müssen wir“.

„Sehe ich auch so“.

„Sprechen wir mit Schley, oder?“

„Gleich“.

„Treffen wir uns vor der Bronze, in fünf Minuten“:

„Ja“.

Scheuerlein legte auf, griff in den Schreibtisch nach seiner Luger, schnallte sie unter die Schulter. Er würde auch heute dieses Ding nicht gebrauchen, aber man könnte, wenn es nötig würde, zumindest damit drohen. Bei Züge hatte er da keine Bedenken, wenn der in die Situation käme, der würde. Sicher. (Die jungen Leute heute sind ja anders geschult als wir, kälter. Und sie haben noch keine Schußverletzungen gesehen, wie damals in Flandern. Vielleicht denken sie nachher anders?)

Züge stand schon vor dem dekorierten Ende des Flures im Halbdunkel mit Büste, die besonders grimmig dreinschaute, kein Schattenriß war bei dem bedeckten Himmel an diesem Morgen möglich. Geregnet hatte es seit Sonntag aber immer noch keinen Tropfen. Die Vorsehung, dachte Scheuerlein.

Einen guten Morgen dachte er sich, hob zur Begrüßung nur kurz den Kopf. Er wußte nicht genau, wie er es anstellen sollte, überlegte er.

„Gehen wir“, gab Züge den Takt vor.

Ein „Herein“ tönte aus Schleys Zimmer prompt, sie traten ein, er nickte ihnen Plätze zu. Eine einladende Bewegung entfiel, Hegel schaute trotzdem gelassen auf die Szene. Kein Deutscher Gruß. Schley erwartete offenbar keinen mehr. Er hatte in einen Abgrund gesehen, den er der Staatspartei sicher nicht zugetraut hätte. (So leicht verfliegen Illusionen, Scheuerlein, hattest Du mal welche?)

„Heil Hitler, Herr Kriminalrat“, fast gleichzeitig sagten sie es. Man darf sich dann etwas wünschen.

„Meine Herren“, begann er, „ich war nicht untätig, ich habe heute schon Erkundigungen eingezogen, wo und wie unser Kunde den Tag verbringen wird. Denn bisher deutet nichts darauf hin, daß sich die Partei des Problems selbst annehmen wird. Also“, er zog Papiere auf seiner schwarzen ledernen Schreibunterlage heran, „vormittags bis in den späten Nachmittag ist Herr Grafenberger bei einer Sitzung mit Herren aus dem Reichssicherheitshauptamt, wer da dabei ist, kann ich nur raten. Aber wie hochkarätig die Besucher momentan in unserer Stadt sind, haben Sie beide ja bei der Einsatzbesprechung gestern gesehen. Meines Erachtens erscheint es hier nicht positiv bei dem Herren vorstellig zu werden, größeres Aufsehen sollte unbedingt vermieden werden. Wir werden uns also erst heute Abend zeigen, wenn Grafenberger nach Hause gefahren ist und sich für den Appell der politischen Leiter auf der Zeppelinwiese vorbereitet. Das wird so gegen achtzehn Uhr dreißig sein. Ich erwarte Sie also gegen halbsechs unten im Hof an meinem Wagen. Sie haben bis dahin nur die Aufgabe, den ganzen Papierkram fertig zu haben. Wenn bis zu unserer Abfahrt nichts anderes bekannt ist, nehmen wir den Herren fest. Das wäre es für jetzt. Vielen Dank, Heil Hitler! Sie können gehen".

Sie erhoben sich, grüßten wieder zivil und verließen den Raum.

„Haben Sie gemerkt, wie Schley den Titel Kriminalrat vermeidet?"

„Ja, schön, erste Absetzbewegungen. Hoffentlich nicht zu früh, nicht daß Schley auf den Ober verzichten muß. Wäre doch zu schade Herr Kollege, oder?"

Sie kamen an Züges Türe vorbei, dieser bog in sein Zimmer ab. Scheuerlein steuerte seines an, schloß auf, trat ein und zog die Türe leise hinter sich zu. Grau erschien ihm dieser kleine Raum, was ihm aufgetragen war, hatte er schon erledigt. Was tun bis zum Abend? Ihm fiel die derzeitige Beschäftigung von Grafenberger wieder ein, die Schley erwähnt hatte. Der traf sich also gerade mit hohen Herrschaften aus dem Reichssicherheitshauptamt, wie damals, als die Gesetze zum „Schutz des Deutschen Blutes und der Deutschen Ehre“ am Parteitag 35 herauskamen. Verlesen im Kulturvereinssaal. Das hatte Aufsehen erregt – und seither hing an der Geschäftsstelle der Ortsgruppe Maxfeld in der Maxfeldstraße immer zu den Parteitagen ein geschmücktes Schild mit der Aufschrift: „Indem ich mich des Juden erwehre, kämpfe ich für das Wort des Herrn“. Welchen Herren meinte das Schild? Jesus? Der war doch jüdischen Glaubens. Christ war der nicht, also meinte das Schild mit „Herrn“ wohl eher die Vorsehung in ihrer aktuellen Fleischwerdung? Wenn er das zu Haus bei seiner Mutter gesagt hätte, dachte er, dann hätte er den Konfirmationsunterricht doppelt machen müssen. Und der Pfarrer hätte ihm sicher stärkere Denkhilfen gegeben. Heute war das alles ganz normal. Die Welt war aus den Fugen, Scheuerlein.

Was brüten die da also aus, bei bester Laune?

Sie würden es erfahren, dachte er.

Freitag, 9. September, später Nachmittag

Schley saß schon neben seinem Fahrer im Dienstwagen, als Züge und Scheuerlein über die kurze Treppe in den Fahrzeughof kamen. Sogar der Motor lief schon und ließ sein tiefes Geräusch hören, sauber lief der Viertakter, fast ohne Qualm. Der Türgriff lag poliert aus Chrom kalt in der Hand Scheuerleins, als er den Verschlag zum Fond öffnete. „Heil Hitler, Herr Kriminalrat, kommen wir zu spät?"

Schley grummelte nur und befahl dem Fahrer nach dem Schließen der hinteren Türen loszufahren. Züge und Scheuerlein blickten sich an, letzterer ließ die Augen im luxuriösen Wagen wandern. Beige Wollbezüge über den Sitzen und der hinteren Sitzbank wurden vervollständigt durch dunkelblaue Kissen in den Ecken des Fonds. Scheuerlein lehnte sich an, blickte zum Fenster hinaus. Mit dem Wagen kam ihm so eine Dienstfahrt wie Urlaub vor, kein Vergleich mit der mühseligen Ermittlungsarbeit zu Fuß oder mit der Straßenbahn. Schnell war es außerdem, der Reichsparteitag störte in diesem Stadtteil und zu dieser Uhrzeit so gut wie gar nicht mehr. Das Schwergewicht der Massenverkehre befand sich schon kurz vor Beginn des großen Appells auf der Zeppelinwiese im Südosten der Stadt.

Über den Josephs - Platz und den Adolf – Hitler – Platz bog der Fahrer in die Theresien – Straße ein, gab Gas und ließ die Himmel aus Fahnen über ihnen fliegen. Das Rot gefüllt mit dem Schwarz des Hakenkreuzes in den weißen Kreisen schob sich ineinander wie bei impressionistischen Bildern, die Farben verliefen gegen die untergehende Sonne.

Nach dem Laufer Schlagturm änderte sich das Bild, die Flaggen waren nicht mehr so zahlreich. Am Feldmarschall Hindenburg – Platz hingen keine Girlanden über der Kreuzung, der Platz war zu groß. Dafür waren die umstehenden Gebäude geschmückt, auch vom runden Turm der Stadtummauerung hingen lange Reichs- und Parteifahnen.

Auch Züge genoß die Autofahrt sichtlich. Schley drehte sich um. „Wir machen das folgendermaßen, meine Herren. Sie lassen mich vor, ich stelle den Herren zur Rede. Dann tragen Sie, Herr Scheuerlein, die Fakten vor, von Herrn Züge ergänzt. Anschließend nehmen wir ihn einfach mit, stellen ihn dem Staatsanwalt vor. Hört sich wahrscheinlich einfacher an, als es wird“.

Bei diesen Worten bog der Wagen in die Äußere Bayreuter – Straße ein, fuhr parallel zu einer Linie 21 Richtung Ziegelstein. Die neuen Blocks am Nordostbahnhof umrahmten den Platz vor diesem, grüne Flächen davor wirkten sauber und aufgeräumt. Auch Blumenbeete ergänzten die Anlage, kontrastierten mit Rot den gemähten Rasen. Die Straße ging über in die Eichendorffstraße, direkt an der Stelle, an der sich die neue Hermann Göring – Schule befand. Sicher lernten die Kinder da gerne, dachte Scheuerlein. (Und wie man dick und groß wird, anders als die schmalen Buben und Mädchen, die er in diesem Viertel immer zu Gesicht bekommen hatte.)

Der Wagen schob schon, der Fahrer hatte das Gas weggenommen und begann vorsichtig zu bremsen. Züge hatte die ganze Zeit geschwiegen, jetzt meldete er sich.

„Und wenn der sich weigert?"

„Sie haben doch Waffen dabei, meine Herren, oder?" meinte Schley. Aber seiner Stimme war anzuhören, daß ihm dies nicht geheuer war. (Sollten sie bei Fluchtgefahr schießen? Auf der Flucht erschossen? Das gäbe eine Schlagzeile, die sicher nicht gedruckt würde. Das las man doch immer, wenn aus Dachau jemand nicht wiederkam, Scheuerlein. Hier träfe es mal einen Richtigen, oder?)

Das Haus Nummer 15 in der Eichendorff – Straße lag ruhig, die Fenster waren geschlossen, sicher wegen der zu erwartenden Kühle der Nacht. Der Herbst kam unübersehbar. Du mußt die Herbstsachen vom Dachboden holen, dachte er, als sie ausstiegen und die Wagentüren vorsichtig schlossen. Kein überflüssiges Aufsehen erregen, hatte ihnen Schley noch eingeschärft.

Feine Solnhofer Platten legten den Weg vom Gartentor zum Eingang aus, boten eine warme, gelbliche Farbe, die angenehm mit den Natursteinmauern aus Kalk des Hauses harmonierten. Dunkles Holz faßte das Vordach über der Haustüre ein, stütze es. Schley klingelte, nur ein Mal.

Nichts bewegte sich im Haus. Schley läutete ein zweites Mal, etwas eindringlicher. (Nirgendwo würde ein Kriminalrat so vorsichtig sein wie hier, Scheuerlein. Wenn wir jemand aus Gostenhof abholen ist spätestens jetzt der Moment gekommen, mit Fäusten an die Türe zu schlagen. Das wäre Züges Aufgabe. Gleichheit in der Volksgemeinschaft gibt es nicht.)

Sie hörten Schritte, ein Mann war das nicht, so leicht und leise, wie die Schritte die dunkle Türe erreichten. Eine recht junge Frau öffnete.

„Heil Hitler – ihr Name, bitte?" ließ Schley wenig Zeit und Raum.

„Gertraud Fuchs. Ich bin hier die Hausangestellte. Zu wem wollen Sie, bitte? Herr Grafenberger ist außer Haus. Er ist mit dem Wagen weg, zum Zeppelinfeld. Dort ist doch dann der große Appell."

„Wann wird er denn zurückerwartet?"

„Sie glauben doch nicht, daß er mir das mitteilt“.

„Ja, danke. Nein“, wurde Schley unsicher. Woher hatte diese junge Frau das Selbstbewußtsein für dieses Auftreten? „Dann einen guten Abend noch. Heil Hitler!“

Scheuerlein und Züge waren nicht einmal zu Wort gekommen, so hatten beide auch nicht das Bedürfnis verspürt, grüßen zu müssen.

Irritiert gingen die drei zum Mercedes zurück.

„Das hätten wir dann heute Nachmittag auch anders haben können. Und jetzt?“ fragte Schley.

„Na durch die Sperren durch zum Zeppelinfeld. Wir sind schließlich dienstlich unterwegs. Wenn wir ihn schon nicht ohne Aufsehen antreffen, dann eben mit, ist eh schon alles egal, Herr Schley!“ sagte Züge und setzte sich in das Fahrzeug.

„Fahren wir!“ wies Schley den Chauffeur an.

Je näher der Mercedes an das Reichsparteitagsgelände kam, desto dichter war der Verkehr. Schon in der Sulzbacher – Straße hatten Posten durchgewinkt, daß die dortigen Parkplätze überfüllt seien. „Wieso sind da heute so viele Besucher?“ ließ sich Züge vernehmen. Die Zeppelinwiese und ihre Tribünen bieten doch bloß für fünfzigtausend Platz. Das ist doch weniger als sonst am Abend bei einem Umzug?“

„Der Abend heute ist für alte Kameraden. Die kommen fast alle mit dem Wagen; Wirtschaftsaufschwung seit 34, wissen Sie?"

Züge reagierte nicht auf die Antwort, sie war ihm wohl zu oberlehrerhaft gekommen.

Die erste wirkliche Straßensperre wartete kurz vor Mögeldorf auf dem Weg nach Süden, beim Doktorshof. Der Fahrer bremste, vor ihnen standen mehrere weitere Wagen, die passieren wollten, es gab Diskussionen. Der Postenführer schüttelte immer wieder den Kopf und zwang den ersten Wagen der Reihe schließlich umzukehren. Die anderen durften durch.

Der Fahrer hatte seine Scheibe schon heruntergekurbelt, als der SS – Posten vor ihm stand, zeigte seinen Ausweis und sie durften weiter, über Zerzabelshof bis zum Parkplatz Valznerweiherstraße. Beim Aussteigen bemerkte Scheuerlein, daß schon leichte Nebelschwaden aus dem Moorgebiet hinter dem Valznerweiher stiegen. Feucht war die Luft, aus dem BDM – Lager hörte man Singen, etwas Feuerschein flackerte an den Bäumen. Pfadfinderromantik, dachte er.

Nicht weit war es bis zur Rückfront der Haupttribüne des Zeppelinfeldes, die Säulenreihen konnten sie beleuchtet sehen, bevor sie in der Unterführung unter der Hauptbahn hindurch verschwanden. Das Kraftwerk wummerte mit seinen Dieseln. Ein Zug donnerte über ihren Köpfen weg. Sicher standen die Passagiere jetzt gedrängt an den Fenstern und bewunderten die Szene.

Das Weiß des Travertins leuchtete rechts gleißend, klein nahmen sich die Menschen aus, die vor der planen Rückfront standen. Dreihundert Meter Licht und Spiel mit Schatten an den Kolonnaden bestimmten die Szene, Wolken hingen am Himmel über der Stadt, die reflektierten das Licht, kurz bevor mit einem fleckigen Rot die Sonne unterging.

Ein SS – Posten mit einem Schild um den Hals hielt sie auf.

„ Heil Hitler! Haben Sie eine Zutrittsberechtigung?“

„Heil Hitler! Ja. Kriminalrat Schley, Nürnberger Polizei, mit zwei Mitarbeitern. Hier mein Ausweis! Bitten passieren zu dürfen. Sicherheitsaufgaben!“

Der Schwarze mit poliertem Stahlhelm und Totenkopf runzelte die Stirne: „Ihren Einsatzbefehl, bitte!“

Schley faßte in seine Rockinnentasche und zog ein Papier heraus, Scheuerlein blickte über die Schulter Schleys darauf. Es war der Einsatzplan für den heutigen Abend. Alle drei waren darauf vermerkt, sie hätten Kontrollen am Bahnhof Dutzendteich durchführen sollen. Interessanterweise hatte Schley den Plan dabei, er mußte Komplikationen vorhergesehen haben, dachte er.

Der Posten änderte seinen Ton, konnte sich aber eine Rüge nicht verkneifen.

„Wieso stehen Sie dann hier, und nicht da unten, beim Bahnhof? Nehmen Sie bitte Ihre vorgeschriebenen Plätze ein!“

Schley entgegnete ihm, daß sie schließlich auf dem Weg dahin seien, der Posten ließ passieren. „Beachtlich, wie so ein Sturmmann gegenüber einem Kriminalrat auftritt, oder?“ meinte Züge. Nebendran stand ein braunes Pferd (Was sonst, Scheuerlein?), auf ihm saß in Schwarz ein SS – Mann, ein Unterscharführer der SS. Dieser war von der 17. SS – Reiterstandarte, eine bayerische Abteilung aus Bad Wörishofen. Dort lag das Heil sicher nicht nur im Wasser.

Schley zuckte mit den Achseln. „Der Plan ist noch warm, meine Herren, ganz frisch“.

Scheuerlein schaute verblüfft.

Sie steuerten den linken hinteren Aufgang an, um über das Büro der Aufmarschleitung den Platz Grafenbergers zu erfahren und auf die Vorderseite der Tribüne zu gelangen. Plan lag die weiße Wand vor und über ihnen, als sie durch die mächtige bronzebeschlagene Türe traten. Beide Flügel dieser Seitentüre standen offen, klein allerdings im Vergleich zu den maßstabslosen Toren zur Mittelhalle der Haupttribüne, die die Vorsehung in wenigen Minuten durchschreiten sollte. Diese Tore erinnerten eher an mittelalterliche Festungsbauten denn an moderne Architektur, kein Vergleich mit den transparenten Türen der Neubauten in Dessau vor 1933. Trutzig und wuchtig zielten sie wie der Rest auf die Wirkung für den einzelnen, der dadurch fast schon mechanisch den Kopf einzog. Wie schwarze Löcher verschluckten sie die Eingehenden.

Drinnen blendete gleißendes Licht, versteckte Scheinwerfer bestrahlten die Decke mit den eingearbeiteten goldenen Hakenkreuzen und machten diese dadurch noch höher.

Ein breiter Tisch bedeckt mit einem Sitzplan stand längs in den Raum hinein. Auf ihm waren die Abschnitte dieses Flügels mit Platznummern eingezeichnet, das Personal trug jeden ein, der kam. Mit Namen. Schley zeigte seinen Ausweis vor und verlangte, Grafenbergers Sitzplatz ausfindig zu machen. Er bekam die Nummer auch sofort. Sie befand sich in unmittelbarer Nähe zur Führertribüne. Im Gegenzug mußten Sie ihre Waffen abgeben, notiert wurden diese in eine Liste. Scheuerleins Luger polterte auf den Tisch.

Schnell stieg Schley die Treppen durch den Tribünenbau auf die andere Seite, erreichte mit ihnen die Ebene des Ausgangs, Scheuerlein sah nach oben. Der Himmel spiegelte wenig Widerschein der Stadt vor ihnen, mehr Blickmöglichkeit gab der kleine Ausschnitt des Tores noch nicht frei.

Auch dort standen die Torflügel offen, allerdings gedeckt durch zwei Posten der SS.

Im Moment des Durchtretens erfaßte Scheuerlein die Dimension der Anlage, fühlte die Gegenwart von fünfzigtausend Menschen auf den Tribünen, der Rasen lag als dunkle Fläche vor ihm, fast schwarz und noch leer. Aus den Augenwinkeln sichtbar war die indirekte Beleuchtung der Säulen, die einen unwirklichen Kontrast zum restlichen Umfeld darstellte. Er drängte sich nach rechts, um Schley und Züge hinterher zu kommen, die den Platz Grafenbergers ansteuerten. Die meisten Gäste saßen schon, immer wieder mußte man aufpassen, nicht einem Würdenträger der Partei auf die Füße zu treten. Scheuerlein entschuldigte sich fortwährend, der Halbschatten der Säulenreihen verhinderte, daß er die ungnädigen Blicke mitbekam. Die vielen hohen Fahnen flatterten, zu hören war das Geräusch der Stoffbahnen nicht, die Masse übertönte es mit ihrer Gegenwart. Schley erhöhte das Tempo, er mußte Grafenberger erkannt haben. Der, so glaubte Scheuerlein zu sehen, erhob sich, mit ihm zwei weitere Herren in Uniform. (Die erwarteten uns längst, dachte er, die sind nur überrascht, daß wir hier auftauchen. Genau hier und mit der Zukunft Deutschlands.)

Gleißende Helle erfüllt plötzlich alles, flammend schießen Strahlen direkt in den Himmel und tauchen die Szene in ein unwirkliches Licht. Fanfaren erklingen. Die Fahnen auf den Türmen des Vorfeldes zucken rot in den Himmel. Beifall brandet auf. Stehenbleiben, Scheuerlein, schau nach oben. Die Lichtstrahlen verlieren sich im Himmel und bilden dort ein Gewölbe aus Reflexion, ein Dach über der Szene. Auf der Haupttribüne stehen alle auf, auch um ihn herum. Er verliert Züge und Schley aus den Augen. Hymnen erklingen, die Masse singt die zwei. Erhobene schwarze und braune Arme blockieren die Sicht, nur auf das Grün vor ihm kann er noch sehen, Fahnenträger marschieren ein. Gerade wie mit dem Lineal gezogen ist die Linie vom gegenüberliegenden Tor der Arena auf die Haupttribüne zu, die die Fahnen beschreiben, bevor sie sich verteilen.

Er drängt sich weiter durch die von Begeisterung trunkenen Parteigenossen, kümmert sich nicht um die Verwünschungen, die ihm zuteil werden. (Wenigstens ist die Sicht auf die Dinge jetzt besser, Scheuerlein.)

Wenige Schritte noch über die hohen Stufen gebaut für andere Menschen, und Schley und Züge sind erreicht.

„Sie werden bezichtigt, die Bedienerin Gunda Mack in den Morgenstunden des ersten September im Hof der Harsdörfferstraße erdrosselt zu haben. Beweise liegen vor“. Schley winkt ihm. Er tritt näher mit dem Etui in der Hand. „Ist das Ihres, Herr Grafenberger?“

Kurz, nur ganz kurz kann man ein Zucken im Gesicht des Angesprochenen erahnen, es kann auch Täuschung sein. Zum ersten Mal hört Scheuerlein die Stimme Grafenbergers, ruhig, sonor.

„Wie kommen Sie darauf? Das ist eine Unterstellung, eine infame. Ich werde den Dienstweg beschreiten, Herr Kollege, noch!"

„Herr Grafenberger, Sie kommen jetzt mit zum Verhör auf das Präsidium, auch die Zeugenaussagen sind eindeutig. Ich nehme Sie hiermit vorläufig fest. Leisten Sie keinen Widerstand, gerade in Gegenwart des Führers!"

Dr. Martin mischte sich in das Gespräch ein, ruhig und bestimmt drängt er sich dazwischen, ganz Führernatur.

„Meine Herren. Ich sehe, daß Sie Zwistigkeiten haben. Dies ist aber nicht der richtige Ort dafür. Schley? Nehmen Sie folgendes zur Kenntnis: Herr Kriminalrat Grafenberger unterliegt nicht mehr Ihren – ich darf wohl sagen – zweifelhaften Nachforschungen. Er ist vom Reichssicherheitshauptamt angefordert und nach Wien versetzt. Dort zur Unterstützung des Referates Eichmann. Noch Fragen? Die Einstellung Ihres Verfahrens ist eine Dienstanweisung, verstanden?" Der letzte Satz kam schneidend.

„Außerdem hat mir der Kollege Kriminalrat Grafenberger sein Wort gegeben; seine Erklärung als Ehrenmann reicht selbstverständlich aus. Heil Hitler. Sie können gehen, stören Sie nicht weiter!"

Dr. Martin setzte sich. Für den war die Sache erledigt.

Grafenberger stand noch. Scheuerlein blickte ihm ins Gesicht, die Augen flackerten etwas, verrieten doch Unsicherheit hinter der gespielten Arroganz. Nur Fassade? „Ein schönes Monogramm haben Sie sich machen lassen. Wo kann man das?" fragte er harmlos.

Grafenberger grinste. „Nicht so billig, Herr Scheuerlein, lassen Sie das". Er setzte sich, nahm die großen Hände vor die Brust und blickte stur geradeaus auf den Rasen und die Standarten, die im Licht golden glänzten.

Im Scheinwerferlicht begann Ley zu sprechen, man ehre jetzt die Gefallenen der Partei; von einer Gunda Mack wird nicht die Rede sein, dachte Scheuerlein im Weggehen. Er schaute nicht mehr auf.

Schweigend saß man im Wagen auf der Rückfahrt. Nur einmal blickte Scheuerlein aus dem Fenster, als der Mercedes über die Kreuzung an der Peterskirche halbrechts der Regensburger Straße folgte. Kein Licht drang aus der Gaststätte Merkur.

Epilog

Gelblich klammerten die Blätter sich an die Linden, konnten den Sommer bis jetzt nicht loslassen, bevor sie doch fallen mußten. Der Geruch von verwesenden Pflanzen lag in der Luft. Feucht stieg dünner Nebel vom noch warmen Wasser des Ludwigskanals an der Schleuse 72 im Nürnberger Reichswald auf. Die braunen Sandsteinmauern der Schleuse gaben ein bißchen Wärme vom Vortag ab, sanft tasteten Strahlen der frühen Sonne von Osten über die glitzernde Wasseroberfläche, die sich leise kräuselte. Wasser drückte gurgelnd und zischend aus der Kammer, die mit großen Eichentoren das Bassin verschloß. Tiefer lag der nächste Abschnitt des Kanals, Scheuerlein blickte von oben in die schnurgerade Wasserrinne, die sich unter der Allee im Morgenhimmel verlor. Kleine Strudel kreisten zu seinen Füßen, spielten mit der Strömung. Der Schleusenwärter mit seiner langen Stange stand neben ihm.

Scheuerlein blickte leer auf ein moosgrünes Kleid und rote Schuhe. Ein rotes Strohhütchen trieb seitab.

Sonntags wird die Blutfahne in der Luitpoldarena gezeigt.

www.mabase-verlag.de

Fax: 49 - 911- 68 80 406

mabase verlag

Ein Verlag, der verbindet

Christian Schmidt und Hermann Fröhling:

Lorenzer Kunstwerke – fränkisch meditiert, Bände 1-3

Band 3, Geborgen und befreit

Mit fränkischen Versen läd Christian Schmidt in Band 3 zur Wieder- und Neuentdeckung großer Kunstwerke im herausragenden "Bürgerdom" Nürnbergs ein: der Lorenzkirche. Seine Betrachtungen finden ihre treffende Illustration in den prägnanten Fotografien des Fotografen Hermann Fröhling.

„In diesem dritten Bändchen geht es darum, wie wir geborgen und befreit leben können. Beides braucht der Mensch: Geborgenheit und Freiheit. Niemand kann leben, ohne geliebt und geborgen zu sein, und jede oder jeder braucht Freiheit, um den eigenen Weg finden und sich entfalten zu können. „Wo Geborgenheit und Freiheit zusammenkommen, da ist Frieden" - so sagt es Heinrich Spämann einmal.

Broschur, DIN A5, 94 S, farbige Fotos, ISBN 3-9809649-8-1, 9,50 Eur

Band 2, Den Weg der Liebe gehen

In einem zweiten Bändchen wird der Weg des Gottessohnes verfolgt, den er gegangen ist. Es ist der Weg der Liebe, von der Krippe zum Kreuz. Es ist ein Weg, in dem sich Schicksal und Hoffnung des Menschen spiegeln mit zahlreichen Fotos und Texten in fränkischer Mundart. Der gesamte Erlös dient dem "Orgelprojekt St. Lorenz". Mehr Infos dazu im Internet.

Broschur, DIN A5, 62 S., farbige Fotos, ISBN 3-9809649-5-7, 8,00 Eur

Band 1, Gott wird Mensch für alle Welt

13 weihnachtliche Kunstwerke werden auf fränkisch meditiert; Professionellen Aufnahmen stehen innige und oft heitere Verse gegenüber. Themen, die betreffen. Detailaufnahmen, die den Blick schärfen und das Verständnis für das jeweilige Kunstwerk vertiefen. Sachkundige kunsthistorische Erklärungen und passende Zitate aus der Heiligen Schrift.

DIN A5, 61 S., 52 Farbfotos, ISBN 3-9809649-4-9, 8,00 Eur

Historischer Roman: Willi Weglehner, Nahkampf, Eine Jugend in der Stadt der Reichsparteitage

Klammheimlich schleicht sich der neunjährige Alfred Ellwanger aus der elterlichen Wohnung in Johannis, vorbei an der Sattlerwerkstatt, hinüber zum Kettensteg. In wenigen Minuten wird er die Mutprobe riskieren, mit deren Bestehen er die ersehnte Aufnahme in die Bande der Ritter von St. Johannis schaffen würde. Er wird unerschrocken die gegnerische Bande der Insel Schütt bekämpfen und seine Kaiserburg zurück erobern. Doch nur wenige Monate später, mit dem Jahr 1933, wird alles anders. Denn Alfred, ein waschechter Nürnberger, der seine Heimatstadt von Herzen liebt, ist Jude...

ISBN 3-9809649-2-2, 19,80 Eur

Willi Weglehner, Roman: Der Viehhändler

Der erste Roman im mabase-verlag von Wilhelm Weglehner ist veröffentlicht. Eine hochinteressante Geschichte eines Viehhändlers, der seine physische Kraft in Gewalt und Macht umsetzt und damit die ländliche Bevölkerung terrorisiert. Der Roman spielt in den 20er und 30er Jahren in einer ländlichen Gegend. Die Brisanz des aufkommenden Nationalsozialismus und das Verhältnis der Bevölkerung untereinander, inklusive der Juden und Pfarrer, ist lebendig und sehr nahegehend dargestellt.

Paperback, 236 Seiten, 14 x 21 cm, ISBN 3-9809649-0-6, 19,80 Eur

Nanblá Gakran/ COMIN
Unsere Sprache lebt

Kinder der Xokleng - Indianer aus dem Süden Brasiliens erzählen und malen ihren Alltag, der anders ist, als sich die meisten vorstellen. Durch den Verkauf dieses Buches wird die Indianerarbeit der lutherischen Kirche in Brasilien unterstützt.

DIN A4, 58 S., 6 Farbfotos, 28 Zeichnungen,
ISBN 3-9805186-3-9, 7,50 Eur

www.mabase-verlag.de
Fax: 49 - 911- 68 80 406

Neco, der Träumer

Ein brasilianisches Kinderschicksal

„ Es war einmal ein Junge. Seinen Vater kannte er nicht. Die Mutter liebte er. Er war klein, dunkel, ein Träumer."

Es ist die Geschichte zweier brasilianischer Jungen von 8 und 10 Jahren, unterschiedlicher Hautfarbe, die sich kennenlernen und Freunde werden. Doch ihre Träume werden durch die grausige Realität zerstört. „Eine Geschichte, die die Hilflosigkeit und Einsamkeit der Straßenkinder aufzeigt", so die Brasilien Initiative Freiburg. Im Heft „Guck mal übern Tellerrand!" empfehlenswerte Kinder- und Jugendbücher von anderen Kontinenten der Gesellschaft zur Förderung der Literatur aus Afrika, Asien und Lateinamerika e.V. heißt es: „Durch die besonders lakonische Erzählweise frei von jeder Larmoyanz und daher besonders beeindruckend."
Broschüre, DIN A 5, 30 S., 10 Farbbilder, ISBN 3-00-000040-2, 3,40 Eur

Karlheinz Häfner
Das Sterben, der Tod und die Angst

Erfahrungen aus der Praxis, Erweiterte Auflage

Der Gemeindepfarrer Häfner hat als Sterbebegleiter vieles erlebt. In seinem Buch greift er Situationen auf, die man eben nicht einfach so erzählt, die aber zum Alltag gehören wie ein Gebrauchsgegenstand. Als Anstoß, intensiver zu leben möchte er sein Buch sehen. Er möchte Mut machen, klärende Gespräche anzugehen und die Chance aufzeigen, zu harmonischen ganz alltäglichen Beziehungen zu finden. Rechtzeitig.
Paperback, 186 Seiten, 14 x 21 cm, ISBN 3-9809649-1-4, 9,00 Eur

Gerhard Spangler: Kollegiale Beratung - Heilsbronner Modell

Kollegiale Beratung ist aus der Arbeitswelt nicht mehr wegzudenken. Das Heilsbronner Modell zur kollegialen Beratung ist ein praxiserprobtes Angebot der Personalförderung und dient der Entwicklung von Mensch, Arbeitsplatz und Organisation. Das Buch kann als Handbuch für konkrete Schritte dienen. Mit Materialvorlagen für die Praxis.

Broschur, DIN A5, 128 Seiten, ISBN 3-9809649-6-4, 13,50 Eur